1ª edição - Maio de 2023

Coordenação editorial
Ronaldo A. Sperdutti

Projeto gráfico e editoração
Juliana Mollinari

Capa
Juliana Mollinari

Imagens da capa
Shutterstock

Assistente editorial
Ana Maria Rael Gambarini

Revisão
Érica Alvim
Alessandra Miranda de Sá
Ana Maria Rael Gambarini

Impressão
Centro Paulus de produção

Direitos autorais reservados. É proibida a reprodução total ou parcial, de qualquer forma ou por qualquer meio, salvo com autorização da Editora. (Lei nº 9.610, de 19 de fevereiro de 1998)

Traduções somente com autorização por escrito da Editora.

© 2023 by Boa Nova Editora.

Av. Porto Ferreira, 1031 | Parque Iracema
CEP 15809-020 | Catanduva-SP
17 3531.4444

www.petit.com.br | petit@petit.com.br
www.boanova.net | boanova@boanova.net

Dados Internacionais de Catalogação na Publicação (CIP)
(Câmara Brasileira do Livro, SP, Brasil)

```
Antônio Carlos (Espírito)
   Conforto para a alma / pelo espírito Antônio
Carlos e espíritos diversos ; [psicografia de]
Vera Lúcia Marinzeck de Carvalho. -- 1. ed. --
Catanduva, SP : Petit Editora, 2023.

   ISBN 978-65-5806-044-4

   1. Espiritismo - Doutrina 2. Psicografia
3. Romance espírita I. Carvalho, Vera Lúcia
Marinzeck de. II. Título.

23-148571                                CDD-133.93
```

Índices para catálogo sistemático:

1. Romance espírita psicografado   133.93

Henrique Ribeiro Soares - Bibliotecário - CRB-8/9314

Impresso no Brasil – Printed in Brazil
1-05-23-10.000

Prezado(a) leitor(a),

Caso encontre neste livro alguma parte que acredita que vai interessar ou mesmo ajudar outras pessoas e decida distribuí-la por meio da internet ou outro meio, nunca deixe de mencionar a fonte, pois assim estará preservando os direitos do autor e, consequentemente, contribuindo para uma ótima divulgação do livro.

Médium do best-seller Violetas na janela

Psicografia de
VERA LÚCIA MARINZECK DE CARVALHO

CONFORTO PARA A ALMA

**De ANTÔNIO CARLOS
e ESPÍRITOS DIVERSOS**

SUMÁRIO

Capítulo 1 - A mensagem 7

Capítulo 2 - Vovó Filó 25

Capítulo 3 - Mãe caridosa 43

Capítulo 4 - A senhora espírita 59

Capítulo 5 - O livro 79

Capítulo 6 - O sonho 101

Capítulo 7 - O amor 117

Capítulo 8 - A Repreensão 131

Capítulo 9 - Trabalho voluntário 147

Capítulo 10 - O perdão 161

Capítulo 11 - Cristo consolador 183

Capítulo 12 - O socorro 221

Capítulo 13 - O trabalho 237

Capítulo 14 - A deficiência 255

Capítulo 15 - A lista 269

Capítulo 1
A mensagem

Sou uma pessoa muito alegre. Feliz, graças a Deus. É a segunda vez que venho por um médium ditar uma mensagem. A primeira foi o meu consolo; na segunda, conto sobre a primeira. Sou Cadu, o Carlos Eduardo. Faz tempo que estou no Plano Espiritual.

Se é para contar o consolo, vou fazê-lo.

Estava com dezesseis anos e no terceiro ano do ensino médio. Talvez por irradiar alegria, ser de paz, as pessoas me achavam bonito, mas penso que de fato era considerado pelos encarnados "boa-pinta". Sou harmonizado, e isto, aqui no Plano Espiritual, é ser bonito. Mas vamos deixar a aparência de lado.

Continuei com a aparência que usei quando encarnado, não mudei, continuo a ser aquele jovem de dezesseis anos. Uma coisa, e muito boa, que acontece com os desencarnados é esta, aparentar como se quer. Como meus pais e meu irmão pensam em mim assim, resolvi ficar. E isto também ajuda no meu trabalho. Faz vinte e oito anos que mudei de plano, uma rápida conta: vinte e oito mais dezesseis igual a quarenta e quatro. Teria esta idade. Para mim naquela época eu seria um "coroa", penso agora que seria um adulto.

Vamos à história, ao meu relato: encarnei numa família de classe média, meu pai é engenheiro, tinha um bom emprego; minha mãe é professora. Morávamos num bairro bom, residencial, e em casa própria, boa e confortável. Tinha, tenho, um irmão, mais velho que eu quatro anos. Vivia numa boa, tinha muitos amigos, era de fato amigo de todos, amava meu irmão, o imitava, ele era o meu exemplo, ele me amava e raramente discutíamos. Se meus pais tinham ou tiveram problemas, nós dois, meu irmão e eu, não percebíamos.

As aulas iniciaram, gostava muito, ainda gosto, de estudar, aprender. Meu irmão estava na universidade, estudava engenharia, para ser engenheiro como nosso pai. Eu não sabia o que estudar, mudava muito e estava indeciso, ora queria cursar algo, ora outro curso completamente diferente. Não era pressionado, mamãe dizia que teria tempo, que era de fato no último ano do ensino médio que decidiria. Papai esperava que eu optasse por alguma das engenharias.

Desde os sete anos eu jogava futebol com um grupo de amigos, estudávamos juntos e frequentávamos um clube do bairro. Às vezes nadávamos, jogávamos vôlei ou basquete, mas era o futebol o preferido. Normalmente nos reuníamos três vezes durante a semana e no sábado. Gostava muito de esporte, nos divertíamos no jogo, estávamos sempre rindo. O grupo todo nem pensava em fumar ou beber.

Meus pais não eram muito religiosos, mamãe às vezes ia à igreja e eu gostava de ir junto. Orava todas as noites.

Era sadio, tive algumas gripes, mas nada sério.

Numa tarde de sábado, jogava futebol, quando o jogo teve uma parada para decidir se tivera falta ou não. Senti algo estranho, saí e fui tomar água. O bebedouro ficava ao lado do campo. Ao me aproximar do bebedouro, senti tudo rodar, uma dor forte no peito que dificultou que eu respirasse, e caí devagar. Desencarnei. Sofri um enfarto fulminante, morte súbita. Não vi mais nada. Acordei e estava num quarto, percebi que era um hospital. Lembrei: *"Senti-me mal, caí. Devo ter sido socorrido e vim para o hospital. Estranho que mamãe, tão preocupada como é, não esteja comigo. Mamãe!".*

Senti-a chorando e me chamando.

— *Já vou!*

Levantei, estava de pijama. Baratinei. Não sabia o que fazer nem para onde ir. Sempre quando baratinava, ou seja, ficava indeciso, parava e pensava: "O que foi e o que fiz?".

"Escuto mamãe me chamar com voz de choro. Por que ela chora? Por que me chama? Será que ela não sabe para onde eu vim? Trouxeram-me para um hospital e ela não pode ficar comigo? Se for isto o que aconteceu, ela dará um escândalo. Como faço para sair daqui? Estou me sentindo bem, mas estou de pijama. Como sair? É melhor chamar alguém."

Observei o quarto, tinha uma janela grande. Aproximei-me, vi um bem cuidado jardim e pessoas andando por ele. No quarto, havia duas camas, a outra estava vazia, duas mesinhas de cabeceira. Procurei e encontrei uma tomada e nela um dispositivo para chamar a atendente. Apertei e esperei. Logo a porta abriu e uma senhora risonha entrou e me cumprimentou:

— Carlos Eduardo, como está? Prefere que o chame de Cadu?

Novamente baratinei.

"E agora? O que faço? É melhor falar."

— Senhora, acordei aqui, não sei onde estou. Lembrei que senti mal-estar e caí. Aqui é um hospital? Por que estou sozinho? Ouvi minha mãe me chamar e parecia que ela chorava. Estou estranhando, porém estou bem e não sinto nada. Peço-lhe, a senhora não me deixa ir embora? Converse com o médico para ele me dar alta, por favor.

— Cadu, vamos lembrar um pouco mais os acontecimentos. Você estava jogando futebol, sentiu algo diferente, foi tomar água, sentiu dor forte no peito, caiu devagar e...

Fui acompanhando o que ela falava e revivendo.

Flora era uma garota que estava interessada em mim, mas eu não conseguia ainda saber se eu estava ou não interessado nela; Flora e as amigas costumavam ir ao clube, às vezes ficavam nos olhando jogar ou ficavam por ali. Flora me olhava e me viu cair, correu para perto e, me vendo desfalecido, gritou e todos correram; o treinador me deitou de costas, chamaram a ambulância. Dois médicos que estavam no clube vieram, fizeram massagem em mim, viram que meu corpo parara suas funções. A ambulância veio rápido e fui levado para o hospital, um dos médicos me acompanhou. Lá, constataram que de fato falecera. A confusão começou, avisos, correria, pessoas querendo notícias, meus pais chegaram, estavam transtornados. Muitas pessoas ajudaram, fui levado para o velório. Que choradeira! Colegas, amigos, os pais deles, professores, vizinhos, parentes, meu irmão e pais.

Ainda bem que revi rápido essas cenas.

— *Foi isso?* — perguntei.
— *Isso ocorreu. Você entendeu?* — disse a senhora.
— Mais ou menos. Eu morri? Cadê Deus para me julgar? Morri e vim para um hospital? Desculpe-me, não quero ser grosseiro. A senhora está brincando comigo? Estou sendo alvo de brincadeira?

Ela me olhou e vi meus pais sentados no sofá da sala chorando; na mesinha de centro, muitas fotos minhas. Escutei mamãe:
— Cadu querido! Por que foi morrer? Tão lindo, jovem, filho querido!

Quando eu estava numa situação difícil, eu andava e às vezes rodava. Mamãe dizia que parecia um pião. E naquele momento eu estava numa situação muito, mas muito difícil; andei e coloquei "o tico e o teco" para funcionar, ou seja, meus neurônios, a mente, para pensar.

"Estou confuso, não sei o que está acontecendo. Morto é que não estou! Estou vivo e bem vivo. Sinto-me como sempre. Acordo de pijama, escutei minha mãe, mas ela não está aqui. Para mamãe não estar comigo no hospital só se ela estiver morta. Será que foi ela quem morreu? Ai, meu Deus... Ave Maria..."

Comecei a orar. A senhora pegou no meu braço, me fez parar de andar e, tranquila, falou:
— Cadu, aquiete-se, por favor! Você tem razão, se estivesse num hospital de encarnados, ou seja, dos vivos, no corpo de carne e ossos, sua mãe estaria junto. Aqui não é propriamente um hospital, você está numa ala de recuperação, pois esteve dormindo. Ninguém brinca com você. Seu corpo físico faleceu; embora tão jovem, teve um enfarto fulminante, mas você continua vivo porque ninguém morre de fato; quando o corpo para de funcionar, a alma, o espírito, vem para outro lugar, continua vivo porque a vida continua. Venha, volte para o leito.

Pegou na minha mão, senti-me sonolento, ela me acomodou e eu dormi.

Novamente acordei e lembrei de tudo.

— *Jesus, Maria e José, acordo e de novo aqui! Meu Pai Celeste!*

A porta abriu, temi ver aquela senhora de novo, mas vi um senhor de aparência tranquila sorrindo. Ele indagou:

— *E aí, meu jovem, como está?*

— *O senhor é o médico que está cuidando de mim?*

— *Sim, sou médico.*

— *Senhor, por favor, o que está acontecendo?* — roguei. — *Estou num hospital psiquiátrico? Estou sendo alvo de brincadeira? Não me venha o senhor falar que eu faleci. Eu não morri, não é?*

— *Cadu, quero que você se levante, troque de roupa, vá ao jardim, depois...*

— *Quero ir para casa!* — o interrompi rogando em voz alta.

— *No momento não pode ir. Venha, troque de roupa.*

Deu-me roupas minhas, calça, camiseta e tênis. Troquei-me rápido e ele gentilmente foi me conduzindo pelo corredor; passamos por uma porta e chegamos ao jardim. O dia estava lindo e bastou dar uma olhadinha para ver que tudo estava muito limpo e tinha flores variadas e bonitas. O senhor, o médico, foi andando ao meu lado e as pessoas o cumprimentavam.

— *Bom dia, doutor!*

Ele respondia sorrindo. Aproximamo-nos de um grupo de jovens, moços e moças, e me apresentou:

— *Este é o Cadu, é recém-chegado. Está confuso! Deixo-o com vocês.*

O médico se afastou, fui rodeado e começaram a apresentação. Fiquei atento para guardar os nomes e responder às perguntas.

— *Está gostando daqui?*
— *Veio quando?*
— *Como está?*
— *Por favor* — pedi —, *o que está acontecendo? Não estou entendendo. Alguém me explique.*

Foi um dos rapazes que tentou me explicar:

— *Cadu, no começo é um tanto complicado, depois se acostuma. Todos nós aqui já fizemos a mudança de plano. Muitas coisas que pensamos ser de um jeito podem ser de outro. Aqui é muito bom. A saudade existe, talvez possamos senti-la mais forte, mas tudo se resolve. Você não é alvo de nenhuma brincadeira, mudou de plano. Ou seja, estava num lugar e veio para outro. Vestia uma roupa, agora veste outra. Resultado: seu corpo físico morreu, continua vivo em espírito. É isto!*

Senti que ele falava a verdade, os sete do grupo estavam sérios me olhando. Fui abraçado por dois deles.

— *Cadu* — continuou o que tentava me explicar a falar –, *às vezes nos acontece algo que necessitamos compreender, por mais difícil que pareça. A morte é algo natural, mas se costuma focar nela tanto que muitos não conseguem entender, mas, fazendo algum esforço, aceitamos. Não somente você, mas nós todos aqui morremos, tivemos o corpo físico morto e passamos a viver em espírito.*

— *Alma?* — consegui perguntar.

— *Sim, alma, que agora chama "espírito". Você estranha porque os dois corpos são muito parecidos. É agora a cópia exata do corpo que usou. Não se assuste. Vamos ajudá-lo! Viemos para levá-lo à parte que moramos. Um agrupamento de jovens. Venha!*

Deixei-me levar, os acompanhei. Andamos devagar pelas ruas e entramos num prédio enorme. Vi muitos jovens, todos alegres. Belisquei-me por duas vezes, nada de acordar, entendi que não estava dormindo, era muito real. Estava com o grupo no pátio, olhando tudo, quando senti meus pais chorarem e mamãe me chamar. Tonteei. Fui amparado. Vieram em minha mente meus pais no cemitério, em frente a um túmulo, chorando por mim, lastimando. Fiquei confuso, não consegui andar; se não tivesse sido amparado, cairia no chão. Vi um senhor perto de mim e dormi.

Resultado: acordava, começava a me inteirar da vida desencarnada, mas com os chamados, lamentos, choradeira e o sofrimento de meus pais e irmão, de amigos, colegas da escola, do futebol, necessitava dormir. Escutava deles: Cadu era isso, foi aquilo, novo para morrer, "Por que Deus não levou uma pessoa má? Por que ele, lindo, sadio, estudioso, amigo etc.?". Para eles eu não tinha defeito. Penso que isso ocorre com a maioria das pessoas que morrem: passam a não ter nenhum defeito. Aprendi o termo certo: "desencarnar".

Gostei da ala dos jovens, ali se está sempre em atividade; tinha, e tem, jogos, encontros para ouvir músicas, tocar instrumentos, cantar, ir a teatros e participar como atores de peças teatrais. Realmente pode-se participar de muitas atividades, e todas saudáveis, agradáveis e dos diversos cursos de estudos. Participava mais ou menos, nunca gostei de ficar no intermediário, gostava mesmo de participar, mas não conseguia e ficava com a turma do mais ou menos. Ia jogar, estava empolgado, aí começava uma sessão de choro que me fazia sentir mal; então alguém me adormecia e, se não dormia, ficava inquieto; se mamãe me chamava, eu queria ir. Pelo que escutei, eu não poderia atendê-la e, ao compreender que não poderia ir, não queria.

No final do ano, na formatura, a turma de classe com que estudara preparou uma homenagem que fariam para mim. Tive que ficar adormecido por cinco dias.

"Ainda bem", pensei desejando, *"que a turma irá se separar, talvez assim eles se esqueçam de mim"*.

Estava complicado para mim.

Uma pessoa que me visitava sempre era o meu avô paterno. A mãe do meu pai havia desencarnado havia muitos anos e voltara a reencarnar, meus avós maternos estavam encarnados e faziam parte da turma dos chorões. Para ele, meu avô Antônio, eu me queixava:

— *Vovô, não consigo viver, fazer as coisas que gosto, que quero. Se estou na sala de aula, atento e interessado, sinto alguém lastimando, pensando em mim; pior que sou sempre o coitadinho que não deveria ter morrido. Por mais que me esforce, que companheiros me ajudem, eu fico inquieto, não consigo prestar mais atenção; se estou nas aulas de música, a mesma coisa; se estou jogando, piora. E se é minha mãe e ela chama por mim, entro em desespero ou choro, fico inquieto e ando sem parar, um orientador tem de me adormecer. Queria tanto estar bem. Se eu pudesse dizer a eles que não sou um coitadinho e que estou bem...*

— *Talvez possa* — afirmou vovô —, *vou tentar ajudá-lo.*

Três meses se passaram após esta conversa, fazia dois anos e oito meses que mudara de plano. Vovô veio contente me ver.

— *Cadu, penso que com certeza dará certo você fazer uma mensagem.*

Como eu o olhei sem entender nada, vovô explicou:

— *Tentei, tento, ajudá-los, principalmente seus pais, para que se consolem. Uma vizinha de sua mãe mudou-se depois que você desencarnou, ela é espírita; vendo o sofrimento de seus pais, passou a visitá-los, ela costuma ir por duas vezes ao ano em Uberaba, no estado de Minas Gerais, visitar o médium Francisco Cândido Xavier e assistir uma reunião do trabalho mediúnico que* ele faz. Esta vizinha convidou seus pais para irem com ela, insistiu com sua mãe, explicou o que é psicografia. Falou tanto que seus pais concordaram em ir.

— Eu já ouvi falar desse senhor médium e dessas mensagens. Ai, meu Deus! Será que dará certo?

— Penso que sim! — vovô estava esperançoso. — Eu pedi ajuda para você. Primeiro o fiz para o dirigente espiritual desta parte da colônia, a moradia de jovens, e ele foi comigo ver como poderia auxiliá-lo. Descobrimos esta vizinha, a incentivamos a fazer o convite e que seus pais ficassem interessados e quisessem ir. Depois fomos a Uberaba e rogamos para Emmanuel, o espírito que coordena este trabalho, e ele gentilmente o escalou para fazer uma carta para seus pais.

— Meu Deus! Meu Deus! O que faço?

— Escreva! Primeiro afirme que continua vivo, que mora num local lindo, mas que queria que eles mudassem de atitude, que parassem de chamá-lo e chorar. Diga que os ama etc. Cadu, vou lhe contar o que está acontecendo para que escreva. Você, por vídeo, irá ver como é este trabalho para, quando chegar lá, saber o que terá de fazer. Seu irmão se formou, está trabalhando, recebeu uma proposta excelente de emprego em outra cidade e está pensando em não aceitar para não deixar os pais sozinhos. Ele sente culpa, não quer ser feliz porque, para ele, se os pais não estão bem, ele não pode estar bem.

— Meu Deus! Meu Deus! — interrompi vovô.

— Seu pai trabalha; enquanto está trabalhando, até que se distrai, mas, em casa, se une à sua mãe para lamentar. Sua mãe não se conforma, ela já foi em médicos, toma remédios e pensa que você acabou.

— Meu Deus! Meu Deus!

— Pare, Cadu, de me interromper! — pediu vovô. — É amanhã nossa aventura. Iremos com você, o orientador e eu; lá, Emmanuel dará as instruções. E você, por ter visto por vídeo, saberá o que fazer.

— Eles acreditarão? — preocupei-me.

— Você fará aqui um rascunho. Conte das belezas do lugar, como é bom estar aqui etc. Depois dará um recado para seu irmão, pedindo a ele para não sentir culpa, cuidar da vida dele e aceitar o emprego, e dizendo que você o quer feliz. Seus pais não sabem desta possibilidade de emprego. Para seu pai, para ele acreditar, você escreverá algo que ele não contou para ninguém, quem sabia éramos ele e eu. Preste atenção: escreverá que se encontrou comigo, vovô Antônio, e que eu lhe contei que me encontrei com meu irmão e que o perdoei; que talvez tenha sido melhor eu, vovô Antônio, estar em condição de perdoar e não de pedir perdão; que o dinheiro roubado não fez fartura. Entendeu bem? Tem de falar isto, escrever, e preste atenção na assinatura, tente assinar como o fazia encarnado. Algumas palavras você fala ao médium ou escreve; ele pode fazer um pouco diferente, isto porque ele não é uma máquina, tudo passa pelo cérebro dele.

— E para mamãe? O que falo?

— Sua mãe, mais sensível, sentirá, o que ela quer é que você esteja bem. Mas há uma coisa. Você se lembra que no sábado, antes de ir ao clube, você cortou as unhas no seu quarto e as deixou no chão? Na segunda-feira, ela entrou no seu quarto, viu as unhas, as pegou, as colocou num pote de vidro e guardou.

— Meu Deus! Meu... — parei, não queria interromper vovô de novo.

— *Com essas informações fará uma bela mensagem; espero que os console e que você também, ao ser consolado, fique bem.*

Escrevi, reescrevi, escutei opiniões e, no outro dia à tarde, vim para o Plano Físico, para o local onde escreviam mensagens, com um orientador e vovô. Encantei-me com o que vi, o centro espírita era simples, e lá, naquele horário, muito antes do início, estavam encarnados limpando e havia movimentação de desencarnados. Meu coração disparou, isto seria o que diria se estivesse vestindo um corpo carnal, senti uma sensação indescritível e muita paz ao ver Emmanuel; chorei emocionado, ele era um senhor simples e estava atento organizando os trabalhos da noite. Vi meus pais chegarem, fizeram o pedido, e os olhei, estavam serenos; então percebi que estavam sendo sustentados pelo orientador que nos acompanhava. Emmanuel quis ver o meu rascunho, deu duas opiniões. O trabalho começou e eu continuei tranquilo, fiquei na fila. Chegou a minha vez e quem me sustentou foi Emmanuel. Comecei: "Papai, mamãe", e o médium, numa delicadeza, escreveu: "paizinho e mãezinha". Mas eu não os chamava assim. Logo abaixo, peguei na mão do médium e escrevi: "Maê ê ê ê!!!" Era o que eu sempre falava. Graças a Deus fui fazendo, e rápido, a mensagem; escrevi com poucas alterações do meu rascunho. Finalizei, passei para uma outra fila, chorei sozinho, estava profundamente agradecido. Outros desencarnados escreveram, acabou a sessão de psicografia e foram lidas as mensagens. Quando foi a minha, papai e mamãe se emocionaram tanto que eu temi por eles, mas ambos aguentaram firmes e fortes.

Agradecidos, pegaram as folhas. Quando a reunião acabou, foram para o hotel e, atentos, leram e releram aquelas folhas. Escutei os dois comentarem:

— Tenho absoluta certeza — afirmou mamãe — que foi Cadu, o nosso filho. A assinatura é igual. As unhas guardadas, não contei a ninguém, nem a você, ninguém sabia.

— Meu pai! Também nunca comentei com ninguém desse episódio, o que ocorreu com meu pai e o irmão dele. E o nosso outro filho, nós dois não percebemos o tanto que ele está sofrendo. Vamos mudar! Fazer o que Cadu nos pede, parar de lastimar, chorar e nunca mais chamá-lo. Ele está vivo em espírito, nos ama e quer que fiquemos bem. Nós dois faremos o que ele pede para que nosso menino fique em paz.

Retornei tranquilo para a Colônia e pude de fato viver. Que gostoso foi não ser mais interrompido, não precisar mais ser adormecido. Tudo fluiu prazerosamente, agora rendia nos estudos, nos jogos, em tudo. Fiquei muito contente.

Depois vovô me contou que ele teve um irmão e uma irmã. Que ele, jovem, saiu de casa e foi para um lugar longe para trabalhar. Sua mãe havia desencarnado e, cinco anos depois, quando o pai dele desencarnou, ele voltou. O irmão havia se apoderado de toda a fortuna do pai, deixando ele e a irmã sem nada. Como ele fez isto com o pai encarnado, não teve como reverter. Ele levou a irmã para morar com ele, e ela desencarnou três anos depois. O avô Antônio casou-se mais velho e nunca mais viu ou falou com o irmão. Meu pai não gostava de comentar sobre este assunto, minha mãe sabia somente de alguns detalhes. O que eu escrevi na mensagem foi uma grande prova de que seu genitor e eu estávamos juntos.

Quanto às unhas, mamãe as jogou fora. Meus pais conversaram com meu irmão, que se emocionou ao ler a carta, confirmou sobre o emprego. Ambos pediram perdão ao meu irmão, pediram para ele não sentir culpa e disseram que o queriam feliz.

Graças a Deus ocorreu o consolo. Eles plastificaram as folhas da mensagem, e muitas pessoas a leram. Eles realmente mudaram, não se desesperaram ou lastimaram mais e, melhor, deixei de ser o "coitadinho".

Remorri! Graças a Deus!

A mensagem os consolou e como me fez bem! Consolados, se organizaram, passaram a fazer trabalho de assistência social, a conversar, a passear e a rezar mais. Meu irmão aceitou o emprego, acabou a culpa e, por se sentir bem, namorou uma excelente pessoa, casou, retornou para a cidade em que meus pais moram e lhes deu duas netinhas lindas.

A vida continuou e muito boa para mim depois deste consolo, e para eles também.

Sou muito grato ao conforto que o médium Francisco Candido Xavier, pela mensagem, nos deu. Que conforto maravilhoso!

Queria, para finalizar, contar algo, o porquê de desencarnar jovem. Tudo tem motivo. Em encarnação anterior, por não enfrentar uma situação difícil, desertei da vida física, suicidei-me. Tinha de aprender a dar valor ao período encarnado. Aprendi a lição.

Como instrutor de jovens, defronto-me com muitas dificuldades iguais às que passei. Jovens socorridos que poderiam estar bem não ficam, pelas atitudes sofridas de afetos, principalmente dos pais. Piora quando chamam por eles ou os julgam "coitadinhos". Mas, quando a família entende e os ajuda, que beleza! Mil maravilhas os esperam! Gostei desta segunda experiência. Agradeço à médium e a seu mentor.

Carlos Eduardo — Cadu

Perguntas de Antônio Carlos

— Cadu, você pretende ficar mais tempo no Plano Espiritual?
— Sim, tenho planos de ficar desencarnado por muitos anos. Quero receber meus pais, ajudá-los na adaptação quando eles mudarem de plano. Também quero continuar com o meu trabalho como instrutor de jovens. Amo muito esta minha tarefa!
— O que mais gosta de fazer?
— Consolar os recém-chegados, orientá-los em relação à nova forma de viver. Se a desencarnação fosse melhor compreendida, muitos sofrimentos seriam evitados.
— O que você pretende fazer quando reencarnar?
— Parece que estou respondendo como o fazia encarnado: não sei se estudarei ou no que trabalharei. Ora quero ser professor, ora médico psiquiatra para lidar com o luto, ora engenheiro. Mas, como ainda tenho tempo e não preciso decidir isso agora, deixarei para fazê-lo quando estiver reencarnado.
— Você chegou a se sentir coitado de tanto escutar?
— Não! Graças a Deus, não. Se começava a sentir pena de mim, repelia. Nada de coitado! Desencarnado não é coitado. Desencarnação é algo natural e para todos que estão encarnados.
— Agradeço, Cadu, e desejo que continue sempre alegre.
— Eu que agradeço!

Explicação de Antônio Carlos

A história de vida de Carlos Eduardo, Cadu, infelizmente se repete muito. A família, inconformada, lamenta a perda; para muitos, este afastamento físico é perda, e de tal forma que todos sofrem. Jovens, ao desencarnarem, são quase todos socorridos. Quase todos, porque há exceções, há jovens que voltam ao Plano Espiritual com imensa bagagem de atos ruins. Lembro também que raramente na Terra há espíritos com poucas encarnações, normalmente os habitantes terráqueos já tiveram inúmeras experiências no físico.

A parte do Educandário, tanto a infantil como a para jovens, é muito linda, e é cuidada por instrutores experientes e amorosos. Nesta parte da Colônia, é mais difícil os abrigados saírem para atender chamados de encarnados. Isto porque esta parte é isolada, normalmente os abrigados saem de lá com orientação e acompanhados por instrutores, professores e orientadores. Infelizmente, com adultos, isto não ocorre, e eles podem sair sem autorização. Ao escutar chamados, se não forem firmes e compreenderem, atendem a estes apelos e, com rapidez, saem, vão para perto de afetos e ficam a vagar; logo se perturbam e correm o risco de serem aprisionados pelos desencarnados trevosos ou imprudentes. Se querem retornar, não conseguem sozinhos, tem de haver um outro socorro.

Crianças e jovens abrigados em Educandários normalmente se enturmam, fazem amigos, têm muitas atividades e estudam. Uns permanecem ali mais tempo, outros não. Alguns se tornam adultos e vão para a outra parte da Colônia ou reencarnam. Cadu optou por ser um instrutor e ficar nesta parte da Colônia, para isto estudou e aprendeu muito.

Mensagens são desafios para médiuns, para fazer este trabalho precisam de muito estudo, treino, ser humildes e de fato querer ajudar, consolar. Quando um médium, com seu mentor, escreve livros, estes podem ser feitos de muitas formas, os dois têm treino e afinidades. Quando um desencarnado vem para ditar, escrever uma mensagem, normalmente é a primeira vez que se aproxima do médium, e existem dificuldades. O trabalho de psicografia é feito pelos dois, espírito e médium, que tentam, esforçam-se para fazer o melhor e, se houver afinidades, motivo e muito treino, sai a contento.

Como Francisco Cândido Xavier foi útil, e a todos nós ajudou, instruiu, orientou e consolou! Muitos tiveram seus sofrimentos amenizados por estas mensagens. Ele foi, ainda é, exemplo a todos os médiuns que querem psicografar.

A desencarnação deveria ser encarada como uma mudança. Todos deveriam estar preparados para esta viagem. E os que ficaram, continuam encarnados, devem ajudar os que desencarnaram com amor, carinho, incentivá-los para que eles realmente aceitem esta mudança e fiquem bem.

Capítulo 2
Vovó Filó

Recebi o nome de Neide na minha última vivência no corpo físico. Recebi o conforto de minha avó Filó, a querida Filomena. Vou contar a minha história. O que ocorreu comigo.

Saí do hospital atordoada, peguei um táxi e me esforcei para dar o endereço, estava com muita vontade de chorar. Após uns dois quarteirões, mudei de roteiro. Não iria para minha casa, mas sim para a da minha avó Filó.

"Não quero ficar sozinha; em casa, neste horário, não tem ninguém. Preciso de consolo."

Chegamos. Vovó morava em outro bairro, não muito distante de onde residia; paguei o táxi e desci, tropecei na calçada, quase caí, continuava, e muito, atordoada.

Bati na porta. Normalmente, diante do portãozinho, gritava por ela. Não estava conseguindo falar; pensei que, com certeza, se falasse, iria chorar.

A porta se abriu e vi vovó sorrindo, me joguei nos seus braços. Vovó me conduziu para dentro, fechou a porta e me sentou no sofá. Então chorei, ou abri um verdadeiro berreiro, chorei tanto que não consegui falar. Vovó continuou calma, aguardando passar a crise de choro ou de desespero, que demorou uns dez minutos. Quando me acalmei um pouco e passei a chorar baixo, vovó me abraçou e me ofereceu um lenço. Senti seus beijos na minha cabeça. Parei de chorar.

— Neide, fale para mim o porquê desse desespero — pediu vovó.

Chorei de novo. Ela me abraçou mais forte. Resolvi contar:

— Vovó, vim do médico, da consulta, daquele que atende no hospital onde fiz os exames. O resultado foi assustador, estou morrendo...

— Ora, ora, nunca escutei isso. Você morrendo? Parece bem viva.

— Vovó — expliquei —, não estava me sentindo bem, mas não sabia descrever o que me incomodava; fui a um clínico geral, que me pediu uns exames. Com os resultados, ele me encaminhou a um oncologista. Fui, e esse médico me pediu que fizesse outros exames. Fui fazer no hospital; hoje peguei os resultados, estou com câncer.

Fiz uma pausa para chorar. Vovó aguardou.

— A senhora não fala nada?! Está assustada como eu?! — olhei para vovó.

— Claro que não! Estou esperando você falar, contar o resto.
— Resto?! Que resto?! — não entendi.
— Não sei. O que aconteceu?
— Vovó, estou com câncer no intestino. É grave, e eu irei morrer.
— Grande novidade! — vovó ensaiou um sorriso. — Eu também irei morrer, como ocorreu com seu avô, seus pais e irá acontecer com Leandro, seu esposo, com seus filhos, com todos.
— Mas ninguém tem a morte anunciada como eu e com data marcada.
— Quando será? Se tem data marcada, me fale para eu desmarcar meus compromissos e agendar o enterro.

Ri com o rosto molhado de lágrimas.

— Não brinque, vovó! — pedi.
— Não exagere! Neidinha, por favor, se acalme. Câncer assusta. Claro que sim! Você tem trauma; viu sua mãe, minha filha, morrer de câncer com trinta e oito anos, você tinha dezoito anos. Veio morar comigo porque seu pai se casou de novo, e ele também faleceu logo depois por um acidente de carro. Todos esses fatos devem ter vindo à sua mente. Porém muitos anos se passaram, e novos tratamentos surgiram. Muitas pessoas têm se curado de câncer, e você estará na estatística dos que se curaram. Pode estar certa!
— A senhora acredita mesmo? — comecei a ter esperança.
— Tenho a certeza! — afirmou vovó. — Neide, preste atenção ao que vou lhe dizer: você não veio a este mundo para perder. Ainda mais para uma doença maldosa. Não! Vamos, nós duas, ganhar esta batalha. A união faz a força! Doença, se prepare! O amor é mais forte! Nossa Senhora estará à nossa frente! Com fé, podemos tudo!

Comecei a me sentir melhor. Aconcheguei-me mais ao colo dela.

— Vovó, vovozinha...

— Do meu coração... — interrompeu vovó. — Vamos decidir o que faremos. Você quer continuar o tratamento com esse médico oncologista?

— Tive boas informações sobre seu trabalho e, na consulta, gostei dele.

— Então irá marcar a consulta, e levaremos os exames; sim, querida, levaremos, porque eu irei junto. Agora a acompanharei a todos os lugares no tratamento — decidiu vovó Filó.

— Obrigada, vovozinha!

— De nada. Vamos continuar com os nossos planos. Iremos ao médico e você fará o tratamento.

— Que é doloroso — a interrompi.

— Você não pode pensar assim — vovó foi enérgica. — Pense que é um tratamento que irá curá-la. Por favor, Neide, não sofra com os "se" e nem se antecipando. Coragem!

— Vovó, enquanto aguardava o resultado, duas mulheres que também esperavam para pegar seus exames conversavam, e eu as escutei. Uma delas disse convicta que câncer é resultado de mágoas, ressentimentos, de inveja e pensamentos negativos. Será, vovó? Lembrei que a senhora fala muito que inveja mata a pessoa que sente. O que a senhora acha dessa conversa?

Vovó pensou por instantes e respondeu:

— Às vezes falamos algo que ouvimos, repetimos sem prestar muita atenção. De fato, falo ou falava isso, porque penso que o invejoso cria em si uma energia ruim, a energia nociva rodeia o corpo e quase sempre para onde encontra fragilidade, e pode de fato adoecer.

— Doenças matam — interrompi.

— A maioria é passageira e curável.

— Vovó, eu sinto tudo o que a mulher falou: mágoa, rancor ou ódio, inveja, desejo mal etc. Será que foi por isso que adoeci?

— Nada é mais chato, deprimente, que procurar causas. Agora, se você sente tudo isso, já passou da hora de parar e mudar seus pensamentos.

— É difícil, vovó, não sentir inveja da Mariângela, ela é mais nova que eu, é bonita. Como não sentir raiva dos dois? Dela e do Leandro? Eles são amantes, se amam, ele quer a separação para casar com ela...

— Quando um casal — vovó estava tranquila — chega ao ponto em que você e Leandro chegaram, normalmente ambos tiveram participação no desentendimento. Você, Neide, sempre foi impulsiva, intolerante e, se analisar bem, entenderá que teve boa parte de culpa nesse desentendimento.

— Puxa, vovó, pensei que ia me consolar — queixei-me.

— Não posso omitir o que sei somente para consolá-la. Quero ajudar e irei fazê-lo. O que você escutou dessa senhora enquanto esperava é algo que não se pode generalizar. Não existe, nunca existiu em tempo algum, regra geral, para todos. Se podemos voltar a nascer, pela reencarnação, podemos ter doenças como respostas a erros do passado. Porém energia nociva é verdadeiramente um fator para se adoecer. Essa mulher citou fatos que podem desarmonizar, como: inveja, maldade... porque desejar coisas ruins para outros é desejar a nós mesmos. Rancor e ódio são sentimentos fortes e muito nocivos. Devem mesmo corroer. Mas, se podemos mudar, devemos mudar nossa maneira de pensar.

— Vovó, eu pensava que estava certa, que tinha razão...

— Agora não sabe mais se tinha razão? Isto é ótimo! Vamos falar sobre isto — decidiu vovó.

— A senhora sabe que casei com Leandro por amor. Tivemos dois filhos perto um do outro. Passamos por alegrias e dificuldades. Agora, com dezoito anos de casados, ele tem outra. Disse que se apaixonou, quer a separação e se casar com ela.

— Isto, eu já sabia. Por que, Neide, chegaram a esse ponto? O que aconteceu?

— Não sei, ou sei. Leandro há tempos se queixa de mim, que eu não lhe dava atenção, que era intransigente, mandona. Isto porque não queria que ele fosse à sauna do clube, não o acompanhava nos encontros com os amigos dele e brigava para que ele não fosse etc.

Calei e pensei:

"Estava cansada..."

— Neide! — vovó interrompeu meus pensamentos. — Sei que trabalha fora, tem um bom emprego público, cuida da casa e dos filhos. Será que se esqueceu do marido?

— A senhora me alertou muitas vezes. Penso que de fato me esqueci dele. Não quero me separar, não quero ser uma mulher separada.

— Por que não? — perguntou vovó Filó.

— Sei lá, não quero.

— Primeiro problema: não quer e não sabe o porquê. Tudo o que a gente quer ou não quer tem que saber por que. Não irei consolá-la como você quer, dizer que é a coitadinha e que quem deveria estar doente é Mariângela. Não! Neide, você tem tantas pessoas para amar e está deixando o amor em segundo plano, colocando o ódio em primeiro. Odeia Mariângela e parece não ver os filhos maravilhosos que tem; eu, que a amo e que me ama também. Vamos mudar? Pense naqueles que você ama, tire de você os sentimentos ruins e coloque os bons nos lugares destes nocivos.

— Ela sabia que ele era casado e tinha filhos... — ia começar a me queixar.

— E você — interrompeu vovó Filó — sabia que era casada e tinha filhos. Qual é a novidade? Neide, me escute, entenda a situação sem procurar errados. Agora é o momento de cuidar de você.

— Vovó, todas as vezes que segui seus conselhos deu certo. A senhora tem razão, vim aqui desesperada porque sabia que ia me consolar, esperava que ficasse com pena de mim, como eu estou sentindo, ou estava, com dó de mim.

— Você é forte e irá lutar! — ela me incentivou.

— Sim, sou forte e irei lutar! Porém, vovó, se eu morrer, meus filhos terão uma madrasta.

— Sim, mas eles são grandinhos demais para que sejam maltratados, e depois Leandro sempre foi bom pai. E se Mariângela for boa para eles? Pode ser. Neide, não é porque está com um exame positivo de câncer que deve se sentir condenada a morrer. Todos nós, que vivemos neste corpo carnal, iremos falecer para vivermos em outro lugar. O certo é sempre estarmos preparados. Eu tenho uma doença cardíaca que pode me levar a qualquer momento desta para melhor. Sabe o que fiz? Plano funerário, serei enterrada no túmulo da família, e também peguei tudo o que tinha guardado que não quero que outras pessoas vejam e que é importante somente para mim e queimei. Partirei tranquila.

— Vovó, não me peça para me comparar à senhora. Sou nova e tenho dois filhos que precisam de mim.

— Organize-se para que eles não precisem tanto — vovó estava muito tranquila. — Neide, vamos tomar chá e nos organizar. Marque a consulta, vá para casa, organize o jantar. Não trate mal, de jeito nenhum, o Leandro.

— Entendi que o melhor é ficar em paz, livrar-me dos maus sentimentos e me organizar. Leandro deve ficar em paz em casa para que ele também se organize para estar com os filhos. Se eu tratar melhor Mariângela, ela poderá tratar bem meus filhos, que são os do Leandro. Será que consigo? — duvidei.

— Claro! Se quiser preparar tudo ou deixar tudo bem, deve fazer isso. Porém... preste atenção neste "porém": você sairá bem desta. Irá sarar! Porque uma aliada fortíssima de uma recuperação é estar em paz. Por que não pensa que Mariângela somente quer ser feliz? Que pode ser uma boa pessoa? Por que não entender Leandro? Por que não amar em vez de ter mágoa?

— Vovó, preciso da senhora! — me aconcheguei novamente em seus braços.

— Pode contar comigo!

Tomamos o chá, depois telefonei para o consultório do médico, marquei a consulta.

— Vou para casa preparar o jantar — falei.

— E aí...

— Farei a comida que Leandro gosta e irei arrumar o lugar dele à mesa.

— Isso! — vovó me animou. — Faça tudo para ter paz em seu lar. Escute mais e fale menos. Com certeza terá de contar ao Leandro, mas o faça após a consulta.

Fui embora aliviada, não estava mais com dó de mim, mas com vontade de lutar.

Fiz o jantar. Os três chegaram: os dois filhos, uma garota e um rapazinho; e Leandro, que ficou uns instantes sem saber se sentava ou não à mesa.

— Mamãe — disse minha filha —, a senhora voltará a trabalhar no dia vinte e oito. Nininha volta a semana que vem. Que férias! Deu férias também para a empregada.

— Preferi, filha; Nininha precisava de descanso. Prefiro dar as férias para ela durante as minhas; trabalhando, fica mais difícil fazer as tarefas da casa. Não quer jantar conosco, Leandro?

Sentamos os quatro e jantamos, comentando fatos do dia. Após, Leandro saiu. Ele pareceu estranhar eu não reclamar ou xingá-lo porque ele iria se encontrar com Mariângela. Senti-me bem ao agir assim.

Comecei a me organizar, aproveitando os últimos dias das férias de Nininha. Peguei fotos antigas, objetos guardados que eram recordações somente minhas, rasguei e joguei no lixo. Não deixei nada que, se eu morresse, alguém encontraria ou veria o que eu não queria. Falava com vovó todos os dias por telefone, ou eu ia à casa dela ou ela vinha à minha, contava o que fazia e escutava o que tinha de fazer. Sete dias se passaram e não houve briga em casa. Leandro me olhava, eu sentia que ele não estava entendendo.

Chegou o dia da consulta, vovó foi comigo. Foi difícil escutar que realmente estava com câncer e o tratamento a ser feito. O médico explicou que o melhor era fazer sessões de quimioterapia para, após, tirar, por uma cirurgia, um pedaço do intestino com o tumor e voltar ao tratamento. O médico, otimista, me motivou, incentivou, foi muito caridoso e bom profissional.

Nada como alguém para nos animar! Marcamos para começar o tratamento.

— Vovó, amanhã deveria começar a trabalhar. Irei levar o atestado que o médico me deu. Vou contar ao Leandro.

— Faça, Neide, como eu a aconselhei — pediu vovó.

Cheguei em casa, telefonei para Leandro e pedi para ele ir em casa para conversarmos. Pedi com educação. Nosso lar, sem as brigas, estava harmonioso.

Leandro foi; ele tinha uma loja de tintas, e o costume dele no período de aulas dos nossos filhos era pegá-los na escola e ir para casa. Ele chegou desconfiado, talvez preparado para uma discussão. Nininha, minha funcionária de anos, já tinha ido embora.

— Obrigada por vir — falei assim que ele entrou em casa. — Vou ser rápida. Aproveitei minhas férias para fazer uns exames. Leandro, estou com câncer no intestino. Irei começar o tratamento para depois fazer uma cirurgia. Falarei para as crianças que estou doente, mas que ainda não sei o que é, qual é a doença. Pensei muito, e podemos, sim, nos separar. O que é meu, de herança de meus pais, passarei para meus filhos. O que é seu continuará sendo, não quero nada seu. Essa casa, motivo de tantas brigas, fomos você e eu que construímos, mas pode ficar para você, assim como a loja. Não quero mais brigas. Se você não se importar, continuarei morando aqui com as crianças, mas, se não quiser, mudo para meu apartamento com elas. Você não precisa ficar aqui porque não alegarei abandono de lar. Temos planos de saúde; com o tratamento, com certeza terei gastos, então queria que você pagasse o plano e a escola deles. Tudo bem?

Falei rápido, de cabeça baixa; quando terminei, olhei para ele e vi que estava branco, trêmulo, assustado. Demorou para responder.

— São muitas surpresas! Eu... Posso pensar?
— Claro!
— Então até à noite — Leandro levantou e saiu.

Naquela noite, jantamos os quatro e, após, contei aos meus filhos que estava doente, que faria um tratamento, para, depois, fazer uma cirurgia, mas que estava bem e para não se preocuparem.

Leandro escutou calado, ele não saiu naquela noite. Quando havíamos começado a brigar, ele passou a dormir no quarto do nosso filho, e o nosso menino foi dormir no quarto junto da irmã. Chamava-os de "meninos", mas eram adolescentes. Como contei tranquila, sem exagero, eles também ficaram tranquilos.

Naquela noite demorei para dormir, fiquei pensando e me senti contente comigo. Concluí que deveria cuidar dos que amava, dei a notícia aos meus filhos e não os preocupei, não os fiz sofrer. Também me senti bem em relação ao Leandro, havíamos nos amado muito; eu devia respeitar este sentimento que nos unira e não devia infelicitá-lo, mas organizar tudo para que ele continuasse a ser bom pai.

Levei, no meu trabalho, o pedido de afastamento, disse a todos que estava com problemas no intestino. Recebi demonstrações de carinho e votos de recuperação, agradeci emocionada e disse que poderiam contar comigo, que, se surgisse alguma dificuldade, eu os ajudaria.

Contei à minha funcionária, mas não falei a palavra "câncer". Nininha chorou e prometeu me ajudar em tudo.

Vovó Filomena continuou firme me ajudando, indo comigo ao médico, a sessões de quimioterapia. Leandro começou a ficar mais em casa.

— Precisa de algo, Neide? — Leandro perguntava sempre.

— Não, obrigada!

Numa tarde de sábado, meus filhos saíram, foram a um aniversário. Leandro os levou e ia, no horário marcado, buscá-los. Ficamos somente nós dois em casa. Pensei que ele fosse sair. Estava fazendo um exercício mental. Todas as vezes que vovó e eu nos encontrávamos, ela falava, e eu repetia, três vezes cada frase; estava fazendo agora sozinha: "Eu me amo! Como me amo, quero o meu bem. Eu me quero sadia! O amor toma conta de toda a minha mente! O amor é luz! Estou radiante! Amo vovó! Amo meus filhos! As pessoas que tentam me curar! Amo Leandro, como companheiro de anos e pai dos meus filhos! Amo Mariângela!". Esta última frase esforçava-me, e muito, para dizer, mas acabei por querê-la bem. Continuava: "Amo a Deus! Amo Jesus! A Maria, mãe de Jesus! Amo a todos! Amo minha doença!".

Difícil amar a doença, porém, ao começar a amar, comecei a me sentir melhor.

— Neide — pediu Leandro —, sente-se aqui no sofá um pouquinho, quero conversar com você. Não posso sair de casa agora, talvez você precise de mim. Quero me oferecer para ajudá-la.

— Você queria tanto se separar. Concordei com tudo o que você queria.

Nossas brigas, a maioria delas, eram porque eu queria tudo, ele ficaria somente com a loja para sua sobrevivência e ainda daria uma pensão. Depois, fui justa.

— Sei — falou Leandro. — Mas penso que devemos focar nos nossos filhos.

Entendi, com certeza meus filhos iriam sofrer quando eu morresse. Depois, para que ele iria agora querer se separar se ia ficar viúvo? Ia dizer uns desaforos, xingá-lo como costumava fazer, mas lembrei-me de vovó.

— Neide — aconselhava ela —, agressão somente piora a situação. Calma! Penso que podemos resolver tudo com paz!

Concluí que vovó tinha razão.

— Eu já decidi o que farei — falei tranquila. — Você decide o que quer fazer. O marido de uma colega minha de trabalho, que é advogado, está passando o que é meu, por herança, para nossos filhos. Não preciso de nada, Leandro; vovó Filó tem me ajudado. Se quiser sair de casa, pode ir.

— Não quero! — Leandro respondeu rápido, estava determinado. — Se é para eu decidir minha vida, vou continuar aqui. Você querendo ou não, cuidarei de você e dos nossos filhos.

Eu peguei um livro para ler, ele foi ver televisão.

Fiz de fato o que achei ser o melhor, passei tudo o que estava no meu nome, que recebera de herança de meus pais, para meus filhos.

Meus cabelos começaram a cair, raspei a cabeça. Passei a ir à casa dos voluntários ao lado do hospital. Ali abrigavam, ou seja, hospedavam pessoas em tratamento de câncer de outras cidades ou pessoas que tinham entes amados internados. Como gostei! Primeiro que, conversando, soube de muitas dicas para me sentir melhor no tratamento, dava apoio e recebia também. Passei a ajudar o grupo financeiramente. Aprendi a usar turbantes, a me arrumar e a não reclamar.

Meus filhos ficaram sabendo e eu os animei, pedi para que não se entristecessem, os queria alegres.

Percebi que, mesmo sentindo os incômodos do tratamento, eu estava tranquila, porque trocara os sentimentos nocivos por outros salutares.

Fiz a cirurgia, fiquei dias no hospital, voltei para casa. Vovó Filó foi ficar uns dias comigo. Nininha, um amor, tudo fez por mim, tomou conta da casa; meus filhos carinhosos me deram atenção. Eu continuei escutando vovó, e estava serena e tranquila. Emagreci e, por incrível que pareça, estava bonita. Fazia turbantes graciosos, me maquiava e estava sempre sorrindo.

— Neide — observou vovó —, você percebeu que Leandro a olha com carinho? Seu marido está se apaixonando de novo por você.

Ri. Mas prestara atenção nele, Leandro não saía mais tanto. Conversava muito com os filhos, jantava conosco e estava sempre me perguntando se precisava de alguma coisa.

Meu filho me contou que ouvia o pai discutindo com uma pessoa pelo telefone e que tudo indicava ser com Mariângela. Dias depois, ele me contou que a vira num barzinho com amigas e depois com outro homem.

Deduzi que brigaram. Num sábado, nossos filhos saíram para ir a uma festa, ficamos nós dois sozinhos. Leandro beijou minha mão e se expressou sincero:

— Neide, eu a amo! Sempre a amei! Fique viva para mim!

Beijamo-nos, passamos a dormir juntos e a ser esposos novamente. Meu tratamento temporariamente deu certo, não me curei, mas lutava bravamente, e isto me fez viver por mais tempo. Tive melhoras, e após piorava, para depois melhorar de novo. Aposentei-me e passei a dedicar meu tempo à casa, a esposo, filhos, à avó Filó e ao trabalho voluntário.

Tive dias tranquilos, alegres, embora sempre com dores. O tratamento infelizmente ainda tem, espero que logo não tenha mais, efeitos colaterais.

Vovó Filó, minha querida Filomena, desencarnou tranquilamente. Senti muito; dois filhos dela, meus tios, desfizeram-se da casa e, de fato, nada encontraram que fosse particular. Senti a falta dela, de suas palavras sábias, de seus conselhos e do seu consolo.

Dez anos se passaram, meus filhos se formaram, casaram e tinha dois netos. Piorei, o câncer estava se alastrando, internei-me para fazer exames, e meu coração parou; por um enfarto, desencarnei.

Vovó novamente me ajudou, e muito, na minha passagem de plano. Agradeci vovó, ela sabia que eu era grata, mas escutar dela "de nada" foi gratificante. Novamente fui consolada para aceitar a desencarnação.

Adaptei-me ao Plano Espiritual e, assim que pude, fui ser socorrista, trabalhadora na casa dos voluntários em que, por tantos anos, participara das atividades, ajudara e fora ajudada. Agora, diferentemente, estava sadia, não sentia mais dores ou incômodos.

Meus filhos sentiram minha desencarnação, mas o luto passou logo, eu os havia preparado para esse momento. Leandro sofreu, porém o tempo passou, suavizando a dor. Dei até um empurrãozinho num namoro dele. Por querê-lo muito, desejei que ele ficasse bem. Porque foram anos me acompanhando na enfermidade, saíamos pouco, não viajamos mais. Ele merecia uma companheira saudável e se distrair. Ficaram juntos, os dois combinam, porém Leandro ainda me ama; de fato, ele sempre me amou, e eu aprendi a querê-lo bem a ponto de desejá-lo feliz.

Estou bem no Plano Espiritual.

Neide

Perguntas de Antônio Carlos

— Neide, você não falou de religião. Não foi religiosa?
— Encarnada, quando indagada — respondeu Neide —, dizia seguir determinada religião, porém ia raramente a seus cultos. Quando fui fazer parte do trabalho voluntário, segui o mais importante ensinamento de Jesus, "amar", e foi vovó que me

recomendou. Continuei sem seguir nenhuma religião, mas ia algumas vezes à igreja.

— Você pensa que recebeu mais conselhos de sua avó que consolo?

— Ao ir à casa de vovó naquela tarde em que estava desesperada, quando soube estar com câncer, esperava que ela chorasse comigo, tivesse dó de mim, aumentando a minha autopiedade. Ela me consolou com sabedoria, consolo que me fez bem, me chamou à realidade e mostrou que podia lutar. Aconselhou-me também, mas me senti consolada. Recebi o consolo que me fez bem.

— Você escreveu que Filomena falou em reencarnação. Ela acreditava nesta verdade?

— Penso que todos nós sentimos no íntimo esta verdade. Mas vovó repetiu o que muitas pessoas falam. Ela não se aprofundou neste ensinamento. De fato, muitas pessoas se expressam dizendo "quero ser isso ou ter aquilo na próxima encarnação", ou "tudo isso que ocorre comigo é porque na minha encarnação anterior devo ter errado" etc. Infelizmente, não tentam entender o que de fato seja esse processo de retornar ao Plano Físico.

— Você sabe por que teve câncer?

— Fisicamente, recebi a genética de minha mãe. Antecipei seu aparecimento com sentimentos nocivos e ao me encher de energia negativa. Minha doença foi também a reação de erros passados. Entendo agora que podemos queimar reações negativas com o trabalho útil, de auxílio a outras pessoas. Vivi muitos anos além do que era previsto e não passei pela agonia da fase terminal, desencarnei por um enfarto, isto pela minha atividade no trabalho voluntário. Como nos faz bem, em todos os sentidos, fazer o bem!

— Agradeço por ter aceitado nosso convite e ter nos contado este ocorrido com você.
— Alegrei-me em fazê-lo.

Explicações de Antônio Carlos

Quase sempre, numa desavença, é difícil um dos envolvidos estar totalmente certo. Principalmente em brigas entre casais, em que sempre entra o desaforo. Neide e Leandro com certeza começaram a divergir nas pequenas coisas, e estas, alimentadas pelo desaforo, foram aumentadas. Quando ela não quis mais brigar, estas pararam. Poderiam ter rompido, o casamento acabado, mas ainda bem que continuaram juntos! Lembrei de um ditado antigo: "quando um não quer, dois não brigam". Quase sempre dá certo. Sábia é a senhora Filomena, que a motivou a lutar. Nada pior para uma pessoa que espera ser consolada escutar que é vítima. Somente piora a situação. Neide foi consolada não como queria no momento, mas como precisava, e ainda bem que aceitou. Com este relato compreendi que é difícil separar consolo de bons conselhos, pois ambos auxiliam, e muito.

Somos livres para aceitar opiniões, consolos e conselhos, sejam estes bons ou não. Como é gratificante que se tenham bons resultados quando se aceitam os bons conselhos! Neide agiu sabiamente procurando a ajuda de alguém por quem sabia ser amada e que amava. Devemos sempre, numa necessidade, procurar conforto de uma pessoa coerente, bondosa, que nos leve a reagir ao desânimo, à autopiedade, que nos aponte nossos erros e nos ensine a aceitar.

Alimentamos qualquer doença com maus sentimentos, porque criamos energia negativa que, por ter sido criada por nós, nos pertence. Esta energia pode ser lançada ao alvo, nosso desafeto, mas fica em nós. E, se o alvo não receber por vibrar bem, volta dobrada à origem, ou seja, quem a criou, nós. Não posso afirmar que isso seja a causa de enfermidades. Doentes o são por muitos motivos, o principal é que o corpo físico está sujeito a enfermidades. Muitas vezes se tem doenças simplesmente por estar encarnado. Lembro que são muitos desencarnados que sentem os reflexos de doenças que tiveram encarnados, porque não se livraram das causas que os adoeceram. Não podemos generalizar em nenhuma situação. O bom é fazer como Neide fez, se livrar dos sentimentos nocivos e adquirir bons.

Como o trabalho voluntário, e até os remunerados em que se cuidam de necessitados, é valioso! Com toda a certeza Neide superou e aprendeu a lidar com a enfermidade auxiliando outras pessoas. Ajudou e foi ajudada.

Bem-aventurados os que suavizam dores e secam lágrimas, porque terão, pela lei do retorno, suas dificuldades superadas ou passarão por elas com muito mais facilidade.

Capítulo 3
Mãe caridosa

Ouvi gritos.
— Para!
— A menina!
— Breca!
— Passou por cima!

Brequei o caminhão. Não estava entendendo. Por momentos pensei que não fosse comigo. Fiquei parado. Parecia nem respirar. Meu cunhado abriu a porta do caminhão e me pediu:

— Cleiton, desligue o caminhão!

Desliguei, freei o breque de mão e olhei para ele, que tentou explicar:

— Você atropelou uma menina! Desça! Você está bem?!

— Eu o quê?! Como?

— Não ouviu o barulho? — perguntou meu cunhado. — Ela estava atrás, de bicicleta.

— Machucou muito? — esforcei-me para falar.

— Parece que sim. A ambulância já foi chamada.

Desci do caminhão andando devagar e fui ver. O que vi se gravou de tal forma na minha mente que não esqueci. Vi uma garota, cabelos louros nos ombros, caída com o rosto para cima, vestia uma roupa simples, os olhos estavam abertos e eram azul-esverdeados. Linda! Meu impulso foi me aproximar. Fui impedido por um homem, que me segurou. Era conhecido e conhecia todos por ali.

— Por que não a socorreu? Vamos pegá-la! Tirá-la do chão! — consegui dizer.

— Não se pode mexer em atropelados — determinou o homem que me segurava.

Vi um homem se aproximar dela; reconheci o médico que tinha consultório perto do local, ele a examinou. Quando ele falou, gelei.

— Sou médico! A garota bateu a cabeça. Faleceu!

Desmaiei. Quando acordei, senti cheiro de álcool por ter sido massageado com este líquido, e estava dentro do bar, onde minutos antes havia feito uma entrega. Tomei a água oferecida.

— Está se sentindo bem?

Escutei e me esforcei para responder:

— Não!

Fui colocado na ambulância e fui para o hospital. Estava com a pressão arterial muito alta e no atendimento desmaiei novamente.

Fui medicado e fiquei internado. Minha esposa foi ficar comigo. Não tive coragem de perguntar o que acontecera, mas ela me deu as notícias.

— Meu irmão levou o seu caminhão para a garagem; antes ele fez as duas entregas que faltavam. O médico aqui do hospital que o atendeu me disse que sua pressão estava alterada e não estava cedendo com a medicação, e, se sua pressão ficar por doze horas normal, você poderá sair do hospital. Nossos filhos ficaram em casa, minha mãe foi fazer companhia a eles, ela fará o jantar.

Ela se calou, eu a olhei. Estávamos casados havia doze anos; quando casamos, gostávamos um do outro, mas, naquele momento, pensava que nos acostumáramos a ficar juntos. Não discutíamos, mas éramos mornos. Como ela não falou do acidente, resolvi perguntar, teria de saber mesmo.

— O que aconteceu? Fiz a entrega, entrei no caminhão, fui sair, manobrei o caminhão, escutei gritos. Seu irmão me tirou do caminhão e vi a menina caída. Ela morreu? Escutei isto antes de desmaiar.

— Foi — minha esposa falou.

Calou-se; pensei que ela estava escolhendo as palavras ou criando coragem para contar.

— Fale, por favor — pedi.

— Você saiu do bar onde fez a entrega, entrou no caminhão, penso que afobado como sempre. Eu já lhe pedi tanto para fazer as coisas sem tanta pressa...

Ela parou de falar, talvez tenha achado que não era a hora certa de me dizer aquilo.

— Por favor, conte — insisti.

— Você não viu a garota atrás, ela estava de bicicleta; com certeza a menina não percebeu nem ouviu o barulho do caminhão ligado, ou pensou que daria tempo de atravessar a rua. A ponta da carroceria bateu na cabeça dela e na bicicleta, a jogando no chão. Ao cair, ela bateu novamente a cabeça. Faleceu na hora. Foi o único ferimento grave, afundou a cabeça dela do lado direito. Fez também uns ferimentos nas mãos.

— Sabe quantos anos ela tinha? — perguntei.

— Doze anos.

— O nome dela?

— Celina — informou minha esposa.

Calamo-nos. Minha esposa continuou sentada na cadeira ao lado da cama. Após uns minutos, ela resolveu contar mais.

— O enterro será amanhã às dezesseis horas, no cemitério do bairro. Não se preocupe, Cleiton, muitas pessoas viram o acidente e testemunharam que você estava manobrando para sair, ela estava atrás, e você não teve culpa. Fique tranquilo para normalizar sua pressão e irmos para casa.

Calamo-nos de novo. Fingi dormir e acabei por adormecer. Acordei com o médico, que foi para me examinar.

— Senhor Cleiton, sua pressão agora está normal, mas, por precaução, ficará internado por esta noite. Sua esposa me contou que faz muito tempo que não se consulta, não tenho como saber se sua pressão já estava alterada. Terá de se consultar com um cardiologista e fazer vários exames. Amanhã eu voltarei para examiná-lo e, se sua pressão continuar normal, poderá ir para casa.

Minha esposa fez perguntas e comentou, não prestei atenção e nada falei, não estava com vontade. Meu cunhado foi me visitar. Depois de escutar minha esposa falar como eu estava, o indaguei:

— O que aconteceu? Conte para mim. Você estava lá e me ajudou.

— Trabalhamos ambos com caminhões. Eu fui fazer uma entrega ao lado do bar, na padaria. Foi muita coincidência eu acabar de estacionar e você sair. A garota estava com duas primas andando de bicicleta. Perigo, a rua é movimentada e, pelo que escutei, cada uma dava uma volta. Você não tinha como vê-la.

— Ela morreu! — consegui expressar e chorei.

Ambos, minha esposa e cunhado, se calaram; quando acalmei meu choro, meu cunhado tentou me consolar:

— Cleiton, você não teve culpa! Coloque isto na sua cabeça.

— Não deveria sair tão afobado. Se tivesse calma, olharia melhor, sairia em segurança. Tive culpa, sim!

— Não e não! — meu cunhado foi enérgico. — Você não teve culpa! O que aconteceu poderia ter sido com qualquer um de nós, motoristas.

Dormi com remédios. No outro dia fui para casa. Foi minha mãe quem marcou consulta para mim no cardiologista, me acompanhou nos exames e comprou remédios. Uma semana se passou, conversava somente o essencial.

— Cleiton — pediu minha esposa —, você tem de voltar a trabalhar, tem de pagar a prestação do caminhão, me dar dinheiro para ir fazer compras, logo não teremos o que comer.

— Tenho uma reserva no banco, irei retirar e voltarei ao trabalho.

O médico viu os exames, me receitou remédio para controlar a pressão arterial e outro para dormir.

Voltar ao trabalho foi uma agonia, foi muito difícil dirigir de novo. Fiz com cuidado e passei a fazer a metade das entregas que antes fazia. Pensei então em vender o caminhão e procurar um emprego.

Não estava bem. Minha esposa me falou, e muitas vezes, que me alertava por estar sempre apressado e que, se tivesse a atendido, não teria atropelado a garota.

Fiquei muito diferente, conversava pouco, o fazia somente com meus dois filhos. Minha mãe se preocupou, me acompanhou novamente ao médico. Minha pressão arterial com o medicamento estava normal, e o doutor me receitou novamente remédios para dormir, somente adormecia com eles.

Sentia-me um assassino, que matara uma garotinha e estava sofrendo muito. Percebi também, infelizmente depois do ocorrido, que eu criticava muito minha esposa. Tornava as falhas dela grandes e penso que ela estava fazendo o mesmo comigo.

Estava me sentindo muito infeliz. Vendi o caminhão e arrumei um emprego como frentista num posto de gasolina. Ganharia menos e minha esposa reclamou. Mas eu não estava conseguindo mais dirigir. Sentia todas as vezes que entrava no caminhão que ia acontecer um acidente e matar outra pessoa.

Respondia com monossílabos o que minha esposa perguntava. Minha mãe não sabia mais o que fazer para me ajudar.

Pelo horário, meu trabalho era por turno, estava em casa naquela tarde, quando mamãe veio me ver acompanhada de uma senhora. Sentaram-se perto de mim. Olhei para a visita, o olhar dela era tranquilo e bondoso. Mamãe a apresentou:

— Ela é a mãe...

Olhei para mamãe indagando:

— Mãe? Que mãe?

— A mãe de Celina! — minha mãe falou rápido.

Ia levantar, mas não consegui, minhas pernas bambearam, abaixei a cabeça envergonhado. O que queria naquele momento era desaparecer. Como podia estar em frente daquela mãe, a genitora da menina que falecera por minha causa?

— Cleiton — sua voz era suave —, vim visitá-lo. Vejo que está sofrendo. Será possível medir sofrimento? Penso que não. Mas sei de uma coisa, não devemos alimentar o sofrimento. Sou casada, tenho quatro filhos, três garotas e um menino. Celina é parte deste grupo de quatro, porque ela será sempre minha filha, era a caçula. Naquela tarde, não era para as três, minha filha e as duas primas, estarem naquela rua de bicicleta, que é movimentada e tem muito comércio. Quero que fique claro que acredito ter sido um acidente e que minha querida Celina findou seu tempo aqui conosco e foi para o céu. Amo meus filhos, amo Celina. Não é por ela não estar aqui presente que estamos separadas. O amor une. Existe culpado nesse acidente? Poderia dizer que foi uma das primas, por ter insistido em andar naquela rua e naquele horário para ver um balconista de uma loja que ela queria ver por estar interessada. Tive de conversar com esta minha sobrinha, porque ela se sentia culpada. O acidente poderia ter acontecido com qualquer uma delas. Mas foi com Celina. Teve motivos? Penso que sim. Para todas as mortes existe motivo. A culpa foi de Celina? Ela me desobedeceu. A culpa foi do meu marido que deu a bicicleta de Natal para nossa filha? Se não tivesse dado, não haveria passeios de bicicleta. A culpa foi minha, que deveria ter ido ver o que Celina estava fazendo? Preferi fazer o almoço.

 A senhora ficou por instantes calada. Eu não conseguia me mover, escutava de cabeça baixa. A senhora suspirou e voltou a falar:

 — Como não é difícil encontrar culpados! É muito fácil! Porém devemos colocar, na frente da suposta culpa, o amor. Eu, naquele dia, tinha meus afazeres domésticos, cuidar da casa, era minha rotina. Meu esposo deu a bicicleta de presente como agrado à filha que queria, ele se sentiu contente em poder dar a ela aquele presente. A prima insistiu. Celina me desobedeceu, mas ela estava contente com a bicicleta nova, minha filha morreu feliz. Penso que quem morre feliz continua assim lá no alto, no céu, nem sei como chamar o local para onde ela foi. Minha Celina não quer culpas, e muito menos culpados. Ela quer paz. Primeiro me entendi comigo, não tive culpa. Depois fiz meu marido compreender que dera o presente com amor e a fizera feliz. Depois foi a vez de a prima entender que a sugestão dela não provocou o acidente. Foi uma fatalidade. Quero Celina em paz, recebendo pensamentos de amor, caridade e não de remorso ou de culpa. Por isso pedi à sua mãe para me trazer aqui para conversar com você.

Novamente ela fez uma pausa e depois rogou:

— Cleiton, por favor, não se culpe!

Enxuguei meu rosto, pois lágrimas escorreram. Ajoelhei no chão e roguei:

— Perdoe-me! Perdão!

A mãe caridosa se levantou, aproximou-se de mim, me ergueu, me abraçou e consolou:

— Devemos, sim, pedir perdão, mas quando existe o erro. Neste caso, o erro não existiu.

Estava trêmulo, afrouxei o abraço e olhei para ela, seus olhos brilhavam com lágrimas não caídas, ela sorriu. Tudo nela era paz. Esforcei-me para falar:

— A senhora se engana. Tenho culpa! Sou impulsivo, estava sempre afobado! Se tivesse calma, teria verificado, e penso que evitado o acidente.

— Quantos anos faz que dirige caminhão? — perguntou ela.

— Uns vinte anos.

— Quantos acidentes teve nestes anos?

— Este foi o segundo — suspirei sentido. — No primeiro, um carro se chocou comigo, somente amassou o para-choque dele.

— Quando você, naquele dia, entrou no caminhão, viu as meninas?

— Não! Mas será que olhei?

— Pelo que me contaram, quando você entrou no caminhão, elas não estavam atrás do veículo. Por que você se julga afobado? Por acaso não teria horário para fazer as entregas?

— Tinha, sim — respondi.

— Para que Celina fique bem, eu quero, exijo, que você fique bem também. Sua tristeza a incomoda. Nós duas, ela e eu, queremos que se livre da culpa e viva bem o tempo que Deus determinou para você.

— Como a senhora sabe o que a sua filha quer? Ela está morta! — admirei-me.

— Laços de amor são fortes. Amor de mãe pelo filho é robusto. Basta pensar no filho para saber o que ele sente. Acredito que a morte não separa afetos, talvez os una mais. Não existe distância que diminua o amor. Concentrando-me em Celina, compreendi que o que ela quer é que ninguém sofra por ela.

— Senhora, preciso lhe dizer que eu me sinto culpado. Preciso de perdão.

— Está perdoado! E aí, sente-se melhor? — a senhora sorriu.

— Não sei! — suspirei.

— Cleiton — aconselhou aquela mãe caridosa —, você precisa pensar e se livrar desse tormento. Quem está fazendo isto com você? Por quê? Entenda e resolva. Será que é você mesmo? Por que se culpa assim? Você somente seria culpado se tivesse atropelado Celina porque quisesses, visto ela à sua frente e passado por cima. Não foi isto que aconteceu. Vim aqui à sua casa, visitá-lo, para que se livre da culpa e deixe minha Celina em paz. Você um dia irá falecer, mas, até lá, viva bem!

Ela me abraçou e abençoou:

— Deus o abençoe! Até logo!

Saiu, e minha mãe foi levá-la ao portão; depois mamãe voltou, sentou-se ao meu lado e chorou.

— Filho, estou agradecida por dois motivos: primeiro que você agora pode parar de se culpar. Segundo porque recebi uma lição maravilhosa dessa senhora. Vou lhe falar uma coisa: Sou sua mãe! Não esqueça! Amo você! Conte sempre comigo para lhe ajudar no que precisar.

— Foi a senhora quem a procurou para que viesse conversar comigo? — quis saber.

— Não, infelizmente não tive essa ideia, pensei que ela, como mãe, poderia sentir mágoa de você. Foi ela quem me procurou, foi à minha casa e me disse que gostaria de consolá-lo porque soubera que estava deprimido e sofrendo. Confesso que temi, pensei que queria acusá-lo, mas, ao estar perto dela, senti sua bondade, tranquilidade e a trouxe aqui. Ainda bem que fiz isso.

— Mamãe, vou agora chorar até acabar a vontade. A senhora tem razão: que mãe caridosa é a da Celina!

Minha mãe foi embora e eu de fato chorei, mas foi um choro de alívio. Chorei até cansar. Depois tomei banho e preparei o jantar. Minha esposa estava trabalhando três dias na semana de faxineira. Enquanto preparava o jantar, pensei e decidi:

"Minha vida vai mudar! Tenho de mudar! Não quero mais me punir. Não quero culpa! Quero ter paz! Minha esposa me fez sentir culpado. Por quê? Eu sempre a diminuí, critiquei, não a elogiava, penso que, consciente ou não, ela descontou. Aprendi a lição: não devemos de jeito nenhum desmerecer uma pessoa."

Meus filhos chegaram da casa da outra avó, da mãe dela, e minha esposa chegou também. Sentamo-nos para jantar.

— Este bife está seco! — reclamou minha esposa.

Após o jantar ajudei-a a arrumar a cozinha, e ela reclamou novamente que eu não havia lavado uma panela direito.

— Precisamos conversar — disse. — As crianças estão na sala, podemos fazê-lo enquanto lavamos a louça. Hoje recebi uma visita incrível, a mãe de Celina, a menina atropelada.

— A que você matou? — perguntou minha esposa.

— Não, a que foi atropelada! Foi um acidente! Esta senhora caridosa veio aqui para me dizer que eu não tive culpa. Eu lhe pedi perdão e ela me perdoou. Foi um encontro agradável!

— Incrível mesmo! Inacreditável! E...

— Prometi — a interrompi — a esta mãe que ia mudar. Entendi que não tive culpa, foi algo que tinha de acontecer. Pensei muito. Hoje você criticou o bife, a panela. Compreendi que fiz isto com você, e por anos. Você está fazendo agora o mesmo comigo. Isto é ruim. Eu não deveria ter tratado você assim, e você não deveria estar fazendo isto comigo. Sofri, e muito, com o acidente. Precisou que uma mulher fantástica me alertasse. Você me fez sentir culpado. Não sei se fez propositalmente, com intuito de descontar, mas o fez num período em que me sentia fragilizado. Se eu fiz primeiro, e pelas minhas atitudes desencadeou-se tudo isto, peço-lhe perdão. Penso, porém, que não dá mais para continuarmos juntos. Existe mágoa. Se a fiz sofrer, você contribuiu para aumentar minha dor. Vamos resolver esta situação com calma. Pedirei para minha mãe me aceitar na casa dela. Você ficará nesta, que é nossa, com nossos filhos. Moraremos perto, e eu quero ser bom pai. Ajudarei como posso na despesa da casa.

Calei-me. Ela enxugou o rosto, lágrimas escorreram. Não falou nada. Acabamos de arrumar a cozinha. Fui deitar, entraria no trabalho no outro dia às cinco horas.

No outro dia, ao chegar em casa, fui almoçar. Minha esposa não fora fazer faxina. Enquanto me alimentava, ela sentou-se ao meu lado e disse:

— Não quero me separar! Quero tentar! Vamos nos dar uma outra chance! De fato, você, desde que casamos, nunca me elogiou, sempre me criticou. Pensei muito e concluí que sentia, no íntimo, satisfação em diminuí-lo, não calculei que estivesse sofrendo tanto. Vamos prometer, nós dois, não criticar mais um ao outro. Vamos tentar. Se em três meses não conseguirmos nos entender, aí nos separamos.

De fato mudei, esforcei-me e voltei a ser alegre, conversar com as pessoas, amigos e muito com meus filhos; passei a ajudá-los nas tarefas escolares.

Soube de uma vaga de emprego num estacionamento que era um prédio. Resolvi fazer o teste, dirigia muito bem, passei e mudei de emprego, ganhando muito mais, e o horário era comercial, com folga aos domingos.

Cumprimos, minha esposa e eu, a promessa e passamos a nos entender. Disse a ela que não precisava mais fazer faxinas, mas ela quis trabalhar; assim, três vezes por semana, ia ser babá de três crianças pequenas. Tornei-me outra pessoa: mais amável, fazia de tudo para ser bom colega de trabalho; ser bom filho, não esquecera o que minha mãe me fizera; ser bom pai; e nunca mais critiquei, às vezes, no começo, ia falar algo depreciativo, lembrava e mordia a língua. Acabei por não criticar mais. Minha esposa e eu continuamos juntos.

Anos se passaram. Não esqueci o acidente, de Celina caída no chão, da mãe caridosa dela.

Desencarnei vinte e cinco anos depois desse acidente. Estava aposentado, os filhos casados e com cinco netos. Senti-me mal, fui internado, piorei, estava com trombose, complicou com doença renal e desencarnei. Minha mãe havia mudado de plano havia quinze anos, me socorreu, me ajudou na adaptação, tentei me acostumar com a nova forma de viver e consegui. Quis ver Celina, pedir perdão a ela.

Mas quem me recebeu foi a mãe dela. Chorei emocionado em revê-la e a agradeci. Ela me deu a notícia:

— Cleiton, Celina, cinco anos depois, reencarnou, é filha de uma de minhas filhas. Peguei-a no colo como neta. Não é maravilhoso? Claro que eu, na época, não sabia, tenho muitos netos e os amo muito. Vim a saber que Celina reencarnara aqui no Plano Espiritual. Ela está bem, é linda, sadia e desta vez está planejando viver muito tempo encarnada.

— Mil obrigados! — emocionei-me.

— Mil de nadas! — sorriu ela.

— A senhora foi muito caridosa!

— Fiz, Cleiton, o que tinha de fazer. Uma coisa é certa: quando somos justos e aliviamos o sofrimento alheio, o fazemos também com o nosso penar! É o retorno dos atos bons!

Foi muito bom esse nosso encontro.

Estou bem no Plano Espiritual, aprendo para ser útil e sou muito grato.

Cleiton

Perguntas de Antônio Carlos

— Você, no seu relato, não citou religião. Seguiu alguma?

— Minha mãe era católica; meu pai, evangélico; eu ia ora numa, ora na outra, sem seguir nenhuma. Depois de casado, continuei ora agradando papai, ora minha mãe. Quando recebi a visita da mãe de Celina, pensei muito no que ela dissera, que sentia a filha. Esta senhora era católica. Comentando o fato com um colega de trabalho, ele afirmou ser isto possível, que os espíritas acreditavam neste fato. Ele me emprestou livros espíritas para ler, gostei demais, eram histórias lindas, e fui com ele algumas vezes num centro espírita. Misturei religiões sem me aprofundar em nenhuma. Quando desencarnei, foi minha mãe que me socorreu e ajudou, pude ser auxiliado por ter sido boa pessoa e honesto. O exemplo desta mãe admirável me fez compreender a todos e a fazer o bem como eu havia recebido. Encarnado, fiz parte de um trabalho voluntário da Igreja Católica de entrega de alimentos. Ia com os evangélicos visitar penitenciárias. Procurei consolar pessoas, dar bons conselhos. Consolei, assim como fui consolado. E que consolo recebi!

— Você e sua esposa tiveram depois bom convívio? — quis saber.

— Sim, tornamo-nos amigos, porque o amor entre casal acabara. Esforçamo-nos para nos tratar bem e conseguimos cumprir nossa promessa. Ela ficou viúva, mora perto dos filhos, ou melhor, quando eles se casaram foram morar perto de nós. Ela sentiu minha falta, ficamos amigos. Ela está bem. Penso que aqui no Plano Espiritual seremos amigos, somente amigos.

— Você tem planos de reencarnar?

— Não! Se eu puder, quero ficar muito tempo na Espiritualidade. Gostei de estar desencarnado. Estudo e trabalho, visito os filhos e netos. Quero aproveitar a oportunidade e aprender muito.

— Agora, anos depois e aqui no Plano Espiritual relembrando, você tinha como ter evitado o acidente?

— Não. De fato eu era afobado, ou fazia as coisas apressado, mas era atento ao dirigir. Não vi a menina, a bicicleta, não tinha como vê-las. Foi de fato uma fatalidade. Um acidente.

— Obrigado por ter aceitado nosso convite e ter nos contado o consolo que recebeu.

— O consolo que recebi foi um ato de grandiosa caridade. Quis dar meu depoimento para que o ato dessa senhora seja exemplo para todos nós. Eu que agradeço.

Explicação de Antônio Carlos

O diálogo é a melhor maneira de se entender, principalmente entre casais. Embora aconteça, às vezes, de um somente querer conversar, e o outro, além de não querer escutar, começar uma discussão. Alerto que sempre o melhor para conviver, educar, é apontando as atitudes certas, o que o outro faz de bom e suas qualidades. Qualidades aumentadas quase sempre anulam os defeitos.

Não é nada bom escutar somente críticas. Cleiton fez isso e, infelizmente, sua esposa revidou, e no pior momento, quando ele estava sofrendo. Depois que resolveram conversar, se entenderam.

A dor do remorso causa muito sofrimento. A culpa é dolorosa. Cleiton sofreu muito e que consolo recebeu! Esta senhora, mãe da menina atropelada, Celina, sentiu de fato a filha desencarnada, a garota não queria que ninguém sofresse por ela: o pai, que lhe dera o presente; a mãe, que não fora ver onde a filha estava; a prima, que quisera ir à rua movimentada; e ele, que dirigia o caminhão. Com certeza, com ninguém mais sentindo culpa, Celina pôde estar bem no Plano Espiritual. Acontece muito, em ocorridos que causaram dores, de pessoas diretamente ou indiretamente envolvidas se indagarem se poderiam ter evitado fazendo isso ou aquilo, ou não fazendo algo. Estas pessoas não devem deixar a culpa se instalar dentro delas, mas entender e seguir a vida, ou a viver, tirando proveito da lição recebida e tornando-se pessoas melhores.

Esta mãe caridosa não quis que ninguém sofresse. Ela, o marido e os irmãos de Celina sofreram com a separação; talvez esta mãe, pelo resto de seus dias no físico, tenha sentido a dor da saudade, mas não quis agravar nela nem em ninguém mais a dor. Como temos bons exemplos! Devemos prestar atenção neles, e não somente admirar, mas segui-los. Porque de fato suavizamos nossas dores quando suavizamos as do próximo!

Capítulo 4
A senhora espírita

A desencarnação, para mim, foi uma mudança. Estava vestida do corpo físico, e este, por um aneurisma, parou suas funções e me expulsou da matéria densa. Estava com setenta e dois anos. Deixei o esposo com setenta e seis anos e dois filhos casados, o rapaz com um filho, e minha menina também casada, com um casal de filhos. Além do esposo, pois convivíamos bem, nos amávamos, não deixei ninguém dependente de mim. Vim para o Plano Espiritual, para uma colônia, por merecimento e, por compreender o que era desencarnar, logo fiquei bem. Encantei-me com tudo. Ler e escutar como seria o Plano Espiritual é uma coisa; ver, participar da vida numa colônia é outra, mais interessante e intensa. Adaptei-me fácil. Preocupei-me somente com o esposo, que continuou com sua rotina, indo à fazenda, e lá tinha uma empregada de muitos anos, que cuidava da casa e da comida. Na cidade, na casa em que residíamos, também uma outra empregada fazia todo o serviço; ela tentava fazer, deixar tudo como eu fazia. Meus filhos passaram a dar mais atenção ao pai e também os netos, que já eram adultos.

Assim que acordei, olhei bem onde estava, esforcei-me e lembrei que estava em casa, senti um forte mal-estar e desmaiei. Fui levada para o hospital e para a Unidade de Terapia Intensiva (UTI). No hospital, não conseguia falar, às vezes escutava, mas não me mexia; senti ser entubada e de repente dormi. Desencarnei. Lembrei e entendi que desencarnara. Fui tratada com muito carinho, recebi a visita de minha mãe. Ao vê-la, indaguei:

— Mamãe, eu desencarnei? E papai? E Marcelo?

— *Calma, Norma! Calma! Vamos por partes: seu corpo físico morreu há sete dias. Esteve três dias no hospital, na UTI, e seu corpo físico parou suas funções. Pude, graças a Deus, junto com dois socorristas que trabalham no hospital, desligá-la e trazê-la para a Colônia em que moro. Seu pai, que há muitos anos deixou o Plano Físico, retornou a ele, reencarnou, há cinco anos. É um garoto esperto, sadio e muito bonito. Marcelo também voltou a vestir um corpo carnal. Eu estou aqui para lhe dar as boas-vindas e ajudá-la a se adaptar na sua nova forma de viver. Irá gostar daqui.*

Realmente amei a vida na Colônia, logo estava me sentindo sadia, esperta e com muita vontade de aprender.

Dez meses depois, mamãe me trouxe ao Plano Físico para uma visita rápida para ver meu esposo, filhos e netos. Meu marido estava muito saudoso, mas tentava, se esforçava para que sua dor fosse amenizada, porque não queria me atrapalhar. Chorei emocionada pelo carinho, ele queria que eu ficasse bem e não queria me preocupar.

Quis ver meu pai, mamãe me levou para vê-lo. Estava reencarnado num lar estruturado, onde os pais, religiosos, espíritas, o educavam com amor. Eu era muito grata a ele. Quis abraçá-lo, mamãe impediu:

— *Não, Norma, você veio somente para revê-lo, não fique emocionada, não o abrace. Seu pai, aquele que foi meu esposo, companheiro, esqueceu e agora está tendo uma nova oportunidade de estar encarnado para aprender. Ele pode sentir sua emoção, não entender, se sentir saudoso e talvez ficar triste. Isto não é bom!*

Desejei de coração que aquele que fora para uma encarnação meu genitor estivesse sempre bem.

Quis muito ver Marcelo, meu filho que desencarnara com dezesseis anos e de forma trágica. Mamãe me levou; entramos numa casa simples, ele estava sentado no tapete, vendo televisão. O físico que o revestia nada lembrava o do meu Marcelo, que fora sadio e bonito. Ali estava Eitor, um mocinho, estava com dezoito anos, magro e com braços longos. Ele balançava o corpo num vai e vem cadenciado. Mamãe me explicou:

— *O nosso Marcelo é agora Eitor, tem autismo em grau elevado, fala pouco, é metódico, se desespera e entra em crise de gritos e se debate se sai da rotina. É o terceiro filho; os irmãos e os pais trabalham, e ele fica em casa com uma das avós. O casal, com tantos problemas, não procurou um bom tratamento para o filho.*

Mamãe fez uma pausa e voltou a explicar:

— *O dia dele é rotina. Às segundas, quartas e sextas-feiras ele come determinado alimento; terças, quintas e sábados, outro;*

e, aos domingos, macarronada. Se fizer algo diferente, ele não come e chora. Ele foi, por cinco anos, à Associação de Pais e Amigos dos Excepcionais (Apae), mas não conseguiu aprender a ler. Vê televisão em horários certos e balança muito o corpo. Não aceita nada de novo. Vê filmes, fitas, revê a cada dia um dos dezessete que tem, todos para crianças, não assiste à televisão aberta, não gosta que mudem os desenhos. Os pais o levam ao médico e ao dentista e, quando tem de fazer algum tratamento, têm de sedá-lo. Eu venho visitá-lo duas vezes por mês.

— Mamãe, é difícil ver meu Marcelo assim — queixei-me.

— Filha, você sabe que ele está tendo a lição que o fará aprender e que poderia ser pior.

— Por que, mamãe, ele reencarnou com deficiência? Ele não se arrependeu?

— Marcelo — mamãe explicou — havia, dias antes, verificado a arma, colocado balas no revólver e decidira que, se a namorada não o quisesse mais, ele se suicidaria. Infelizmente planejou. Arrependeu-se, foi socorrido, mas a lesão ficou, necessitando assim de se harmonizar, e o faz como Eitor.

— Marcelo/Eitor tem consciência de como está vivendo? — quis saber.

— O espírito dele sente às vezes. Um exemplo para que você entenda: é como saber tocar bem um instrumento musical e, ao pegá-lo para tocar, verificar que este está danificado. Quando venho visitá-lo e ele está dormindo, ou seja, quando seu corpo físico dorme, ele, afastado em perispírito, me abraça, sente que gosta de mim, é grato pela visita, mas não se lembra de nada do passado.

— Gostaria de fazer isto, abraçá-lo — desejei.

— Talvez um dia, agora você precisa ficar mais equilibrada, saber como fazê-lo para não prejudicá-lo. Se fizer isto e se emocionar, pode afetá-lo.

Voltei à colônia triste, embora entendesse que meu Marcelo estava tendo a lição necessária.

Passei, com mamãe, a visitar minha família e Marcelo. Quando pude ir à noite, foi gratificante. Nós o vimos adormecido. Ele dormia num quarto pequeno, ao lado do de seus pais, e sozinho. Porque às vezes ele acordava à noite, gritava, e a mãe corria para abraçá-lo até que se acalmava e voltava a dormir.

Entramos, mamãe e eu, no quarto, e minha mãe o chamou baixinho:

— Eitor! Eitor!

Seu espírito, revestido do perispírito, levantou-se do leito, deixando o corpo físico adormecido, ele ficou ligado pelo cordão prateado. Abriu os olhos e sorriu. Mamãe o abraçou:

— Eitor querido! Fique bem! Não fique nervoso, tente ficar sempre calmo. Está bem?

Ele afirmou com a cabeça e sorriu. Aí me viu e apertou o braço de minha mãe.

— Eitor, esta é uma mulher boa, ela veio somente lhe dizer um "oi".

— Oi — eu disse.

— Oi — ele tentou sorrir e me observou.

Ficamos nos olhando por uns dez segundos, sorri e não consegui falar, tentei lembrar do que havia planejado, mas, no momento, somente me esforcei para não me emocionar.

— A senhora gosta de mim? — perguntou ele.

— Sim, muito. Gosto, sim — consegui falar.

— Vovó, estou sentindo dores nas costas — queixou-se ele.

Eitor chamava minha mãe de "vó", talvez por ela ser idosa como as atualmente avós dele.

— *Deixe-me passar a mão.*

Eitor virou e mamãe o massageou. Eu os olhava, tentando me manter equilibrada e fiquei sorrindo.

— *Pronto, você irá melhorar* — afirmou minha mãe.

Mamãe o colocou no corpo e o beijou na testa. Eitor suspirou e continuou a dormir.

Passei a visitar Marcelo/Eitor; ele, me conhecendo, permitiu que eu o beijasse e, como a mamãe, passei a incentivá-lo.

Após uma dessas visitas em que mamãe me acompanhou, ela explicou:

— *Norma, Eitor está com um tumor no cérebro. Logo a doença se manifestará, com certeza terá de fazer tratamento. Está previsto ele desencarnar logo.*

De fato isto ocorreu. Foi muito sofrimento. Eitor sofreu com dores e hospitalizações, mas desencarnou tranquilo. Mamãe e eu o socorremos. Nós o levamos à parte da colônia onde se abrigam crianças. Eitor sentia ser criança. Ele se lembrou de nós e, aos poucos, se libertou dos reflexos de suas enfermidades, se sentiu jovem, sadio e se adaptou à vida espiritual, sentia-se grato e com vontade de aprender. Ele não se recordou de sua encarnação anterior, na qual recebera o nome de Marcelo. Nós duas, para ele, éramos amigas.

E o consolo? Sim, recebi, e foi muito importante para mim.

Meu esposo era um pai severo, e eu, como mãe, escondia muitas coisas dele dos nossos filhos. Eram pequenos problemas, e mais os de Marcelo. Os dois mais velhos nunca deram problemas. Marcelo era o caçula, com uma boa diferença de idade dos irmãos.

Marcelo estava com dezesseis anos quando se apaixonou, teve mesmo uma paixão doentia por uma moça de vinte e quatro anos, a qual, somente depois, soube que gostava de namorar adolescentes, deixá-los apaixonados e depois desprezá-los. Marcelo começou a me pedir mais dinheiro, queria ir a barzinhos, dar presentes a ela. Dei, mas não o bastante; foi depois também que descobri que ele vendera seus jogos, brinquedos caros que havia guardado, sua bicicleta e até sua jaqueta de couro e dois tênis.

Suas notas na escola abaixaram muito. Conversei com ele, que prometeu se recuperar. Não contei nada disto ao meu marido. Percebi que ele estava triste, o vi com olhos vermelhos, como se tivesse chorado, e estava se alimentando pouco. Meu outro filho diagnosticou:

— Não se preocupe, mamãe; a namorada deve ter brigado com ele. Passa logo.

Resolvi ter paciência. Achei mesmo que amor de adolescente é como uma tempestade arrasadora, que dura pouco e passa logo.

Nessa época, minha filha estava casada e tinha um filhinho de meses. O outro filho estudava em outra cidade. Meu marido estava na fazenda e, naquela sexta-feira, estávamos em casa Marcelo e eu. Duas horas da manhã acordei assustada. Alguém tocava a campainha insistentemente. Levantei-me e abri a porta do quarto de Marcelo, ele não estava. Corri para a porta da entrada e perguntei quem era.

— Sou eu, mamãe — ouvi Marcelo. — Perdi a chave, e um policial está comigo.

Meu coração disparou mais ainda. Abri a porta. Marcelo estava com a roupa e os cabelos molhados. Tinha um pequeno ferimento na testa. O policial resolveu explicar:

— Senhora, desculpe o susto. Mas tive de trazê-lo. Este mocinho, com um carro que afirmou ser do pai, caiu numa vala na rua. O veículo será retirado amanhã; pelo que vi, o veículo está muito danificado.

Eu olhei a garagem, nosso carro não estava. Não era um veículo luxuoso, mas bom e novo. Não consegui falar. O policial com certeza queria ir embora e falou:

— Senhora, aqui está seu filho. Cuide dele! Tenho que ir.

Puxei Marcelo para dentro, o policial virou as costas, fechou o portão e foi embora. Fechei a porta. Olhei para meu filho.

— Mamãe — ele tentou explicar falando rápido —, peguei o carro do papai para uma volta. É que ela estava com outra pessoa, eu os persegui e, nem sei como foi, de repente estava caindo no buraco. A polícia foi chamada e me tiraram de lá. Ela não me quer!

— Agora não tem jeito, terei de contar para seu pai. Vá tomar banho e dormir. Amanhã resolveremos o que faremos — decidi.

Sentei no sofá. Marcelo sabia dirigir, meus filhos, com quatorze para quinze anos, o pai os ensinava, mas seria para uma eventualidade.

Pensava como iria contar ao meu marido e o tanto que ele ficaria bravo, quando escutei um estouro. Barulho de revólver. Nem sei como consegui levantar e correr para o quarto.

Encontrei Marcelo caído, sangue escorria, ele estava com as costas no chão e olhos abertos, parados. Não consegui gritar, tremia, mas corri para o telefone, disquei para o hospital pedindo pelo amor de Deus uma ambulância rápido. Após, telefonei para minha filha. Abri a porta, o portão, rogando a Deus para que o socorro viesse logo. Estava de camisola com um robe em cima. A ambulância e minha filha chegaram juntas. Vi, meio alheia, pegarem Marcelo, o colocarem na maca e, após, na ambulância; então seguiu para o hospital.

— Fique aqui com sua mãe, eu vou para o hospital — decidiu meu genro.

Meu genro saiu.

— O que aconteceu, mamãe? — minha filha estava atordoada.

— Marcelo pegou o revólver de seu pai. Havia até esquecido que a arma estava na parte de cima do roupeiro do meu quarto. Ele atirou nele mesmo.

— Troque de roupa, vamos para o hospital. Onde está o carro do papai?

— Marcelo pegou escondido e caiu num buraco.

Minha filha me ajudou a me trocar. Ela chamou um táxi e fomos para o hospital. Chegamos lá, soubemos que ele estava sendo atendido e que outros médicos haviam sido chamados. Ficamos esperando. Minha filha fez uns telefonemas, pediu para a mãe de meu genro ir à casa dela ficar com seu nenê. Meu genro decidiu ir à fazenda buscar meu marido.

Depois de três horas, um médico, nosso conhecido, foi nos informar:

— Marcelo está vivo, vai ficar na UTI.

Suspirei aliviada.

— É melhor vocês irem descansar — aconselhou o médico.

Foi o que fizemos. Em casa, deitei, mas não dormi. Meu marido chegou e fomos para o hospital. Vimos Marcelo pelo vidro, estava com a cabeça enfaixada, entubado e com todos os procedimentos que normalmente se usam na UTI.

Meu esposo me levou para casa e retornou ao hospital para conversar com o médico. Voltou para casa triste, abatido, desanimado.

— Norma, foi um grande susto e temos de ser fortes. Marcelo está vivo e penso, com certeza, que a vida dele está nas mãos de Deus. O médico me afirmou que fizeram tudo o que foi possível e que continuarão fazendo. Fui sincero com ele e perguntei se era possível levá-lo para um hospital mais especializado, numa cidade maior; ele me explicou que Marcelo está recebendo o melhor tratamento possível e que seria muito arriscado locomovê-lo. Temos de resolver isto. Nosso filho estuda medicina e ele propôs levar os exames para os professores darem opiniões. Vamos aguardar?

— Sim, vamos — concordei.

Escutei muitos comentários: que a moça por quem Marcelo estava apaixonado se defendia afirmando não ter culpa, que somente saíra algumas vezes com ele e depois, por ele ser novo, não o quisera mais. Soube, por amigos de Marcelo, que ele estava apaixonado e descontrolado, que dera presentes para ela e que, desde que começara a se encontrar com a moça, ele pegava o carro do pai, que empurrava até a rua para ligar. Concluí que ele comprava gasolina para o pai não desconfiar.

Naquela noite, ele a viu com outro rapaz. Eles saíram do barzinho, e ele os seguiu. O motorista do outro carro acelerou para despistá-lo e meu filho o fez também, mas não conseguiu fazer uma curva e caiu num buraco de uma obra que a prefeitura estava fazendo e, por ter chovido forte à tarde, no buraco, havia água e lama. A polícia foi chamada; vendo que ele era menor, um policial o trouxe para casa. Pensei que eu poderia ter sido mais carinhosa com ele naquela noite, mas, no momento em que recebi a notícia, me assustei muito; não dei bronca, porém o alertei de que teria de contar para o pai. Não tinha como esconder aquele ocorrido do meu marido.

Meu esposo, anos antes, ganhara de presente de um tio e padrinho um revólver; ele não gostou do presente e o guardamos no armário do nosso quarto, na parte de cima, e esquecemos dele. Eu me lembrava quando ia limpar o armário. Penso que Marcelo, por curiosidade, ou talvez já tivesse pensado em fazer o que fez, olhou a arma verificando como estava. Porque aconteceu tudo rápido: eu fiquei na sala, ele entrou para a parte dos quartos, subiu num banquinho, pegou a arma e atirou na cabeça quando ainda estava em cima do banco e caiu no chão.

Foram dias em que passei atordoada, recebi visitas de parentes e amigos. Ia ao hospital para vê-lo duas vezes por dia, e através do vidro. Marcelo estava do mesmo modo, inconsciente e entubado. Meu filho que estudava medicina levou os exames do irmão para os professores dele verem e, ao ir para casa no final de semana, reunimo-nos, eu, meu marido e ele, que nos informou:

— Três professores gentilmente analisaram os exames de Marcelo e concluíram que, de fato, aqui no hospital, eles estão fazendo o que é possível. Marcelo danificou, pelo disparo, seu cérebro de forma irreversível. Não há nada o que fazer. Ele não sairá do coma, será como um vegetal enquanto viver.

Choramos muito nós três.

Foi de fato um período muito difícil. Minha filha tinha de cuidar do filho, na época tinha somente um; da casa dela; e ela trabalhava, lecionava. Meu filho tinha aulas e estudava muito, estava no oitavo período do curso. Meu marido tinha de administrar a fazenda e a havia deixado para empregados cuidarem.

Concluímos que, se Marcelo sobrevivesse, a vida dele seria na UTI. O médico nos explicou que, por ele ser forte, sadio, não morrera na hora. Eu sentia que ele não queria morrer, abandonar a matéria física.

Deixaram que a família entrasse na UTI para conversar com ele, vê-lo de perto.

Eu segurava a mão do meu filho, dizia que o amava, que queria que ele vivesse e se recuperasse. Meu marido repetiu muitas vezes que não estava bravo com ele, que o amava e que o carro havia sido consertado. Os irmãos também falavam que o amavam. Soube que alguns amigos também o visitaram e também o incentivaram.

Eu estava confusa e nem sabia mais o que queria: Marcelo vivo como um vegetal ou ele morto, desencarnado.

Ele desencarnou às quatro horas, após sessenta e três dias. Fui ao velório e fiquei alheia, pensei que já havia chorado todas as minhas lágrimas. Após o enterro, reunimo-nos em casa, e meu marido decidiu:

— Todos nós sofremos muito. O período foi difícil para nós. Agora devemos, temos de retomar nossas vidas. Você, meu filho, tem de estudar: deve ter faltas nas aulas, e seu curso requer muito estudo. Você, filha, tem sua casa, esposo e filho. Eu tenho a fazenda, e gastamos muito dinheiro; embora tivéssemos plano de saúde, tivemos gastos extras. Tenho de retornar ao negócio. Você, Norma, por favor, volte à sua rotina, a de antes, sempre teve muito o que fazer. Vamos agora jantar e, após, tentar dormir.

Foi isso mesmo o que ocorreu, a vida continuava, e necessitamos voltar à rotina.

Para mim, o período foi confuso: às vezes parecia estar bem, conformada; outras vezes alheia; e tinha momentos em que chorava muito. Com os dias, o sofrimento passou a ser mais forte. É sofrida a dor da perda, a saudade.

Meu pai encarnado fora espírita de frequentar um centro espírita. Mamãe era de família católica. Fui criada entre duas religiões, sem ser muito religiosa.

Resolvi ir ao centro espírita que meu pai frequentava para tomar passes e assistir palestras. Na primeira vez em que fui, o palestrante dissertou sobre caridade. Não consegui ficar muito atenta, mas gostei. Receber o passe me deu mais equilíbrio. Na segunda vez, o palestrante falou sobre o suicídio. Ele citou livros e afirmou que suicidas sofriam muito e que ficavam num vale. Comecei a passar mal, levantei, saí do salão. Duas pessoas foram atrás de mim, me deram água, passe, e uma delas me levou para casa. Foi então que pensei que Marcelo fora um suicida e que tanto pela Igreja católica como pelo espiritismo ele deveria estar sofrendo. Entrei em desespero.

Perto do meu marido tentava me conter e me sentia aliviada quando ele se ausentava. Não sabia o que fazer, não conseguia me concentrar, nem para orar, e não me alimentava direito. Somente pensava que Marcelo devia estar sofrendo e concluí que eu devia me suicidar para estar com ele e sofrermos juntos.

Minha aparência estava doentia e emagreci muito.

Foi uma terrível agonia, não conseguia pensar em outra coisa a não ser que meu filho sofria, e pensava o tempo todo.

Uma amiga foi me visitar, ela soube o que ocorrera na palestra e que eu não voltara mais ao centro espírita e também não ia à Igreja.

— Por favor, Norma, reaja — pediu essa amiga.

De fato ela se preocupou. No outro dia, ela voltou à minha casa e determinou:

— Vou levá-la para conversar com uma senhora espírita. Agora! Coloque um sapato e vamos. Ela estará em trinta minutos nos esperando no centro espírita que ela frequenta.

— Mas... — eu não sabia se queria ir.

— Não tem "mas" nem meio "mas". Vamos!

Ela me fez colocar um sapato, estava de chinelo, e pentear os cabelos. Acompanhei-a, fomos no carro dela. Chegamos num centro espírita pequeno, a porta estava aberta, e a senhora nos recebeu. Ela pegou na minha mão, sorriu e, após cumprimentos, falou:

— Ninha, Nininha, por que não fica bem?

Meu coração acelerou, meu pai era a única pessoa que me chamava assim; para ele, era o diminutivo de Norminha, mas, em vez de ser com a letra "m", ele coloca a letra "n".

Contei, falando rápido e de forma confusa, o que acontecia comigo. Com certeza ela, a senhora espírita, esforçava-se para entender. Minha amiga resolveu explicar:

— Senhora, Norma teve um filho que, por uma coisa simples, porém penso que para o garoto não foi, tirou a própria vida, morreu, ou seja, desencarnou. Ia tudo indo, ou seja, ela estava lidando com a situação e aí foi a um centro espírita, assistiu uma palestra sobre suicídio e então ficou desesperada, porque acredita que seu filho sofre muito, e ela também escutou isto de outros religiosos.

A senhora pegou na minha mão e calmamente, tranquilamente, me consolou. Que consolo!

— Deus é bom e misericordioso, nunca devemos esquecer disto. Estão me mostrando o seu Marcelo — eu não havia dito o nome dele —, ele está num lugar bonito, numa colônia, no hospital onde são abrigados os que atentaram contra a própria vida no físico. Está sem dores, dorme muito e, quando acorda, está tentando entender. Uma pessoa especial, por merecimento e entendimento, o avô do garoto, seu pai, que estava estudando e trabalhando em outro setor da colônia, deixou tudo para ficar cuidando do neto e de outros doze que estão naquela ala do hospital, abrigados. Seu filho não sofre, Norma!

Enquanto ela falava e segurava minha mão, eu fui vendo. A colônia bonita, o hospital onde não tem tratamento doloroso, o leito limpo e confortável, e meu Marcelo dormindo sem ferimentos, sem tubos, ele ressonava sereno.

Relaxei, e ela continuou:

— Marcelo está sendo cuidado com muito amor, ele se recupera. Se você se matar, não irá encontrá-lo, porque ele está socorrido, e você irá para onde teme, e sozinha. Depois, filha — a senhora apertou minha mão, fechou os olhos —, deve pensar no sofrimento que irá causar. É justo fazer minha Petica sofrer mais? Será confortável para você saber que seu esposo sofrerá mais ainda? Não basta a perda do filho? Quer deixá-lo sem a esposa, a companheira de anos? E seus filhos, os outros dois? A filha, que é muito apegada a você? Como ficarão eles? E o neto?

Ela foi falando, e eu tive a certeza de que era o meu pai. Ele chamava, às vezes, minha mãe de Petica e poucas pessoas sabiam disto. E, conforme ouvia, vinha à minha mente a figura deles: vi minha mãe, que estava se fazendo de forte, mas sofria pela desencarnação do neto; meu esposo, que se esforçava para estar bem e não piorar meu sofrimento; o filho e a filha, que queriam até sofrer no meu lugar.

Chorei, mas tranquila, como se fossem as últimas lágrimas; esforcei-me e consegui afirmar:

— Não vou me matar! Prometo!

— Sendo assim, vamos nos planejar: reaja! Pensará agora em Marcelo socorrido e melhorando a cada dia. Perdoe, filha! A moça que imprudentemente o fez se apaixonar não o fez pensando nessa reação dele. Perdoe Marcelo, ele quis se livrar de um problema e não morrer, tanto que, por dias na UTI, ele tentou sobreviver, arrependeu-se e pediu perdão a Deus; por isso eu, com socorristas, pudemos desligá-lo do corpo físico e o levamos para o hospital. Eu a amo e não quero vê-la sofrer assim. Exijo que me obedeça! Fique com Deus, e eu a abençoo!

A senhora espírita abriu os olhos, largou minha mão, me abraçou e continuou a me consolar:

— Mãe de Marcelo, continue sendo a mãe dele! Perdoe-o, abençoe-o e continue a amá-lo e protegê-lo. Por favor! Somente conseguirá fazer isso se cuidar de você, se ficar bem.

Estava tranquila. Ela se levantou, eu me levantei e disse somente:

— Obrigada!

— De nada! — ela sorriu.

Soube depois o que ocorrera nesse centro espírita: mamãe me explicou que meu pai, preocupadíssimo, tentava me ajudar e se aproveitou da mediunidade dessa senhora para me dar o recado. A equipe desencarnada de trabalhadores da casa tudo fizeram para que eu, meu espírito, visse as cenas e as transmitisse ao meu cérebro físico.

Saímos do centro espírita e pedi para minha amiga:

— Deixe-me no cabeleireiro, quero me arrumar.

A amiga estava contente com o resultado do encontro e me levou; minha cabeleireira de anos fez tudo para me atender, então esmaltei as unhas, cortei e tingi os cabelos e me senti bem.

Valeu o que fiz, porque, quando meu marido chegou em casa e me viu tranquila e arrumada, me elogiou e lágrimas escorreram de seus olhos.

Nunca esqueci Marcelo, todos os dias orava por ele e mandava recados de carinho e amor. Passei a frequentar o centro espírita a que meu pai ia, mas sempre antes procurava saber o tema das palestras. Ajudava na assistência social do centro. Foi depois de oito anos que encontrei com a senhora espírita e novamente a agradeci.

— Obrigada, senhora, me ajudou muito.
— De nada, fico contente em revê-la bem.

Tentei, esforcei-me e consegui ficar bem; continuei sendo boa mãe para meus dois filhos, excelente avó e uma boa companheira para meu marido. Tentei consolar outras mães.

Até hoje, muitos anos depois, sou grata à senhora espírita pelo consolo que meu deu e também ao meu pai, a Deus e aos que me ajudaram. Que consolo recebi dessa senhora espírita!

Norma

Perguntas de Antônio Carlos

— Norma, você concorda que Marcelo ficou mais tempo na UTI porque depois não queria desencarnar?
— Sim, os médicos não entenderam o porquê de o corpo físico dele não findar suas funções. Minha mãe me contou que meu pai lhe falou que fora isto mesmo que acontecera; ele se arrependeu e não queria morrer. E isto acontece com muitos imprudentes que cometeram este ato impensado. Arrependem-se e não querem desencarnar.
— Você de fato perdoou?
— Perdoar Marcelo foi mais fácil — respondeu Norma. — A moça, tive de me esforçar, mas consegui.
— O que você faz no Plano Espiritual?
— Trabalho no hospital onde estão abrigados os imprudentes que optaram por deixar a vida física pelo suicídio, na ala de jovens. Amo muito meu trabalho.

— Tem planos para o futuro?

— Quero ficar mais tempo desencarnada, esperar pelo esposo, ajudá-lo na adaptação e continuar com meu trabalho. Por enquanto não penso em reencarnar.

— Agradeço por ter vindo nos contar sua história.

— Lembrar do consolo que recebi me foi prazeroso e me deu mais vontade de seguir esse bom exemplo, consolar como fui consolada.

Explicação de Antônio Carlos

A maioria das pessoas que cometem a imprudência contra a própria vida se arrependem logo em seguida, e jovens que não queriam ter morrido acabam querendo suas vidas de volta.

Todos os suicidas precisam de perdão e escutar incentivos para pedir socorro, perdoar e se esforçar para ficar bem. Normalmente eles sentem quando pensam neles como condenados sem perdão. Isto não ocorre, todos nós temos como ser perdoados, basta nos arrependermos a ponto de que, se retornássemos no tempo, não agiríamos daquela forma, e rogar pelo perdão. Eles sentem os incentivos, principalmente da família, e querem perdão por tê-la feito sofrer; quando o recebem daqueles que os querem bem, esforçam-se e de fato melhoram.

Nada pior do que um espírito se sentir condenado para sempre. Suicidas têm que se harmonizar, porém não devemos nos esquecer que cada caso é um caso e que não existe regra geral na Espiritualidade. Suicídio por impulso, num momento de desespero, é visto de uma maneira. O arrependimento é um fator importante para que haja socorro. Vimos, nesta história, o avô, que foi, encarnado, espírita, mas que poderia ter tido qualquer religião, que, estando estudando e trabalhando em outro setor da colônia, largou tudo para ir cuidar do neto e de outros. O amor faz diferença na vida de qualquer pessoa.

Porém, como Norma contou, Marcelo reencarnou com sequelas que ele mesmo provocou. O tiro feriu seu cérebro físico, foi por vontade dele, e lesou seu perispírito. Novamente no corpo físico, teve a oportunidade de se harmonizar. Com toda certeza, na sua próxima encarnação, terá um corpo físico sadio. Esperamos que tenha aprendido a lição: dar valor à oportunidade de estar encarnado.

Palestras: são muitas as instruções para que as palestras espíritas sejam otimistas e nunca façam críticas a nada: não opinar sobre orientações sexuais, bem como não comentar outras religiões e condutas de certas pessoas. Não se deve abordar política, futebol, e se devem evitar assuntos polêmicos. É melhor deixar para abordar temas que podem ser mal interpretados, como aborto e suicídio, para grupos de estudos, nos quais se podem dar opiniões e perguntar para tirar dúvidas.

Há tantos temas interessantes e esclarecedores para abordar nas palestras, e estas devem ser tranquilas, ensinar como se deve agir, e não falar o que não se deve fazer. O palestrante do centro espírita a que Norma foi com certeza não sabia, ao abordar o suicídio, que ali estava assistindo a mãe de um, que se apavorou com o que ouviu e que quase ocorreu outro suicídio.

Podemos sempre ter a atitude dessa senhora espírita: consolar os que no momento estão passando por dificuldades, que estão sofrendo, e com conselhos otimistas, que com certeza serão preciosos consolos.

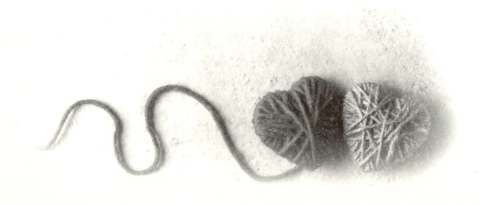

Capítulo 5
O livro

Desencarnei com trinta e dois anos por um enfarto fulminante. Minha avó me socorreu e me levou para uma colônia. Foi após doze dias que de fato acordei e recordei minha vida.

Minha mãe, não a conheci, ou não lembrava dela; quando estava com um ano e sete meses, ela foi embora, me deixando com meu pai; ele então me levou para os pais dele, vovó Adelaide e vovô Antônio, que me criaram. Na adolescência, quis saber de minha mãe, não consegui saber nada. Papai se casou de novo, ou melhor, como era casado com minha mãe e ela sumiu, ele morava com outra mulher e tiveram um filho, meu irmão. Embora morássemos perto, nos víamos pouco.

Éramos de classe média baixa, meus avós moravam numa casa simples, para nós boa, que era deles; meu pai também tinha casa própria. Papai nunca contribuiu com nada na minha criação, educação, foram meus avós que de fato me criaram. Meu pai era filho único. Eu, com quatorze anos, acabei o ensino fundamental, que, na época, era o ginasial; arrumei emprego de garçonete num restaurante e bar perto de casa. Namorei um colega de trabalho, garçom, um rapaz de vinte e três anos, apaixonei-me e fiquei grávida. Não tinha como nós morarmos juntos, optamos então ficar cada um em sua casa. Meus avós ficaram muito tristes com a notícia e meu pai não quis nem saber; eu, no começo, me entusiasmei, mas depois, com a barriga crescendo, comecei a entender minha situação.

Esse rapaz era de outra cidade. Estava grávida de sete meses quando, ao chegar para trabalhar, uma colega me entregou uma carta dele e me contou que ele se despedira, dizendo que ia voltar para sua cidade, que era grande e longe. Abri a carta, ele se despedia, escreveu que recebera a notícia de que sua mãe estava muito doente e que pedira para ele voltar; disse que sentia muito, mas não tinha como assumir um filho e não pretendia voltar, então confiava que eu iria cuidar da criança sozinha.

Passei mal, fiquei sentada por dez minutos me recuperando e voltei ao trabalho.

Contei para meus avós, vovó chorou. Vovô opinou:

— Você, Fabíola, é mais que nossa filha. Temos nos perguntado como erramos na sua educação para que se tornasse mãe solteira e, pior, abandonada. Espero que tenha somente essa filha.

Escutei de duas colegas de trabalho que eu poderia doar o nenê. Uma delas me deu um endereço de onde poderia ir para visitar o local e fazer a doação, e que eu nem saberia o sexo da criança. Vovó me pediu para pensar e argumentou:

— Você, Fabíola, é muito nova, tem a vida toda pela frente; com filho, tudo será diferente, mais difícil, até para casar!

Vovô opinou:

— Criamos você e, se Deus quiser, ajudaremos a criar sua filha, não tem de doá-la. Sangue nosso não se dá, e pronto.

Eu não queria doar meu nenê e resolvi ficar com ele, mas prometi a mim mesma nunca mais me envolver com ninguém. Vovô se referia sempre à criança que esperava como "filha", que seria uma menina.

Escutei muitos falatórios, críticas, somente duas vizinhas foram solidárias, me deram roupinhas para o enxoval. Passei os dois últimos meses de gravidez triste, abatida e trabalhando. Necessitava comprar coisas para o nenê.

Trabalhei até dois dias antes de a criança nascer. Meu parto foi difícil, sofri muito e tive uma menina, a quem dei o nome de Gabriela. Para mim ela era linda, de fato era um bebê muito bonito. Ela encantou meus avós e passou a ser a nossa alegria.

Meu avô era aposentado e os dois, vovó e vovô, gastavam muito com remédios. Voltei ao trabalho, mas logo procurei outro emprego em que ganhasse mais. Arrumei num escritório de contabilidade; gostei porque não trabalhava aos sábados e domingos e, nestes dias, trabalhava como garçonete no meu antigo trabalho. À noite, durante a semana, fazia o serviço de casa para vovó, com minha filhinha nos braços; quando ela era maiorzinha, ficava ao meu lado e conversávamos. Não tinha tempo para mais nada.

Gabriela estava com sete anos, quando meu avô ficou doente, acamado por oito meses. Foi um período difícil, tive de deixar meu trabalho de garçonete, para fazer todo o trabalho de casa e ajudar a vovó Adelaide. Vovô desencarnou, voltamos à vida de antes. Vovó se apegou muito a Gabriela, e ela crescia sadia, era muito inteligente, meiga e educada.

Meu pai, por influência de sua esposa, vinha raramente nos ver, não ajudou com a doença do meu avô, eu via poucas vezes meu irmão. Meu pai foi atropelado e desencarnou. Contaram para nós, vovó e eu, que minha madrasta recebera indenização e teria pensão. A casa em que moravam, ela passou para o filho para eu não receber nada. Não fui atrás de meus direitos. Passei a sustentar vovó porque a pensão que recebia era insuficiente. Eu tinha poucas coisas, minhas roupas eram as colegas de trabalho que me davam e também ganhava coisas para Gabriela. Matriculei minha filha numa boa escola, ela estudava inglês numa escola de idiomas e fez diversos cursos. Era muito estudiosa, eu queria que ela se formasse, que fosse para uma universidade.

Minha avó desencarnou, ela sentiu-se mal, chamamos a ambulância, ficou internada e desencarnou três dias depois. Senti muito. A casa seria cinquenta por cento minha, e a outra metade, do meu irmão, que casara, morava com a mãe e tinha um casal de filhos. Sabia que às vezes eles brigavam, e muito. Resolvi conversar com ele, embora não fôssemos unidos, ele tinha somente eu de irmã, e eu a ele. Pedi que me deixasse continuar morando lá, na casa dos nossos avós, até que Gabriela se formasse. Ela queria cursar economia. Ele concordou, e eu continuei trabalhando muito. Gabriela era muito econômica, nos tornamos mais unidas ainda.

Gabriela fez dezesseis anos, estava no terceiro ano do ensino médio e estudava muito para passar no vestibular numa universidade pública.

Desencarnei sem aviso. É estranho eu dizer isto. Porém algumas desencarnações são surpresas. Meus avós ficaram doentes, a enfermidade foi se agravando e aí, quando não se melhora, espera-se a mudança de plano. Meu pai foi atropelado, num segundo deixou a vida física. Eu tive um enfarto. Como achava que estava bem de saúde, não sentia nada, não ia a médicos. Pagar uma consulta particular era caro para mim e, para consultar em algum posto de atendimento, perdia-se um dia de trabalho, um luxo.

— *Fabíola querida, está acordada? Como está?*

Vovó Adelaide entrou no quarto, onde estava com outros cinco recém-desencarnados; sorrindo, aproximou-se e me beijou no rosto.

— *Estou bem, vovó, estive pensando, recordando acontecimentos.*

— *Passamos pela vida, Fabíola. Outra fase começará, e espero que goste.*

— *A senhora gosta daqui?* — quis saber.

— *Muito.*

— *E o vovô? Ainda não o vi.*

— *Meu marido* — vovó Adelaide explicou —, *seu avô, está trabalhando num posto de socorro, num local onde abrigam desencarnados, ele tenta ajudar nosso filho, seu pai. A desencarnação, para meu filho, foi complicada, ele não aceitou a mudança de plano, ficou vagando e foi para o Umbral, que é um local muito difícil de se estar. Seu avô está tentando ajudá-lo. Você quer saber de outras pessoas?* Eu, quando me foi possível, quis saber. Sua mãe foi embora com outro homem, sofreu porque ele era um tirano, teve mais dois filhos. Este homem a matou, os filhos foram adotados e, faz poucos anos, ela reencarnou. O pai *de sua filha foi para a cidade em que a família dele mora, casou e tem três filhos. Nem se lembra de você.*

Ao falar na minha filha, eu a senti, ela estava sofrendo muito.

— *Vovó, e Gabriela? O que será dela? Por Deus, a ajude* — roguei.

Chorei. Preocupei-me demais.

— *Fabíola, vamos aguardar, tudo se resolverá. Fique bem para mandar incentivos bons a ela.*

Não consegui. Preocupava-me demais com ela, que estava com dezesseis anos, fazendo o último ano do ensino médio e queria continuar estudando. Como ficaria ela sozinha? Vovó prometeu ajudá-la.

Eu não conseguia melhorar, estava agoniada, às vezes me desesperava. O que Gabriela faria sem mim? Ela estava sozinha. Como ela iria morar? Como estudar? Pensava o tempo todo na minha filha.

Meus ex-colegas de trabalho, foi então que percebi que todos gostavam de mim, oravam para mim, e estas orações me equilibravam. Quando falavam de mim, todos tinham lembranças de favores que eu fizera a eles. De fato eu sempre tentei fazer o bem; embora com meu tempo escasso, sempre tive um momento para escutar alguém, dar bons conselhos, incentivos e ajudá-los no trabalho. Eles fizeram tudo para que Gabriela recebesse uma pensão, era pouco, mas receberia.

Meu irmão levou Gabriela para morar com ele; a mãe dele, minha madrasta, não gostou e passou a ofendê-la e chamá-la de bastarda; a mulher do meu irmão ficava alheia, e os filhos dele, um casal, não gostaram de repartir o espaço deles. Gabriela estava infeliz. Meu irmão alugou a casa em que morávamos, tiraram os móveis e guardaram num quartinho no quintal.

Minha filha estava sofrendo muito, eu sentia a infelicidade dela e não conseguia reagir nem fazer nada. Uma trabalhadora daquela parte do hospital em que estava, pois ainda não conseguira sair de lá, me levou para conversar com um orientador da colônia.

Um senhor gentilmente nos atendeu, e a trabalhadora contou:

— Senhor, esta é Fabíola, está internada conosco, mereceu ser socorrida, porém não está conseguindo se harmonizar.

— É por causa da minha filha — interrompi —, ela está com muitos problemas. Ela sofre, e eu me desespero. Penso nela o tempo todo, até me esforço para reagir, mas não consigo. Minha filha chora, me quer perto, lamenta a falta que eu faço para ela. Minha garota está em situação difícil, é de menor, mora de favor, está sendo maltratada e...

Resolvi parar de me queixar. O orientador me escutou, me olhou tranquilamente e sorriu.

— Fabíola, vou ajudá-la! Irei até ela e tentarei resolver os seus problemas. Tente, esforce-se para ficar bem. Ora, tente se distrair e fazer alguma tarefa! O trabalho é gratificante, nos distraímos com ele. Volte aqui amanhã neste horário que eu lhe darei notícias.

Aguardei ansiosa. Como tarefa, fui varrer o jardim do hospital. O local era lindo. E aí veio à minha mente: *"Como posso estar bem e minha filha não?"*. Desesperei-me de novo. Esforçando-me, tive momentos melhores e dormia depois de passes aplicados pelos trabalhadores do hospital.

Fui ao encontro, dessa vez sozinha. O orientador, ao me ver, sorriu e me deu a notícia:

— Fabíola, tudo está caminhando bem. Adelaide tem auxiliado a bisneta. Gabriela com certeza passará no vestibular e cursará *a universidade que quer. Matriculada, ela irá morar com colegas. Com certeza isso melhorará a vida dela.*

Tendo a certeza de que tudo melhoraria para minha filha, esforcei-me mais para me melhorar, mas isto aconteceu pouco.

Meses depois, vovó me deu a notícia, com alegria:

— *Fabíola, Gabriela passou na universidade, foi morar com duas colegas num apartamento; as duas são amigas e de uma mesma cidade, dormirão no quarto maior, e Gabriela, no pequeno. Elas dividirão as despesas. Minha bisneta se mudará no sábado.*

— *Como fará as despesas?* — perguntei preocupada.

— *Com a pensão que recebe e a metade do aluguel da casa, dará para pagar sua parte no aluguel e para se alimentar.*

De fato, senti Gabriela entusiasmada, mais tranquila, ela se mudou, e as aulas começaram; ela estudava muito e arrumou um emprego de babá aos sábados e domingos, das quatorze horas no sábado até no domingo às quatorze horas. O casal saía para ir em festas e ela ficava com uma menininha de um ano e nove meses.

Senti-me mais tranquila, saí do hospital, fui para a casa onde vovó morava e passei a fazer tarefas. Mas ainda me sentia apreensiva e às vezes temerosa. Foi então que comecei novamente a me desesperar. Gabriela sentia minha falta e, talvez, tendo mais tempo, se comparava com colegas, todos tinham pais, sentia minha falta, saudades que doíam. Pensava em mim, não sabia, não entendia o que estava acontecendo comigo. Indagava-se: "Será que mamãe está no inferno? Estará minha mãezinha sofrendo? Onde estará ela?".

Não estava rendendo na tarefa que fazia, parava e me desesperava todas as vezes que Gabriela chorava.

Novamente, procurei ajuda do orientador, que afirmou que me auxiliaria.

Dois dias depois, o orientador me chamou e contou:

— *Tentaremos resolver a dificuldade de vocês duas. Sim, tentaremos, porque você irá comigo vê-la. Vamos!*

Ia argumentar que não estava preparada para essa visita, mas não o fiz porque o orientador pegou na minha mão e volitamos.

Já tinha visto desencarnados volitarem, vovó fazia isto, ela me incentivara a aprender, locomover-me pela força do pensamento, mas não conseguia me equilibrar para aprender nada.

Era de noite, entramos no quarto dela, que dormia. Ao vê-la dormindo, serena, senti ímpeto de apertá-la. O orientador me segurou e pediu:

— *Calma, por favor, viemos aqui para ajudá-la.*

Contive-me.

O que vi me surpreendeu. O corpo físico de Gabriela continuou dormindo com os olhos fechados, e ela, seu perispírito, abriu os olhos e me viu. Alegrou-se.

— *Mamãe! Mamãezinha! A senhora aqui?*

O orientador me olhou, e eu, influenciada por ele, fiquei calma, sorri e falei compassadamente e amorosamente:

— *Minha filha! Gabriela querida! Estou aqui para lhe dizer que eu a amo e que o amor permanece além do tempo e do espaço. Entende? Você me ama, e eu a amo. Quer saber onde estou e o que faço? Leia este livro.*

O orientador me deu um livro, eu o mostrei para minha filha e repeti:

— *Leia este livro! Violetas na janela! Não esqueça! Amo-a, e muito. Eu a abençoo!*

O orientador me afastou, deu um passe em Gabriela, seu perispírito fechou os olhos.

Voltamos à Colônia, o orientador me pediu para esperá-lo na sua sala e disse que logo retornaria.

De fato, ele voltou e me explicou:

— *Fabíola, achei melhor levá-la de surpresa para que você não esperasse ansiosa.*

— *O senhor me conduziu. Falei o que o senhor quis?*

— *Fiz isso para que Gabriela tivesse um sonho maravilhoso. Era o que convinha para ela.*

— *E o livro?* — quis entender.

— *Você irá lê-lo, é uma obra que tem auxiliado muitos desencarnados e encarnados que sofrem, pela separação física, com a mudança de planos. Logo voltaremos para perto de Gabriela. Peço-lhe para ficar calma.*

Minutos depois, amanheceria; novamente volitamos rápido. Entramos no apartamento dela, pude observar o local: era pequeno, mas arrumado. Minha filha se preparava para sair, ia à universidade, ia mais cedo para conversar com uma secretária. Olhei-a com amor, senti vontade de abraçá-la e beijá-la, mas o orientador apertou minha mão e novamente me contive. Senti que Gabriela estava gostando do curso de economia. Ela saiu, e nós dois a acompanhamos; andou apressada, foi para o ponto de ônibus e logo entrou no veículo; ficamos ao lado dela, eu a fiquei olhando. Gabriela continuava linda. Desceu do ônibus em frente à universidade, que era enorme; caminhando rápido foi à secretaria. Cumprimentou uma moça, ela estava com um livro na mão. Minha filha foi à secretaria porque esta moça iria lhe vender dois livros usados que ela precisava para estudar.

O orientador olhou para Gabriela e a fez ver o livro que estava na mão da moça. Minha filha se arrepiou e lembrou do sonho, em que vira a mãe linda, maravilhosa, e que lhe pedira para ler um livro; lembrou que vira a capa e, ao ler o título, admirou-se mais ainda: *Violetas*...

— Violetas! — Gabriela exclamou.

— Sim: *Violetas na janela!* É um livro maravilhoso. Acabei de lê-lo! Fantástico! Nem ia trazê-lo hoje, mas de repente senti vontade de ler um texto e trouxe.

— Deixe-me ver — pediu Gabriela.

Ela pegou o livro. O orientador a olhou fixamente e Gabriela lembrou com nitidez do sonho.

— Você me empresta? Por favor! Minha mãe morreu e estou sofrendo muito. Sonhei com este livro esta noite. Nem imaginava que ele existia.

O orientador olhou a moça, ela não estava com vontade de emprestar o livro. Gostara muito dele e queria guardá-lo para relê-lo. Mas emprestou.

— Tome cuidado e me devolva.

A moça emprestou o livro para Gabriela, ela tinha aula e foi para sua sala.

Voltamos à colônia. O orientador me deu o livro.

— *Leia, Fabíola, e imagine sua filha lendo.*

Agradeci o orientador e, curiosa, quis saber:

— *Senhor, como conseguiu fazer a Gabriela ver o livro?*

— *Quando você me pediu ajuda, fui ver sua filha, analisei a situação e pensei como poderia auxiliá-las. Como Gabriela ia hoje pela manhã à secretaria, eu fui lá e vi a moça que trabalha neste local com o livro na bolsa. Após nós termos visitado Gabriela à noite e depois de deixá-la aqui, visitei a moça, como fiz com sua filha, e pedi a ela para trazer o livro novamente e emprestá-lo para alguém. Essa moça é uma boa pessoa e acatou meu pedido. Foi fácil!*

Voltei para casa e comecei a ler o livro, o achei fantástico. Senti Gabriela começar, à tarde, a lê-lo; ficou até de madrugada lendo. Foi dormir somente quando acabou. Senti o que ela determinou:

— Mamãe, mãezinha, você me mostrou, quis que eu lesse para saber onde está. Amo-a muito, sempre a amarei. Quero mesmo que desfrute de uma colônia maravilhosa. Sinto, com certeza, que está feliz! Graças, mil vezes graças a Deus!

Gabriela mudou completamente em relação a mim, passou a pensar menos e, quando lembrava de mim, era para me imaginar volitando, indo a teatros, assistindo palestras e na companhia da avó Adelaide, me via sorrindo e feliz. E eu passei a ser como minha filha queria, não me desesperei mais, e foi então que realmente morri.

Fiz cursos, aprendi muito e trabalhava contente. Como mãe, sempre me preocupei com Gabriela. Pude visitá-la algumas vezes. Vovó ia mais e me dava notícias. Gabriela era ótima aluna, passou a ir a um centro espírita perto do apartamento, assistia palestras, recebia passes, pegava livros emprestados na biblioteca do centro para ler, e leu mais cinco vezes o livro *Violetas na janela* e a sequência dele. Imaginava-me fazendo o que a Patrícia contava nos livros. Isto, para nós duas, foi excelente.

Gabriela passou o período da universidade estudando muito, trabalhou nas férias de garçonete e nos finais de semana de babá. Estava no último ano quando o tio a procurou porque queria vender a casa; ela concordou e, no dia e horário marcado, assinou a venda. Pegou o dinheiro e comprou objetos que lhe faltavam e roupas. Formou-se, não repetiu nenhuma matéria e teve notas muito boas. Participou somente da entrega do diploma. Todos os colegas estavam com a família, e ela, sozinha.

Pude ir e me emocionei. Foi muito bom vê-la receber o diploma e me comovi com o recado que ela me mandou por pensamento:

"Mãezinha querida, com certeza está sabendo que consegui me formar, deve estar alegre. Eu lhe dedico meu diploma e quero dizer que a amo".

Gabriela fez estágio obrigatório para se formar e ficou empregada na empresa em que estagiara.

As duas colegas foram embora e minha filha ficou no apartamento sozinha. Ela gostou muito.

Gabriela ficou contente com seu salário; comprou roupas para ir mais bem-vestida ao trabalho, pôde ir ao cinema, a restaurantes, e continuou indo ao centro espírita. Fez um bom trabalho, e uma empresa de uma cidade vizinha, cliente da que trabalhava, quis ver o trabalho que ela fizera e a convidou para trabalhar com eles com o ordenado muito bom.

Gabriela se mudou de cidade, a firma alugou para ela um apartamento mobiliado e perto da empresa. Minha filha trabalhou muito, quis acertar os equívocos da firma. O resultado apareceu, tornou-se diretora da contabilidade, e seu salário ficou muito bom. Minha filha não imaginava ter tanto dinheiro. Pensou: "Se mamãe e vovó estivessem vivas, as duas teriam vida de rainha. Eu daria tudo para elas. Com certeza, além de orgulhosas, elas devem estar contentes comigo".

Ela pôde diminuir o ritmo de trabalho, procurou um centro espírita para frequentar, comprou livros espíritas e colocou o livro *Violetas na janela* em destaque na sua estante.

Comprou um apartamento financiado, aprendeu a dirigir e comprou um carro.

Gabriela teve muitos pretendentes; estudando, os afastava dizendo não ter tempo para namorar; de fato, não tinha. No primeiro emprego, chegou a sair com dois rapazes, mas desistiu, eles não a interessavam. Neste emprego, no começo, não tinha tempo; depois, não se interessou por ninguém.

O filho do proprietário estava fazendo um estágio no exterior, ele era engenheiro mecânico; voltou e, assim que os dois se conheceram, se olharam e se interessaram um pelo outro. Dois meses depois, estavam namorando. Por um trabalho, Gabriela recebeu um prêmio, uma boa quantia em dinheiro, e por isso deu entrevistas a jornais, a uma revista, ao rádio e apareceu recebendo o prêmio num canal de televisão. Vovó e eu choramos emocionadas.

Numa visita que fiz à minha filha, ela se recordou de acontecimentos passados após minha desencarnação; acompanhando seus pensamentos, eu fiquei então sabendo.

Gabriela levou um susto, um choque, ao saber que eu desencarnara. Teve medo de morar sozinha, ficou apavorada. Não teve escolha e foi morar com o tio, meu irmão por parte de pai. Ele pegou todos os móveis da casa, guardou alguns e vendeu outros. Alugou a casa, ela teve de sair dos cursos de idiomas. Ia para a escola e tentava ficar lá mais tempo para estudar. Na casa, minha madrasta a insultava; os dois primos, ela foi dormir no quarto com eles, a desprezavam; ela fez, muitas vezes, as tarefas escolares para eles, limpava a casa, lavava e passava suas roupas, e por muitas vezes ficara sem se alimentar. Quando foi morar no apartamento com as colegas, levou somente algumas coisas que foram de nossa casa. O tio lhe dava a metade do aluguel, mas ela sabia, por ter ouvido a minha madrasta falar, que era bem menos da metade. Quando mudou não os viu mais, somente viu o tio na venda da casa e soube que recebera bem menos do que tinha direito. No apartamento, com as duas colegas, também às vezes, não fora fácil, era ela que limpava, e as duas traziam alimentos e não davam para ela, que não tinha dinheiro para algo diferente. Mas no geral tudo deu certo.

Após o prêmio, numa tarde, Gabriela me chamou em pensamento ao receber uma visita. Uma pessoa foi à empresa em que ela trabalhava para falar com ela. Não conhecia o homem, mas desconfiou de quem era. Eu estava com ela e reconheci, era o pai biológico de minha filha. A visita estendeu a mão e se apresentou falando seu nome inteiro. Gabriela sabia o nome do pai. Retirou a mão, sentou-se e olhou para o homem. Eu também o olhei.

— Não sei se sua mãe falou de mim. Sou seu pai! — o homem falou e sorriu.

— Sim, ela falou. Sabe que mamãe faleceu? — Gabriela tentou ficar calma.

— Não. Sinto muito.

— Por que esta visita? O que veio fazer aqui? — perguntou minha filha.

— Soube de você. Quando fui embora, uma colega nossa, que trabalhava no bar, me escreveu contando que você nascera e seu nome. Depois não soube mais de você até ler numa revista sobre o prêmio que ganhou. Parabéns! Eu fiquei...

— Não estou entendendo. Por que esta visita? — Gabriela repetiu a pergunta.

— Pensei que ficaria feliz em me ver.

— Talvez ficasse quando precisei muito de alguém. Quando mamãe faleceu e eu fiquei sozinha. Quando passei por necessidades. Você tinha como saber de mim, podia ter voltado para me registrar, sabia onde morávamos. De fato não entendo por que veio agora me procurar.

— Posso registrá-la! — afirmou ele.

— De jeito nenhum! Não quero pai neste momento. Não quero mesmo!

Eu entendi o que estava acontecendo. Aprendera muito, pois estudara. Vi a intenção dele, fora vê-la querendo muito que a filha ficasse contente com sua presença. Ele fizera planos para irem, ele e a família, morar com ela e serem sustentados. Passei isto para minha filha. Infelizmente, aquele homem não era boa pessoa. Gabriela se levantou e falou determinada:

— Infelizmente, senhor, não tenho pai nem no meu registro nem na minha vida e não quero ter. Para mim, bastou a mãe maravilhosa que tive. Peço-lhe para ir embora, não voltar mais e, como antes, esquecer que teve uma filha. Estou trabalhando e, por favor, vá embora!

— Vim somente com o dinheiro de passagem de vinda, eu... — ele fez uma cara de piedade.

Mentiu, esforcei-me e passei isto para Gabriela. Não era justo ele aparecer para importunar minha filha. Se Gabriela o ajudasse uma vez, teriam outras.

— O problema é seu! — Gabriela falou rispidamente.

Minha filha chamou a secretária e pediu:

— Lívia, acompanhe esse senhor até a portaria. Até logo, senhor! Ou melhor: até nunca mais!

Saiu da sala, ele não teve outra alternativa, acompanhou a secretária.

Gabriela fez um aviso, escreveu um bilhete para deixar na portaria solicitando que todas as pessoas que quisessem falar com ela tivessem de ser anunciadas e somente entrassem com o seu consentimento; informou também que ela não tinha parentes ou família. Escreveu outro aviso parecido para deixar na portaria do seu prédio.

À tarde, ela, em pensamento, me chamou de novo. Recebera uma carta do tio, do meu irmão. Li a missiva com ela. Meu irmão, mais discreto, pedia notícias dela e dizia que ficara contente com o prêmio que ganhara. Convidou-a para visitá-los e disse que gostaria de visitá-la. O primo perguntou se ela não poderia lhe dar uma moto. A prima escreveu que vira a foto dela com uma roupa bonita e que gostaria também de ter roupas melhores. Gabriela lembrou que a prima pegara para ela suas melhores roupas e não devolvera quando ela se mudou.

Gabriela respondeu, resolveu também não se aproximar deles.

"Meu Deus!", pensou minha filha. "Bastou eu receber o prêmio para eles se importarem comigo. Se a notícia fosse diferente e tivesse sido presa ou algo assim, com certeza não me procurariam, como não fizeram quando eu precisei. Não quero conviver com eles".

Escreveu que não tinha intenção de visitá-los nem de recebê-los, que estavam separados e deveriam continuar assim. Disse que sabia que o tio lhe dava o aluguel indevido, mesmo sabendo que ela vivia com dificuldades e que vendera a casa por mais; assim, em relação aos meses que morara com eles, até por ela ter feito serviço na casa, a estadia estava mais que paga. Respondeu para os primos que não queria e não daria nada a eles. Pediu no final para eles voltarem a ignorá-la, porque ela não queria a aproximação deles.

"Isto não é vingança", concluiu Gabriela. "De fato não quero conviver com eles, que me procuraram porque pensam que estou bem financeiramente, e realmente estou. Não quero nada de mal a eles, mas não os quero no meu convívio".

Postou a carta. Vovó me contou que, quando eles receberam a resposta, se indignaram. Meu irmão, porém, reconheceu que Gabriela tinha razão e deu a ordem:

— Não quero que ninguém mais escreva para ela. Gabriela tem razão; quando ela ficou aqui, peguei todo o dinheiro do aluguel; ela então pagou pela sua estadia e fazia serviços da casa. Depois, pensava que ela não sabia, dava menos dinheiro do aluguel e, quando vendi a casa, também lhe dei menos. Esquecemos dela, é justo que ela agora esqueça de nós.

Gabriela se casou e teve três filhos; os sogros a amam como filha, ela agora tem família e está bem.

O consolo que Gabriela recebeu foi pelo livro que leu, *Violetas na janela,* e que muito me ajudou. Bendito consolo!

Fabíola

Perguntas de Antônio Carlos

— Fabíola, você não mencionou religião. Foi religiosa?

— De frequentar, não, mas orava muito e sempre tinha muita fé em Nossa Senhora Aparecida. Quando li o primeiro livro espírita, estava desencarnada, interessei-me e li muitos outros; com Gabriela indo ao centro espírita, eu me tornei espírita.

— Você sentiu mágoa com as atitudes de outras pessoas em relação a você? Do pai de sua filha? De sua madrasta?

— Não senti mágoa; senti, no momento, a ofensa, mas não guardei rancor; desculpei e orei para eles. Comigo senti menos; o que fizeram com minha filha me doeu mais, porém não guardei mágoa.

— Se pudesse voltar no tempo, agiria diferente?

— Sim, penso que sim — respondeu Fabíola. — Primeiro não teria relações sexuais com o primeiro namorado e sem proteção.

Segundo que, mesmo não sentindo nada em relação a saúde, iria a médicos para ver se de fato estava saudável.

— O que você faz atualmente?

— Trabalho em auxílio às pessoas que sofrem pela ausência de pessoas queridas. Participo de um grupo que orienta desencarnados que, como eu, se desesperam com o sofrimento de encarnados pelas suas mudanças de plano. Como eu fui ajudada, ajudo-os para que, de fato, possam morrer, "remorrer".

— Agradeço por ter nos contado o seu consolo.

— Fiquei contente pelo convite e espero que meu relato possa ajudar encarnados a agirem corretamente diante da desencarnação de um ente amado, consolar e dar consolo.

Explicação de Antônio Carlos

A vida dá voltas: escutava isto do meu avô. Acontecimentos se sucedem com o passar do tempo, mudando muitos fatos. Com certeza, o tio de Gabriela e sua família não esperavam que aquela garotinha, que era chamada de "bastarda", viesse a ser uma vencedora. Ignoraram-na no período difícil para querer aproximação depois. Realmente, Gabriela não se vingou, não fez nada pensando em desforra. Seria vingança se, depois, ela os perseguisse e lhes fizesse algo de mau. Ela agiu com bom senso e não os quis para convivência, ainda mais porque sabia ser por interesse. E, na volta que a vida deu, ela passou o período difícil e a bonança veio. Que bom para ela!

Encarnados podem receber influências de desencarnados e também de outros encarnados. Se ambos estão no mesmo plano, um escuta o outro, porém ambos têm, como todos nós, livre-arbítrio. Desencarnados, com certeza, influenciam mais encarnados médiuns, por estes os escutarem com mais facilidade, mas também atende quem quer. O orientador que auxiliou Fabíola, como todos os que trabalham em colônias, são espíritos experientes, de muito estudo e anos de trabalho no bem. Para ajudar Fabíola, ele pesquisou e encontrou uma maneira de influenciar encarnados, e deu certo, porque, como ele disse, as duas eram pessoas boas: Gabriela e a secretária. Quantas vezes encarnados sentem e não vão por um lugar, optam por outro e evitam um acidente? Recebem uma ofensa calados e evitam uma briga? etc. Por isso é muito recomendável orar, ter bons pensamentos, fazer o bem; atitudes boas são sempre boas para aqueles que assim agem. Porém alerto que muitos desencarnados mal-intencionados podem tentar influenciar para atos ruins e podem conseguir ou não, porque, lembro, todos nós temos o livre-arbítrio. Coisas como: "Faça isto!"; "Não aceite essa ofensa, revide!"; "Vá a esse encontro!"; "Pegue isso, ninguém está vendo!" etc. Como saber se a sugestão é boa ou não? Pondere-a: se for algo que pode prejudicar a si mesmo ou a outrem, não atenda. Se for algo em que nada de mau pode acontecer, ore, peça ajuda a Deus e, se sentir certeza, faça.

O livro *Violetas na janela*, escrito pelo espírito de Patrícia, psicografado pela médium Vera, tem ajudado muito, e, segundo a autora, uma pesquisa constatou que auxilia mais os desencarnados. Consolando encarnados, os desencarnados podem "remorrer", como escreveu Fabíola, ou seja, viver no Plano Espiritual com alegria.

Quando Patrícia escreveu, o objetivo era que uma pessoa espírita, estudiosa, contasse sua desencarnação, para que fosse incentivo para os espíritas, porque a desencarnação, acompanhada de bons atos e com conhecimentos, é muito gratificante, boa. Porém nos surpreendemos com o livro, ele é o consolo, um verdadeiro consolo, principalmente a pais que tiveram filhos desencarnados precocemente.

Que tesouro precioso são as obras que consolam!

Capítulo 6
O sonho

Chamo-me José Luís. Tive este nome quando encarnado, na última vez em que vesti um corpo físico, e aqui no Plano Espiritual sou chamado assim: Zé Luís. Recebi um grande consolo. Vou narrá-lo, porém, para fazê-lo, precisei da orientação do espírito de Antônio Carlos e também contar o que aconteceu para ser consolado.

Estava com doze anos quando me interessei por uma menina. Na minha turma, éramos muito amigos, a maioria estudava junto, falávamos em ter namoradas. Tudo muito inocente, uma brincadeira, mandávamos recados para elas, às vezes uma flor, balas e chicletes. Eu escolhi Lilian para namorar; pelos recados, ela me aceitou, e falávamos que namorávamos. E nós dois não trocamos de par, pois a garotada estava trocando, mas nós continuamos sendo, um para o outro, namorados. De namoro de infância para a adolescência, passamos a nos encontrar, conversar e namorar de fato. Fizemos o ensino médio juntos, na mesma escola. Ela se formou professora, e eu, técnico de contabilidade.

Arrumei um emprego, ela foi lecionar e noivamos. As famílias nos ajudaram, alugamos uma casa e casamos. Sonhamos com uma cerimônia bonita, com festa, mas tivemos que escolher casar logo ou aguardar e juntar dinheiro. Optamos por ficar juntos e casamos.

Nós nos amávamos, e muito. Eu amava Lilian, penso que muito mais que ela a mim. Porém não era paixão, era amor mesmo. Estávamos felizes. Nunca discutíamos, combinávamos em tudo. Eu não ganhava muito nem ela. Compramos, aos poucos, tudo o que queríamos para nossa casa e, para nós, estava linda. Viajamos em duas férias. Tudo parecia perfeito. Planejamos então guardar dinheiro para comprar uma casa. Mas decidimos que poderíamos fazer isso e ter um filho, estávamos casados havia quatro anos. Lilian parou de evitar a gravidez. Porém não ficou grávida e, após dez meses, ela resolveu consultar um médico, e este lhe pediu vários exames.

Eu não me preocupei, somente o fiz com os resultados de alguns exames. A mãe dela foi com ela ao médico. Naquela tarde, ao retornar para casa, encontrei Lilian chorando.

— Zé Luís, o médico me recomendou ir consultar um oncologista, médico especialista em câncer. Ele nos disse que, como deram alterações nos meus exames, preciso fazer outros e me aconselhou que um especialista me veja. O médico pediu para não me preocupar, mas que procurasse logo. Mamãe, de lá mesmo, do consultório, marcou uma consulta, que será depois de amanhã.

Lilian chorou e eu fiquei sem saber o que fazer, não conseguia nem pensar. Abracei-a e, carinhosamente, repeti que a amava. Acreditava e tentei passar para ela que não seria nada e que logo ela estaria bem. Lilian me contou que ultimamente estava se sentindo cansada, mas pensou que fosse algo passageiro. Quis ir à consulta com ela, mas decidimos que minha sogra iria, para eu não faltar no trabalho.

Novos exames, aguardamos ansiosos, e o resultado foi que Lilian estava com leucemia. Infelizmente era um câncer agressivo. Todos choraram, e eu me desesperei.

Lilian se afastou do trabalho e começou o tratamento, que não era fácil. Meu desespero era que, naquela época, ninguém se curava de câncer. Com diagnóstico, era certeza de sofrer e morrer. Apavorei-me. Perto dela, esforçava-me para aparentar tranquilidade, animava-a e passei a fazer tudo para ela.

O tratamento era caro, todos da família, a dela e a minha, ajudaram. Lilian, após a medicação, ficava na casa de seus pais, porque se sentia muito mal, eu ficava junto.

Resolvemos, para conter as despesas, desfazer-nos de nossa casa, para não pagar o aluguel; enquanto durasse o tratamento, ficaríamos na casa dos pais dela. Tínhamos, mais eu, esperança de que Lilian fosse sarar. Nossos móveis, uns foram para a casa de um irmão dela; um pouco, para o lar de meus pais; e o restante, para onde moravam meus sogros. Eu ficava todo o tempo que conseguia perto dela, que passou a precisar de ajuda para tudo. Fiz um acordo no trabalho, saí, recebi o dinheiro, que usei no tratamento dela, e fiquei mais tempo com minha esposa.

Foi um período difícil, em que ela ficava internada por dias e, ao voltar para casa, ficava no leito. Estava sendo muito sofrido vê-la doente. Revezávamos, para cuidar dela, eu e sua mãe. Todos os familiares, meus e dela, nos ajudavam financeiramente e com trabalho.

Um ano e dois meses após termos descoberto a doença, Lilian piorou muito, foi internada e faleceu, ou seja, desencarnou.

Eu, na época, parecia doente, estava magro, abatido, cansado e sofria muito. Ver a pessoa que amamos sofrer é padecer junto. Às vezes parecia não acreditar; em outros momentos, que o mundo para mim acabara, nada mais me interessava. Tinha, porém, certeza de que nunca mais iria ficar com alguém e que amaria Lilian para sempre.

Após o enterro, voltei para a casa de meus pais. Meus sogros, mesmo sofrendo muito pela desencarnação da filha, tentaram me ajudar, eles viram a minha dedicação e meu sofrimento.

Foram eles que resolveram o que fazer com nossas coisas, objetos de nossa casa: venderam alguns, pois tínhamos dívidas, e doaram outros.

Meus pais me levaram ao médico, fiz exames, estava bem, somente anêmico, e ele receitou remédios para dormir.

Um vizinho de quarenta e dois anos se suicidou. Eu me revoltei, foi somente essa vez que me revoltei. Expressei indignado:

— Será que Deus é justo mesmo? Lilian queria tanto viver, lutou muito e morreu. Esse homem se matou!

— Zé Luís — opinou minha irmã —, será que esse homem um dia não irá querer viver e irá morrer?

— Filho — mamãe se preocupou —, Lilian foi para o céu, e esse homem não. Não seja injusto dizendo que Deus é injusto. Às vezes não entendemos os acontecimentos, mas tudo tem razão de ser.

A revolta passou e continuei apático. Minha mãe acabou ficando brava comigo. Lembro-me bem de sua bronca:

— Zé Luís! Viva, meu filho! Não é você somente que sofre nesta terra! Todos nós sofremos com a doença e o falecimento de Lilian. Eu não quero sofrer com o seu. Você ouviu o padre dizer que ela foi para o céu. Acredito! Se você morrer, porque quer, irá para o inferno e nunca mais a verá. Reaja! Se continuar assim, irei lhe dar uma surra de chinelo!

Fiquei aborrecido, fui visitar meus sogros e escutei da mãe de Lilian:

— Zé Luís, sua mãe está certa. Nós dois, eu, como mãe, e meu marido, como pai, somos gratos a você pela imensa dedicação com que cuidou de Lilian. Mas a vida continua. Não quero que venha tanto aqui para ficar se lamentando. Não quero! Mas, sim, vê-lo bem. Volte a trabalhar. Faça algo para você. Será que Lilian quer vê-lo assim? Ela o amava, e quem ama quer ver o outro bem. Vá embora e cuide de você!

Fiquei muito ofendido.

"Será que ninguém entende minha dor? Não vou me matar, mas quero, sim, morrer para me encontrar com Lilian e ficar com ela pela eternidade."

No outro dia, fui ao meu antigo emprego e pude voltar ao trabalho. Passei a tomar a medicação e me alimentar melhor. Minha irmã se casou, eu fiquei na casa de meus pais e tentei não dar trabalho a eles. Chorava no meu quarto e pensava muito em Lilian. Amava-a demais.

"A morte não acaba com o amor! Então irei amá-la para sempre!", pensei determinado.

Voltei a estudar, me matriculei num curso de administração numa faculdade particular, estudaria à noite.

Não fui mais à igreja nem orava. Resolvi curtir meu sofrimento, padecer até Deus me levar, e pronto, estava decidido. Não ia em reuniões de família, aniversários de sobrinhos, somente saía de casa para ir ao trabalho e à faculdade. Conversava pouco; se meus pais recebessem visitas, eu pedia licença e ia para meu quarto.

Numa noite de sábado, estudei e fui dormir. Foi então que recebi o consolo. Sonhei com Lilian. Fixei tanto este sonho que, até hoje, muitos anos depois, lembro-me dele com detalhes.

Sonhei que flutuei, sentei-me num banco e me vi rodeado de flores e plantas. Olhei para o lado direito e vi Lilian sentada perto de mim. Observei-a, estava linda, concluí que ainda mais bonita do que quando nos casamos. Estava corada, cabelos longos, vestia o vestido que usou no nosso noivado, azul-claro com detalhes brancos. Lilian sorriu para mim, sorriso que me encantava. Eu fiquei sem me mover olhando para ela. Lilian pegou na minha mão. Senti seu perfume. Falou devagar, me olhando nos olhos:

— *Zé Luís, amor meu, não gosto de vê-lo sofrer assim. Quando amamos, estamos unidos por este sentimento. Como vê, estou sadia, era o meu corpo que estava doente e não minha alma. Console-se, amor meu! Por favor! Quero vê-lo bem! Agora sorria para mim, seu sorriso é bonito demais! Sorria!*

Eu queria falar, mas não consegui, a fiquei olhando e sorri.

Lilian foi sumindo, senti flutuar novamente e acordei.

Abri os olhos, senti ainda o perfume de Lilian. Levantei-me, sentei na poltrona que estava no meu quarto. Olhei as horas, eram duas horas e quarenta e cinco minutos. Memorizei o sonho, não queria esquecê-lo; fiquei pensando nele sorrindo, não voltei a dormir. Peguei um dos meus cadernos, escrevi e reescrevi tudo o que lembrava do sonho. Senti-me consolado e, naquele momento, contente. Lilian sempre me chamou de "amor meu".

"Com certeza, por toda a minha vida, sentirei falta da Lilian, a amarei para sempre, porém devo mudar minha conduta."

Escutando mamãe na cozinha, levantei-me, a cumprimentei e avisei:

— Mamãe, vou à missa com a senhora!

Minha mãe se alegrou. Fui à missa, passei a ir todos os domingos e voltei a orar. Tornei-me mais sociável e passei a conversar com as pessoas. Senti-me melhor. Não tinha um dia que não lembrasse do sonho, muitas vezes pegava o caderno em que o escrevera e lia; às vezes, ao fazer isto, sentia o perfume de Lilian.

Talvez, por ter mudado, meus pais e minha irmã pensaram que eu deveria namorar, casar de novo. Começaram a me falar de pretendentes. Resolvi esclarecer e, num domingo em que almoçávamos todos juntos, pedi:

— Quero pedir a vocês que não me arrumem namoradas. Não me empurrem para ninguém. Aviso que melhorei meu comportamento, mas isto não quer dizer que irei namorar alguém. Não! Decidi que nunca mais vou me envolver afetivamente. Então, por favor, não tentem me arrumar namoradas. Entenderam?

Eles afirmaram que sim. De fato, por dois anos, tudo ficara bem. Ia me formar no final do ano. Eu era gentil e me dava bem tanto com os colegas do trabalho como com os da faculdade, e eles me queriam bem, eu os estava sempre ajudando. Ia à igreja e às festas familiares.

Começaram a me falar de uma moça que era amiga de minha irmã. Não dei atenção, pensei que eles iriam cumprir o que me prometeram. Conhecia a moça por ela ter ido à minha casa, e em horários em que eu estava.

Num domingo, surpresa, ela foi convidada para almoçar conosco. Entendi e me aborreci. Almocei calado e, quando o almoço terminou, ia pedir licença para sair, quando minha irmã determinou:

— Zé Luís, você irá acompanhar Maristela até a casa dela, que lhe mostrará sua coleção de selos. Maristela não é um amor? Ela é solteira. Ela é...

— Desculpe-me — interrompi sério —, não posso ir. Maristela, não sei o que lhe falaram, mas eu sei o que quero: não me envolver com ninguém afetivamente. Não quero acompanhá-la até sua casa nem ver a coleção de selos. Preciso sair. Até logo!

Saí. Tinha planejado estudar à tarde, mas, aborrecido, fui ao cinema. Quando voltei, mamãe me deu uma bronca:

— Precisava ser mal-educado?

— Precisava vocês, após eu pedir, me empurrarem alguém? Com certeza, mamãe, eu os incomodo. Mudarei, irei amanhã arrumar um lugar para morar.

— Zé Luís, você não incomoda, não entenda errado. Queremos o melhor para você, que precisa refazer sua vida.

— Isso é escolha minha. Vou me mudar!

No outro dia, aluguei um apartamento muito pequeno; era um cômodo, onde seria quarto, sala e cozinha, e outro, com porta, um pequeno banheiro. Comprei algumas coisas, que julguei serem mais necessárias, à prestação. O bom desse apartamento é que ficava a duas quadras da faculdade, não necessitaria mais pegar ônibus como fazia todas as noites. Na faculdade, fiz um acordo para pagar metade da mensalidade, e o restante com juros, após me formar. Não vi minha irmã por um tempo e, por dois domingos, não fui à missa nem à casa de meus pais. No terceiro, fui à missa. Mamãe me convidou para o almoço, meu pai insistiu, e eu falei que iria num outro domingo, que tinha o que fazer.

De fato, sábado à tarde e domingo, limpava o apartamento, lavava e passava roupas e fazia comida para a semana. Ficara tudo mais difícil para mim, foram meses em que tinha muito o que fazer e estudar.

Depois de dois meses que saíra de casa, fui, num domingo, almoçar. Minha irmã me pediu desculpas:

— Zé Luís, eu não deveria ter feito o que fiz, não depois de você pedir. Porém fiz pensando que poderia ser bom para você.

— Aprenda, minha irmã, uma coisa: quando queremos ajudar uma pessoa, devemos primeiro ver, saber, o que ela quer. Espero mesmo que nenhum de vocês tenha mais esta ideia.

Formei-me. Para mim, foi uma vitória, participei somente da entrega do diploma. Minha família foi à formatura e eu fiquei contente. Continuei trabalhando no mesmo lugar e paguei o que devia à faculdade. Mandei currículos para outras empresas. Fui chamado para duas entrevistas: a primeira não me atraiu porque era fora da cidade; a segunda, sim, e fui aceito, ganharia muito mais. Com alegria fui trabalhar nessa firma. Gostei e fiz amigos. Logo que mudei de emprego, comprei um apartamento financiado num local muito bom. Mobilhei-o.

Ia quase todos os domingos à missa na igreja perto da casa de meus pais e almoçava com eles. No outro emprego, o anterior, eu vendia todas as férias para ter dinheiro; tirei férias e fui viajar, foi muito bom descansar. Eu saía pouco de casa, ia à igreja, ao cinema, almoçava e jantava em restaurantes e estava bem.

Uma noite, ao ir para meu apartamento, após ter ido ao cinema, vi um grupo na praça que distribuía sopa. Eu me aproximei e os observei: o grupo, mulheres e homens, conversavam com as pessoas, davam roupas e serviam sopa. Quis saber mais do grupo e fui conversar com eles, que me informaram que eram católicos, que frequentavam a igreja ali perto e que três vezes por semana eles auxiliavam um grupo de pessoas pobres que residia numa favela próxima e moradores de rua: serviam sopa, refeições, à noite. Interessei-me e pedi para fazer parte da equipe.

Gostei demais do grupo que, às dezoito horas, se reunia na cozinha que ficava nos fundos da igreja para fazer os alimentos a serem doados e depois ia para a praça. Os participantes da equipe, quase todos eram casados. Eu não havia tirado minha aliança, para mim continuava casado com Lilian. No meu primeiro emprego, todos sabiam o que tinha me acontecido. Na faculdade, também, meus colegas sabiam. No meu novo emprego, contara sem detalhes que era viúvo. No grupo da assistência social, nada falei. Numa noite na cozinha, enquanto preparávamos os alimentos, uma senhora se dirigiu a mim e quis saber:

— Zé Luís, por que sua esposa não vem com você? Tem filhos?

Todos se calaram para escutar a resposta. Esclareci:

— Não tenho filhos. Sou viúvo. Minha esposa faleceu.

— Igual à Juliana. Ela estava noiva, faltavam dois meses para casar, quando o noivo morreu num acidente.

Mudaram a conversa. Observei Juliana: ela era bonita, agradável, educada, e seu olhar, triste. Pensei que poderíamos conversar, pois tínhamos a mesma solidão amorosa.

Nasceu então uma amizade, passamos a ficar mais juntos e depois sair para jantar, ir ao cinema. Era agradável nossa conversa.

Quando isso aconteceu, fazia oito anos e sete meses que Lilian falecera. Resolvemos ficar juntos, namorar. Deu certo, as famílias se conheceram, eu tirei a aliança e nos casamos com festa. Juliana morava perto da praça, num apartamento próprio e maior, mudei-me para o dela. Ela tinha um bom emprego e ganhava mais que eu.

Eu nunca me esqueci de Lilian, penso que Juliana também não esquecera o noivo. Prometemos que nossa união seria baseada em amizade e carinho.

Desde que saíra da casa dos meus pais, via pouco a família de Lilian, mas tínhamos amizade, eles ficaram contentes com meu casamento; não foram à festa, mas mandaram presente.

Tivemos duas filhas. Quando a primeira nasceu, eu a amei demais, fui um pai presente; nasceu a segunda, e tudo fiz para não fazer diferença, porque amava demais a primeira.

Continuamos sendo muito religiosos e sempre ativos no trabalho da assistência social. Educamos bem nossas filhas e demos tudo o que nos foi possível a elas.

Juliana e eu nos respeitávamos, combinávamos muito, e, aos poucos, com os anos de convívio, o amor surgiu e nos amávamos.

Minhas filhas estudaram em universidades, e a primeira namorava firme. Senti um mal-estar, desmaiei no trabalho, fui levado para o hospital com muitas dores no abdômen. Tive pancreatite, que se agravou, e desencarnei. Fui socorrido. Quando acordei, vi meus pais e amigos da igreja que já tinham feito a passagem de plano.

Decepcionei-me porque a morte não era como eu esperava. Fui, aos poucos, entendendo e aceitei, por compreender pelo raciocínio. Passei a ser útil.

Nunca esqueci o consolo que recebi com aquele sonho. Bendito seja ele, que me consolou demais.

José Luís

Perguntas de Antônio Carlos

— José Luís, você escreveu que se decepcionou com sua desencarnação. Gostaria que nos contasse mais sobre isso.

— Eu, encarnado, não questionei nada que me fora ensinado ou que escutara, segui fielmente minha religião. Talvez, se tivesse pensado, questionado, teria tido mais conhecimentos. Tive merecimento de um socorro e sou muito grato a ele. Foi quando estava no Plano Espiritual que pensei: "Por que Deus deveria nos julgar?" Deus está sempre em nós, é energia pura, não é uma figura humana nem um idoso. Céu de ociosidade? Absurdo! Para mim, seria um inferno. Mas com o que me decepcionei, no começo, foi porque pensava que ia me encontrar com Lilian, mas ela havia reencarnado. Era minha primeira filha. Não gostei no início de saber da reencarnação, depois que entendi, compreendi a imensa bondade do Criador. Não havia pensado e tive muitas coisas para pensar, principalmente no porquê das diversas maneiras de viver. Por anos eu doei, e havia os que recebiam na assistência social de que fiz parte. Fiquei maravilhado depois, por entender que tudo tem explicações, pela reencarnação, como as diferenças sociais. Também gostei de saber que amores verdadeiros não se separam; o meu, por Lilian, mudou e passou a ser paternal. Foi maravilhoso!

— O que você, José Luís, faz no momento?

— Tenho estudado e trabalho como socorrista na igreja que frequentava quando encarnado. Há muito trabalho: muitos desencarnados que vagam entram na igreja para pedir ajuda, encarnados fazem pedidos e, para atendê-los, é preciso que sejam analisados, planejados. Isso é maravilhoso! Somos uma equipe de vinte trabalhadores e também acompanhamos as tarefas da assistência social. Fazemos muitos socorros a desencarnados e auxiliamos a equipe encarnada da assistência, os incentivamos e até tentamos resolver seus problemas. Ajudando, de fato, se é ajudado. Gosto muito do meu trabalho, por ele vejo muito minha família. Juliana é assídua no trabalho, e minhas filhas e genros estão sempre indo. As duas se casaram e tenho três netos.

— Você sabe agora o que ocorreu no sonho que teve?

— Sim, sei. Sentindo meu sofrimento, e isto estava incomodando Lilian, um orientador preparou o encontro. Fui levado à colônia em que Lilian estava, ela me esperou num jardim, se arrumou, e nós nos encontramos.

— Tem planos para o futuro?

— Quero continuar com este trabalho e estudando por muito tempo.

— Obrigado por ter nos contado seu consolo.

— Eu que agradeço e quero escrever mais um pouquinho: entendo o sofrimento de quem é separado fisicamente de um ser amado pela morte do corpo físico, mas não devemos esquecer que o amor permanece, não termina, que a vida continua para os que vão e para os que ficaram. Ambos devem se consolar, ter fé, esperança, orar sempre e desejar que fiquem bem. Somente se fica bem se acreditarmos que aqueles que amamos estão bem.

Explicação de Antônio Carlos

Com certeza, a dor diante da desencarnação é muito grande, é doloroso ver o ser querido partir, não conviver mais conosco. Mas esta dor tem como ser amenizada se acreditarmos que sobrevivemos e que a vida continua após o corpo físico ter parado suas funções. Normalmente tentam sempre suavizar esta dor, são pessoas encarnadas que tentam consolar os que sofrem. Às vezes, a pedido do desencarnado, que quer que não sofram pela sua mudança de plano, os encarnados são consolados, obtêm auxílio. Socorristas ajudaram Lilian a ficar bem no Plano Espiritual, consolando o esposo. O sonho ocorreu.

Sonhos: são diversas as maneiras de se entender um sonho. O cérebro físico, mesmo com o corpo carnal adormecido, está ativo, tem lembranças, pode confundir fatos que são lembrados com sonhos. Podemos ter encontros com outros encarnados e desencarnados no local onde o corpo está adormecido, como também o perispírito pode se afastar do corpo físico e sair, passear e ter encontros. É muito aconselhável orar antes de dormir, ter bons pensamentos, para que, se isso ocorrer, ter encontros que sejam com bons espíritos. Normalmente se encontra com afins. Uma noite, a pedido de uma mãe, fui visitar um encarnado numa penitenciária; afastei o perispírito do moço que visitava para conversar com ele, falei de Jesus, para pedir perdão, para orar e lembrar da mãe. Ele acordou apavorado e contou aos companheiros que tivera um pesadelo. Ele se afinava com desencarnados que vagavam por lá, que foram criminosos, eles são seus amigos. Se uma pessoa boa sonhasse com os desencarnados com que esse moço se afina, com certeza seria um pesadelo. Então sonhos, bons ou não, o são pela afinidade. Muitos destes encontros não são lembrados, mas normalmente a sensação permanece na pessoa, às vezes suavizando a saudade, encontrando soluções para problemas etc.

Alerto que um bom sonho é aquele que nos causa bem-estar, nos dá paz, consolo, como ocorreu com José Luís. Muitos desencarnados sabem modificar seus perispíritos e tomar a aparência de quem quiser. Conhecimento não é privilégio de espíritos bons, é para aqueles que estudam. Desencarnados mal-intencionados podem usar desse conhecimento para enganar. Modificam a aparência, mas não conseguem fazê-lo com sua energia, fluido. Se o sonho deu tranquilidade, foi um bom encontro.

Vimos também, neste relato, que a família de José Luís quis ajudá-lo e pensaram que o melhor seria ele ter outro relacionamento amoroso. Infelizmente, não deu certo. Quando queremos ajudar, realmente devemos antes perguntar àquele que irá receber o que ele quer, deseja. E não fazer o que pensamos ser o melhor. Muitas vezes há enganos. O ajudado não quer o que julgamos ser o melhor. Infelizmente tenho visto isto: "vou ajudar assim". E o auxílio pode não dar certo. Julga-se a pessoa necessitada de um balde d'água quando ela queria somente um copo. Quando se quer ajudar, pergunta-se, escuta-se e se faz de acordo com a resposta que receber. Escutei recentemente alguém perguntar e aquele que seria ajudado responder algo exorbitante, impossível de ser realizado. A ajuda não aconteceu. Devemos usar o bom senso, escutar e, diante da resposta, fazer o que se pode, o que convém.

José Luís escreveu que se decepcionou quando ocorreu sua mudança de plano; embora ele tenha, com a convivência, com o tempo, amado sua segunda esposa, esperava se encontrar com a primeira, e ela havia reencarnado como filha dele. Afetos sinceros normalmente não se separam; se isto ocorre, é por pouco tempo. O amor muda a forma de querer bem: ora esposa, ora filha etc. Devemos amar sempre e ampliar o círculo de pessoas queridas. Amar de forma pura, sincera, aquele amor de querer sempre o ser amado bem.

Todos os locais de orações, de ajuda ao próximo, têm servidores desencarnados trabalhando para auxiliar. José Luís faz um importante trabalho. Normalmente, em quase todas as igrejas, templos religiosos, têm equipes valiosas de tarefeiros que se esforçam para ajudar a todos que lá vão rogar uma ajuda.

Que consolo interessante recebeu José Luís!

Capítulo 7
O amor

Chamo-me Mariana. Às vezes penso se o que recebi foi uma grande ajuda, um conselho ou um amoroso consolo. Ajuda porque me esclareceu, me tirou do sufoco pelo qual passava; conselho porque me fez agir diferente; porém concluí que foi consolo, sofria e fui consolada.

Passara boa parte da noite acordada para finalizar um relatório, fui dormir às duas horas; acordei naquela manhã de domingo, como de costume, às sete horas e fui levar o relatório à casa de uma colega para que ela o levasse para mim ao escritório em que trabalhava. Isto porque tinha uma consulta médica às dez horas e trinta minutos e então faltaria no período da manhã. Este relatório tinha de estar cedo no escritório.

Peguei o ônibus e fui à casa dela. Ela pegou o envelope, disse que ia sair e que o levaria para mim. Despedi-me e fui para o ponto de ônibus. Percebi uma movimentação de pessoas chegando de ônibus e indo para o mesmo lado. Curiosa, observei para onde iam. O que me chamou a atenção foram as pessoas, a maioria eram famílias, pais e filhos, e todos estavam alegres. Entraram num salão, era um templo evangélico. Interessada, perguntei a uma senhora que passava sozinha:

— Aonde todos vocês vão?

— Escutar uma pregação. Um pastor de outra cidade veio nos visitar. Ele é famoso por seus sermões. Você quer ir? Convido você. Venha!

Pensei: "Não tenho nada para fazer, e faz tanto tempo que não oro. Vou!"

— Quero ir — respondi à senhora.

— Então, me siga.

As pessoas estavam alegres e conversavam baixinho. Sentei numa cadeira simples. Senti paz, há muito tempo não tinha um período tranquilo. Fiquei olhando, observei que as pessoas e o lugar eram muito simples.

Um homem foi à frente. Todos se calaram. Ele fez uma oração: primeiro pediu proteção, depois agradeceu e após apresentou o orador, a quem ele se referiu como pregador. Um senhor se levantou, foi à frente, sorriu e começou a falar ou a ensinar.

Eu o ouvi extasiada. Foi maravilhoso. Parecia que ele falava para mim. Começou:

— O amor... O amor... O amor... No sentido profundo, amar é fazer aos outros o que quer que lhe façam. Então amar é viver em todos e para todos. Quem ama consequentemente imita os atos de Jesus, porque o que o Mestre ensinou resume as atitudes deste sentimento. Amando reduzimos em nós a dor, a aflição, e nos sentimos protegidos, porque o amor, quando sentido, traz a paz e consequentemente a felicidade. Quem ama cultiva em si as virtudes que darão, com certeza, bons frutos. O amor é como o sol que nos aquece. O primeiro mandamento é: amar a Deus sobre todas as coisas. Entender o amor de Deus em tudo e todos. Tudo e todos mesmo! O Criador está em tudo e todos! Porém esta presença se irradia em nós, seres humanos, de forma diferente. Deus está em nós, mas somos nós que preparamos o local em que Ele está, e isto se dá pela forma de vivermos. Em certas pessoas Deus está dentro de uma armação de cimento, ou de ferro, às vezes de aço; em outros, em caixa de metal, papelão; alguns, de vidro, cristal, como Jesus, em quem Deus estava numa caixa de cristal puríssimo que irradiava Sua luz. E você, meu amigo, amiga, que está me escutando: Como Deus está em você? Dentro de quê? Felizmente, pela imensa misericórdia, graça do nosso Pai Criador, nós, somente nós, podemos mudar este recipiente. Sim, podemos mudar. Desfazendo as caixas duras e as purificando até elas serem translúcidas e irradiarem a luz dentro de nós, que é o Amor de Deus.

O pregador fez uma pausa, todos estavam atentos, e eu mais ainda. Ele continuou:

— Concluímos então que devemos amar a Deus. Todos concordam? Certo! Porém não se pode amar a Deus sem amar o próximo. "Ah! Mas essa pessoa está com Deus numa caixa de cimento armado!" Mas lá está Deus! Posso não concordar, aliás devo discordar de todas as atitudes maldosas, porém, até nos seres mais cruéis, Deus está presente. Então não amo Deus se não amar o próximo, e não amo o próximo se não amar a Deus. O segundo mandamento: amar o próximo como a si mesmo.

Uma pergunta importante temos de responder: Amo a mim mesmo? Amo a Deus dentro de mim? Eu me amo? Como isto é de grande importância! Se devo amar a tudo e a todos, eu não sou parte deste todo? Claro que sou! Devo me amar e amar a Deus dentro de mim. Como me amo? Querendo-me bem. Cuidando do meu corpo com atenção, carinho, não me intoxicando com nada, me higienizando, fazendo de tudo para estar bem, isto para que Deus dentro de mim esteja bem. Mas o que mais endurece o lugarzinho de Deus em nós é ira, inveja, calúnia, preguiça, vaidade, enfim os vícios, e mais ainda as maldades, fazer mal a outros e a si mesmo. A crueldade é o pior dos sentimentos. Então devemos amar a Deus, a nós mesmos e ao próximo. Amando-nos, queremos o bem para nós, então devemos nos livrar dos vícios e adquirir virtudes. E aí estaremos preparados para amar a todos e a tudo. Amar o próximo, o segundo mandamento, é fazer aos outros o que queremos que façam a nós.

O pregador novamente fez outra pequena pausa e voltou a ensinar:

— Ah! Mas eu me desiludi, fiz atos bons e recebi ingratidão! Quem recebe ingratidão faz atos com amor egoísta, exige reconhecimento daquele que beneficiou. Quem ama faz por amor sem exigir nada em troca. O que devemos ser é gratos, sempre gratos: a Deus, pelo imenso amor e misericórdia para conosco, e a todos aqueles que sentem Deus dentro de si e nos fazem um ato bom. Ser grato é sinal de que aprendemos a amar. A gratidão desanuvia a caixa em que Deus está em nós.

O pregador falou por uma hora e quarenta minutos, e ninguém cansou. Eu tenho, tinha, quando encarnada, uma memória fantástica, tinha facilidade de gravar tudo o que escutava, via e, se tinha interesse, gravava mais ainda e com detalhes. Isto era bom no meu emprego, com certeza eles me mantinham lá por este motivo: "Mariana, onde está aquele processo?"; "O que ele disse mesmo?"; "Quem foi?" etc.

Eu irei contar, escrever, o que o pregador ensinou naquela manhã de domingo e como ele influenciou a minha vida. Que consolo recebi com aqueles ensinamentos!

Ele terminou lendo um texto da Bíblia, este não decorei, copiei algumas frases. Mas antes ele elucidou:

— Paulo, o apóstolo dos gentis, em uma de suas cartas, epístola aos Coríntios, que está no capítulo vinte e três, versículo treze. Vocês, acompanhando, notarão uma diferença, irei substituir a palavra "caridade" pelo "amor". Por que faço isso? Porque minha escolha no sermão de hoje foi o amor. Mas existe diferença? Se me amo, tenho caridade para comigo. Se tenho caridade para com o outro, eu o amo. Não posso amar e não ser caridoso. Se sou caridoso, eu amo. Vamos ler: "Ainda que eu falasse as línguas dos homens e dos anjos, se não tiver amor, sou como um bronze que soa, ou como címbalo que tine... o meu corpo para ser queimado, se não tiver amor, nada me aproveita. O amor é paciente, é benigno, não é invejoso... não se irrita, não suspeita mal... tudo desculpa, tudo crê, tudo espera, tudo sofre. O amor nunca há de acabar... tudo passará... Agora, pois, permanecem estas três coisas: a fé, a esperança, a caridade, o amor, a maior delas é o Amor."

Depois que desencarnei, ao ler *O Evangelho segundo o espiritismo*, de Allan Kardec, vi que este educador escreveu esta epístola de Paulo para esclarecer. Está no capítulo quinze, "Fora da caridade não há salvação", item seis. Tem o texto desta epístola e a completa com uma explicação interessante, como é todo este livro: "Coloca, assim, sem equívoco, a caridade, 'Amor', acima da própria fé. Porque a caridade 'Amor' está ao alcance de todos, do ignorante e do sábio, do rico e do pobre; e porque independe de toda crença particular. E faz mais: define a verdadeira caridade; mostra-a, não somente na beneficência, mas no conjunto de todas as qualidades do coração, na bondade e na benevolência para com o próximo".

No término oraram, cantaram, e as pessoas, umas foram cumprimentar o pregador, outras saíram. Eu saí, fui para casa e copiei tudo o que lembrava do ensinamento que escutei. Meditei sobre ele: "Estou me sentindo consolada, amada e entusiasmada. Devo me limpar por dentro, esforçar-me para mudar a caixa onde Deus está dentro de mim. Amo Deus, disto tenho certeza, então devo me amar para amar meu próximo".

Fui à farmácia, comprei xampu, hidratantes para os cabelos, eu mesma esmaltei minhas unhas. Cuidei de mim, da minha aparência, gostei do resultado. Resolvi desmarcar minha consulta. Por estar me sentindo péssima, não me amando, ou melhor, não gostando nem um pouquinho de mim, isto refletia em antipatia, intolerância, e não fazia questão de gostar de ninguém. Sentindo-me infeliz, fui à procura de médicos, que me receitaram vários remédios. Resolvendo mudar minha forma de viver, planejei diminuir a medicação, como fui orientada, para não precisar tomá-la mais. Para começar, se amava Deus, tinha de fazê-lo do modo certo, me amar e amar o próximo.

Na segunda-feira fui trabalhar, desmarcaria a consulta depois das oito horas. Ao chegar no meu emprego, a colega que pedira para entregar o trabalho falava aos outros:

— Mariana me pediu para trazer o relatório que acabou de fazer em casa. Claro que eu li e acertei uns itens.

Quando entrei, ela estava de costas para a porta, não me viu entrar, outros colegas viram, me olharam, então ela virou e me viu. Com certeza, todos esperaram o que antes faria, um pequeno escândalo, depois iria chorar no banheiro. Porém pensei: "Amo Deus e quero me amar. Se me amo, não posso deixar atos externos me afetarem. Ira, nervoso e mágoa são venenos. Não quero me envenenar".

Suspirei e falei calmamente:

— Onde você modificou? Se fui eu que fiz, quero saber. Ao verificar, se você acertou, agradeço, porém pode ser que você tenha se enganado. Tenho o rascunho aqui na bolsa. Por favor, me mostre onde você mexeu.

Todos ficaram calados nos olhando. Peguei a pasta das mãos dela e o rascunho da minha bolsa.

— Eu... não mexi — ela se esforçou e falou.

Com certeza todos esperavam uma explosão minha. Suspirei de novo.

— Obrigada por ter me trazido o trabalho. Vou entregá-lo ao chefe.

Com exercícios diários, passei a ter caridade comigo. O pregador tinha razão, devemos, antes de fazer caridade ao próximo, fazer a nós mesmos. Não queria me intoxicar com raiva, mágoa, me queria bem. Tinha de aprender a me amar.

Passei a ser mais simpática, a responder corretamente e ser amável com os colegas. Pela minha memória era muito indagada. Como queria que eles perguntassem como eu estava passando, passei a fazer isto, indagar como eles estavam. Passei a conversar com todos no escritório.

Tive relacionamentos amorosos. Não deram certo, porque eu, insatisfeita, não conseguia agradar. O último foi abusivo. Ele me explorava. Recebi de herança de meus pais o apartamento em que morava, uma casa e um ponto comercial, recebia os aluguéis e meu ordenado, então tinha sempre dinheiro. Este moço dizia que namorávamos, mas ia e voltava, ou seja, ia embora e retornava, pegava objetos meus, fazia comprar presentes a ele e ia embora.

Nossa última discussão fora sexta-feira antes do domingo em que assistira à pregação. Pensei nesse relacionamento e entendi que não merecia estar nesse envolvimento; se tinha de me amar, não podia mais aceitar esse abuso. Ele me fazia sofrer. Fui a um chaveiro e troquei a fechadura da porta do meu apartamento, porque ele tinha a chave e ia lá sempre, às vezes quando eu não estava, para pegar alguma coisa. Oito dias depois ele me telefonou. Telefones naquela época eram raros. Havia um no meu trabalho. O número a ser falado era dito a uma telefonista para completar a ligação. Os empregados podiam usar, mas somente para recados urgentes. Fui chamada para atender.

— Não pude entrar no apartamento — queixou-se ele sem me cumprimentar. — Por quê?

— Não quero sua visita. Troquei a chave. O que você quer?

— Irei hoje à noite.

— Não quero que vá. Foi embora para não voltar. Não foi o que disse?

— Irei à noite! — insistiu ele.

— Não! Você não será recebido!

— Qual é, Mariana?! Olhe que não volto mais.

— É isso que quero, que não volte mais. Adeus!

— Olhe...

Desliguei o telefone e pedi para a mocinha que recebia e fazia as chamadas:

— Por favor, se ele ligar de novo, diga que saí.

Três dias depois ele me esperava na porta do prédio.

— Dê-me a chave!

— Não vou dar. Não quero que venha mais aqui. Não quero mais você.

Ele me disse muitos desaforos, ofensas. Entendi que ele não mudara e nem ia mudar sua forma de agir. Não queria ser tratada mais daquela forma. Ele disse, como sempre, coisas desagradáveis, como que eu deveria agradecê-lo por ele vir me ver e ficar comigo. Não me ofendi. Lembrei que nos ofendemos quando achamos que o ofensor tem razão ou que ele é melhor que nós. Isto não ocorria. Ele não tinha razão e, naquele momento, entendi que ele não era melhor que eu. Comecei a me amar, não queria ser mais maltratada.

— Se você falou tudo o que quis — olhei bem para ele e sorri —, pode ir embora e não volte. Não quero mais você, entendeu? Não quero mais você!

Ele segurou meu braço, o encarei, me soltei e entrei no prédio.

Por mais duas vezes ele me procurou; no começo ele tentou ser agradável, com certeza precisava de dinheiro, o afastei e me senti muito bem.

Sem os remédios e com regime, emagreci, e passei a me cuidar, mudei meu exterior conforme fui mudando o interior.

Faltava amar o próximo como eu estava me amando. Voltei ao salão onde assisti aquele sermão, mas não me senti mais atraída. Fui à igreja e me adaptei, passei a ajudar pessoas financeiramente doando roupas e alimentos para a assistência social, me tornei solícita no trabalho. Minha vida mudou, e foi para melhor.

Resolvi prestar um concurso para trabalhar na prefeitura. Contei aos colegas. Meu patrão me chamou para conversar:

— Mariana, peço-lhe para não sair. Você sempre foi competente, mas agora é mais, passou a conviver bem com todos, tornou-se respeitável e as pessoas gostam de você. Aumentarei seu ordenado.

Fiquei de pensar e acabei ficando. Estava bonita. Não esqueci aquele sermão, era grata ao consolo que recebi, porque naquele dia, ou naquele período, estava desesperada, fui consolada, orientada e auxiliada.

Conheci um rapaz numa festa na casa de um colega de trabalho, começamos a namorar, fiquei atenta a ele, a suas atitudes, fomos morar juntos e, depois de três anos, casamos e tivemos duas filhas. Deu certo. Eu, me amando, me fiz ser amada.

Desencarnei com sessenta e dois anos. Fiquei meses doente e fiz minha mudança de plano tranquila.

O amor me acompanhou ao Plano Espiritual.

Amo a Deus.

Amo a mim.

Amo ao próximo como a mim mesma. Eu usei da caridade para comigo e para o próximo.

Faz cinco anos que resido numa colônia, estou bem e sempre me esforçando para amar cada vez mais. Estou feliz. Somente tive paz, fui feliz, quando entendi que precisamos amar. Sou grata a todos, a tudo e em especial à pregação que me deu o consolo que precisava.

Mariana

Perguntas de Antônio Carlos

— Como foi sua desencarnação, Mariana?
— Embora eu tenha colocado na minha bagagem atos bons, não fui muito religiosa, mas orava sempre, não pensava na morte

do meu corpo físico. A mudança de plano me surpreendeu, e fiquei muito confusa. Não vi meu corpo parar suas funções, socorristas do hospital me desligaram do meu corpo morto e me levaram para o posto de socorro. Fui me sentindo melhor. Achei muito estranho não receber visitas. Pensei até que fora transferida para um hospital psiquiátrico. Senti medo. Prestei mais atenção nas pessoas, elas falavam que morreram. Apavorei-me. Resolvi fugir e planejei. Aproveitei um descuido, pensei em trocar de roupa e me vi trocada. Com cuidado, fui para a porta da rua e saí. Rápida, fui andando para casa, cheguei e entrei. Quis ficar lá dentro e estava. Era de madrugada. Estava cansada e sentei no sofá da sala. No horário de levantar, minha filha mais velha o fez, passou pela sala e foi para a cozinha. Ao vê-la, gritei chamando o nome dela, não me atendeu; fui atrás dela contando que saíra do hospital e que estava bem. Ela me ignorou. Levantaram-se a outra filha e meu esposo e foi a mesma coisa, não me deram atenção. Tomaram o desjejum e saíram, as filhas estudavam e trabalhavam, meu esposo foi para o trabalho. Fiquei sozinha e inconformada. A empregada chegou às dez horas e me ignorou também.

"Esperei eles voltarem, e o fizeram como de costume, às dezoito horas e trinta minutos. Ninguém me deu atenção, não responderam, eu fiquei num canto sozinha e triste. Passaram-se cinco dias, comecei a sentir dores, a tossir e a ter falta de ar. Chorei muito. Lembrei do sermão que havia me consolado uma vez. O amor. Concentrei-me para sentir Deus dentro de mim e amá-Lo. Então vi uma senhora ao meu lado.

"— *Mariana, você precisa entender que seu corpo físico morreu, que vive em espírito.*

"— *É por isso que eles não me respondem?*

"— *Sim.*

"— É melhor — concluí. — Estava sofrendo pensando que eles me desprezavam. Prefiro, com certeza, a morte do que o desprezo deles.

"— Todos a amam, eles sofrem pela sua ausência. Por amá-la, querem que esteja bem, por isto não lamentam ou choram. Venha comigo!

"— Para onde? — quis saber.

"— Para um lugar onde os desencarnados devem estar — esclareceu a senhora tranquilamente.

"— Vou!

"Fui e entendi corretamente o que é a mudança de plano, a desencarnação e me adaptei ao Plano Espiritual."

— O que faz atualmente?

— Primeiro estudei, quis aprender muitas coisas, fiz cursos e aprendi a ser útil, a volitar, a ler pensamentos, a secar lágrimas; atualmente trabalho num posto de socorro perto do Umbral.

— Você é feliz?

— Sou, sim. Desde que fui consolada por aquele sermão tive paz, tranquilidade, aprendi a amar a Deus em mim e em todos, a me amar e ao próximo como a mim mesma. Desencarnada, fiquei mais em paz e feliz. Amo a vida em todas suas manifestações.

— Tem planos para o futuro?

— Quero ajudar meu marido quando ele desencarnar e acompanhá-lo na sua mudança. Eu o amei e fui, ainda sou, amada por ele. Tenho planos de ficar no Plano Espiritual por muito tempo. Quando me sentir apta quero ser uma socorrista no Umbral.

— Agradeço por ter escrito seu consolo.

— Eu que agradeço.

Explicação de Antônio Carlos

A oração de Francisco de Assis é um roteiro para se viver bem: compreenda para ser compreendido, ame para ser amado etc.

Mariana antes era antipática, não tolerava e não era tolerada. Sentindo-se infeliz, não amava ninguém e nem a si mesma. Quando não nos amamos, nada dá certo porque contribuímos para isto. Aqueles que seguem o primeiro mandamento, amar a Deus, passam para o segundo, amar o próximo, mas somente fazemos isto se de fato nos amarmos. O pregador mudou a palavra "caridade" por "amor". Foi feliz na sua pregação. De fato devemos sempre ser caridosos, porém, às vezes, esquecemo-nos de ser caridosos conosco. Perdoamos o próximo, mas não nos perdoamos, então não tivemos caridade para conosco.

Quando amamos, tudo fica mais fácil, não nos magoamos, não ofendemos, nenhum ato externo nos tira a paz. E quem tem paz se harmoniza, sente-se bem e é feliz.

Infelizmente, são muitos os desencarnados que merecem socorro ao desencarnar, mas, por não entenderem ou acreditarem, saem fácil de abrigos e muitos voltam para seus ex-lares ou para perto de afetos. Sofrem por serem ignorados e, sem o sustento do abrigo, logo passam a sentir as necessidades que tinham encarnados e as dores que sentiram ao desencarnar. Se fogem, como Mariana fez, depois não sabem voltar. Ela, por não ter conhecimentos do que ocorre quando se desencarna, perturbou-se ao fazer a mudança de plano. Se Mariana tivesse conhecimentos, logo perceberia que seu corpo físico parara suas funções e que ela continuava viva em espírito, que precisava confiar, aceitar para se sentir bem. Mariana teve merecimento de um socorro, teve e fugiu. Voltou para casa. Não é nada agradável ser ignorada, sentir-se desprezada por não entender. Ninguém a desprezava, era porque não a viam, não a escutavam. Quando ela lembrou do amor de Deus, uma trabalhadora socorrista foi ao seu auxílio em nome Dele, do Pai Amoroso.

O mais importante, ao retornar ao Plano Espiritual, é ter em nós, como companhia, ações benévolas. Porém se somente entender como é esse retorno e não vier com boas ações, não será socorrido.

O amor, a caridade, a gratidão são sentimentos que devemos cultivar em nós.

O amor cobre multidões de pecados!

Capítulo 8
A Repreensão

Sou Cláudio, foi o nome que recebi na minha encarnação, e pelo qual sou chamado no Plano Espiritual.

Sentia-me infeliz. Chorava muito, tentava me distrair e fazer alguma coisa, mas de repente estava eu a chorar. Não estava revoltado, somente sentia, e muito, o que me acontecera. Queria tanto que algo ocorresse, planejei, e com detalhes, estava entusiasmado, me sentia preparado e... não deu certo.

Estava numa colônia, lugar lindo, era reconhecido, muito grato por estar ali, mas naquele momento sofria.

Um companheiro de tarefas tentou me animar:

— Cláudio, se você ficar chorando por um motivo, não viverá os bons momentos que este lugar proporciona. Se chora pela perda do sol, não verá as estrelas. Console-se!

— Você, amigo, parece estar bem. Ou não está? Noto que às vezes varrendo você franze a testa — observei.

— Quer mesmo saber? Minha história é triste.

— Pode me contar enquanto varremos. Não vejo você à tarde. Aonde vai?

— Pela manhã — contou ele — varro o jardim, à tarde faço outra tarefa e estudo à noite. Quando estava encarnado desprezava aqueles que faziam tarefas simples. Estou aprendendo que todas as tarefas são importantes. Se antes desprezava varredores, agora varro para aprender a ser humilde. À tarde, por oito horas, trabalho numa enfermaria, na que eu fiquei como necessitado por dois anos. Lá continuo meu aprendizado: limpo, alimento enfermos, sirvo água e os atendo. Isto está me fazendo muito bem. Enquanto trabalho esqueço minha agonia.

— Nossa! Estou curioso. Você também se suicidou? — quis saber.

— Não! Diretamente não. Porém fiquei tão atormentado, senti tanto remorso que não me importei com mais nada e quis morrer. Por não me cuidar, alimentar-me direito e tomar muitas medicações para dormir, meu corpo físico adoeceu. Desencarnei, não me livrei do remorso e sofri mais ainda.

— O que fez para sentir tanto remorso?

— Algo feio e sério — ele lamentou suspirando. — Era um empresário, nem importante e nem muito rico. Porém era orgulhoso. Desprezava as pessoas pelos seus trabalhos humildes, porque achava que elas não se esforçavam para progredir. Porém nunca maltratei ninguém, fui bom patrão e, junto com minha esposa, fazíamos trabalho de assistência social. Dei esmolas. Era casado, tinha três filhos e me orgulhava de tudo: da esposa, dos filhos, da minha casa, que era boa, e do meu trabalho. Tive problemas, e estes eram difíceis, iria falir, isto me agoniava, não queria. Precisava resolver este problema e arrumar dinheiro, e urgente. Não sei como ou por que, tive uma ideia. Macabra! Horrível! Planejei sequestrar um dos meus filhos, arrecadar dinheiro para pagar resgate e usá-lo para evitar a falência. Hoje entendo que não queria falir por ser orgulhoso, não queria ser fracassado. Arrumei um comparsa, um homem que conhecia desde menino, ele era solteiro, já havia trabalhado para mim e, naquela época, ele fazia bicos. Ele concordou e planejamos. Arrumamos um local de difícil acesso, uma casinha abandonada, onde ele ficaria dias com a refém, equipamos com um sofá velho e cobertores. Eu receberia o dinheiro, daria a parte dele e então ele largaria a criança na periferia e depois ia embora para longe. Eu ficaria com a parte do dinheiro e resolveria meu problema financeiro. Escolhi a filha pelo motivo de que ela era pequena, mais fácil de enganar e não saberia depois dar mais informações. Minha filhinha tinha oito anos, era linda, cabelos cacheados longos e olhinhos pretos. Fizemos o que planejamos. Arrecadei o dinheiro, e foi mais do que planejara. Porém a polícia teve conhecimento e começaram as buscas. Paguei o meu comparsa, mas ele não entregou minha filha, ela não apareceu como fora combinado. Então me desesperei.

"Paguei as dívidas e organizei minhas finanças, mas minha filha não apareceu. Tentei falar com meu comparsa pelo telefone pelo número em que conversávamos; na vigésima primeira tentativa, ele atendeu e recebi a notícia:

"— Você me enganou, colocou a polícia no meio. Matei sua filha e a enterrei, estou indo para longe. Adeus! — *desligou o telefone.*

"Desesperei-me. Todos os nossos familiares, amigos, moradores da cidade procuraram pela minha filha, ela não foi encontrada. Amargurado, definhei e fiquei apático. Quatorze meses depois desencarnei. A desencarnação não me deu alívio, sofri muito, fui para a casinha que servira de abrigo para o sequestro e lá fiquei. O remorso não me deu sossego. Fiquei ali por oito anos e nove meses. Numa tarde, escutei:

"— Papai, papaizinho... — olhei e vi minha filhinha, linda como sempre. Não consegui nem me mexer, a fiquei olhando e ela conversou comigo:

"— Papai, peça perdão, rogue a Deus ajuda!

"Esforcei-me muito e consegui falar:

"— Não mereço perdão.

"— O senhor está enganado, merece sim. Vamos orar: Papai do Céu, eu O quero muito bem. Proteja-nos de todo o mal, amém!

"Minha filhinha, devagar, aproximou-se de mim e me deu um beijo na testa; dormi e acordei abrigado numa enfermaria. Ela foi me visitar algumas vezes; ao vê-la, eu chorava e um dia confessei:

"— Filhinha, fui eu a causa de sua morte.

"Ela, tranquila, falou:

"— Eu sei o que o senhor planejou e o que aquele homem fez. O senhor errou, enganou as pessoas para receber dinheiro, poderia ter ficado sem nada financeiramente e ter começado de novo. Depois, confiou a outra pessoa sua riqueza maior. Eu senti muito medo dele, de ficar naquela casa, chorei muito, e baixinho. No terceiro dia eu vi o rosto dele, o conhecia e o chamei pelo nome. Com certeza, ele, naquele momento, pensou que não poderia me deixar viva. Estuprou-me, eu tentei fugir, me debati, caí e bati a cabeça no chão, desmaiei, e ele me estrangulou. Enterrou meu corpo perto da cabana. Fui socorrida e levada para a colônia. Depois que ele pegou o dinheiro combinado, foi para a casa dele; o telefone tocou, ele atendeu, lhe deu a notícia e foi para longe.

"Eu a escutei calado, não conseguia falar, queria de fato morrer, acabar de vez, não conseguia nem chorar. Minha filha vinha me ver todos os dias. Não reagia, estava apático e sentindo remorso. Numa dessas visitas, ela me avisou que ia se ausentar por estar estudando e foi enérgica:

"— Papai, eu precisava passar por tudo isso para aprender, para resgatar erros por mim anteriormente cometidos. Sofri uma maldade por ter feito outras antes. Eu o perdoei, siga o meu exemplo: se perdoe, reaja. Porque tristeza, remorso, não apaga erros. Precisa aprender a ser útil. O que o remorso e a tristeza já fizeram pelo senhor? Ou, o senhor sentindo isso, o que fez? Nada de útil! Pare com isso! Preciso ir a outra colônia, a que moro, para continuar com minhas atividades, e o senhor precisa fazer algo de bom. Se continuar assim, sem reagir, não o visitarei mais! — Foi embora e fiquei pensando no que ela me dissera; foi então que me esforcei para me melhorar. Recebi de minha filha esse chacoalhão, essa repreenda, que me fez acordar para a vida."

— Onde sua filha está no momento? — perguntei.

— No Plano Espiritual, estuda e trabalha, ela espera a mãe dela desencarnar para orientá-la; depois, como ela contou, voltará pela reencarnação ao Plano Físico.

— E você? O que fará?

— Também esperarei pela minha esposa — respondeu ele. — Mulher valente, cuidou de todos, criou os dois filhos e sempre, até hoje, procura pela filha. Minha garota me disse que aquele homem que a matou está encarnado vivendo de bicos e, quando lembra do que fez, do crime que cometeu, se embriaga. Eu, *quando minha esposa desencarnar, terei de contar para ela o que fiz e lhe pedir perdão. Ela, por vezes, pensa que eu poderia estar envolvido naquele sequestro, mas repele estes pensamentos como um tormento do demônio. Talvez ela não me perdoe ou, se o fizer, não irá me querer por perto. Minha filha mora em outra colônia, e ela levará a mãe para lá. Quando minha filha me socorreu, me trouxe para esta, que é bem longe, isto para que eu, socorrido, não me encontrasse com pessoas conhecidas e não me constrangesse pelo meu ato horrível. Tudo foi muito triste!*

Fiquei mais triste ainda quando ouvi a história dele.

Esse companheiro pediu ajuda para mim, marcou um horário para ir conversar com a orientadora da colônia. Fui, cheguei adiantado e fiquei sentado esperando na sala de espera.

Lembrei... Tive pais amorosos, meu pai tinha preferência por mim por eu ser homem, eu tinha duas irmãs. Enquanto minhas irmãs eram esforçadas, trabalhadeiras, eu gostava da ociosidade. Meus pais me sustentavam, minhas irmãs se casaram. Eu me envolvi com algumas mulheres, mas, por não trabalhar, não dava certo. Meus pais desencarnaram. Tive de trabalhar para sobreviver, mas não sabia fazer nada e não tinha interesse, continuei querendo ser sustentado. Minhas irmãs me ajudavam, mas meus cunhados não gostavam da situação.

Enamorei-me pela primeira vez, por ela arrumei e parei por meses num emprego. Se eu a amava, ela não e acabou por me deixar. Sofri muito. Ganhava pouco e morava numa casinha simples. Conselhos nunca me faltaram, mas vontade, sim.

— Cláudio — avisou uma atendente —, *a orientadora irá recebê-lo. Entre, por favor.*

Fui recebido por uma senhora de aspecto muito agradável, que sorriu ao me cumprimentar e me indagou:

— O que está acontecendo, Cláudio?

— Estou muito triste pelo que me aconteceu. Estava muito esperançoso de que fosse dar certo. Frustrei-me!

— Porém retornou à colônia.

— Sim, sou muito grato por isso. Mas me decepcionei. Parti tão esperançoso e...

— A esperança — interrompeu a senhora — deve sempre nos acompanhar. Vamos analisar o porquê de estar se sentindo assim.

— Quis muito reencarnar, necessitava — contei. — Quando desencarnei, sofri muito, fui abrigado e compreendi meu erro. Prometi não cometê-lo novamente. Preparei-me para reencarnar. Foi escolhido, para ser meu pai, um encarnado de quem gostava. Fui amigo do pai dele, fui seu padrinho. Ele e a esposa têm um casal de filhos, eu seria o terceiro. Estava feliz pela oportunidade de um recomeço. Porém o casal, após conversarem, porque a gravidez não fora planejada, decidiu que eles não queriam mais filhos, resolveram abortar. Estava com dez semanas de gestação. Um médico fez o aborto. Fui expulso do útero materno...

— E aí, o que ocorreu? — a orientadora queria que eu falasse.

— Fui trazido para cá de novo, retornei à minha aparência anterior. Queria tanto que tivesse dado certo!

— Por que quer tanto reencarnar?

— Para ter um recomeço! — lamentei.

— Esquecer o que aconteceu? — perguntou a orientadora.

Pensei por momentos. De fato, recordar o que fizera não era agradável.

— Interessante! — observei. — Desde que retornei após não ter dado certo minha tentativa de reencarnar, não tenho lembrado tanto de minha ação equivocada!

— *Cláudio* — aconselhou a orientadora —, *você precisa rever seus pensamentos. Focou no que lhe fizeram. Não deve focar mais nem em um e nem no outro, nem no que fez e nem no que lhe foi feito. Sofreu muito pelo seu erro, pela imprudência que fez, mas não deve sofrer pelo que lhe fizeram. Você sabia o que estava fazendo. Deu desculpas, sim, as deu, porém não foram justificadas, você sofreu. Todo erro tem retorno. Erro traz culpa, que resulta em cobrança, e o sofrimento leva a se harmonizar. Isto é lei! Podemos nos harmonizar pelo amor fazendo o bem. No seu caso, seu erro trouxe sofrimento até que se arrependeu de fato e pôde ser socorrido.*

— Lembro bem do meu sofrimento! — lamentei. — Uma das minhas irmãs é espírita, trabalhadora de um centro espírita, pediu tanto por mim. Conversava comigo, ela falava em oração e eu a escutava, isto me auxiliou muito, ela me aconselhava a pedir perdão e, quando o fiz com sinceridade, fui socorrido, vim para esta abençoada colônia, onde fiquei internado num hospital, recuperei-me devagar, pude então sair e fazer algumas tarefas. Pedi, roguei para reencarnar e ter uma oportunidade de vestir um corpo carnal. Fui abortado!

— *Você perdoou o casal?* — indagou a orientadora.

— Não senti por nenhum momento sentimento negativo por eles. Eu, que necessitei tanto de perdão, fui perdoado. Como não desculpar?

— *Ore por eles, se sentirá melhor* — a orientadora me motivou.

— Vou orar!

— *Continua triste* — a orientadora observou. — *Cláudio, você teve uma oportunidade, reencarnou, teve pais presentes, preocupados e amorosos. O que fez? Não deu valor. Não gostava de trabalhar. Pergunto e me responda com sinceridade: Você atualmente gosta de trabalhar?*

Não respondi, acompanhava atento o que a orientadora me falava. Ela continuou:

— Você está aqui conosco há cinco anos, desencarnou faz treze anos. Pelo período de dois anos esteve no hospital. Lá, você foi somente servido. Quando saiu, fez tarefas, mas somente as que lhe foram pedidas. Não fez nenhuma espontânea e nem se interessou por aprender tarefas diferentes. Concentrou-se na ideia de que era necessitado. Somos de fato necessitados até concluirmos que podemos ser úteis. Quem faz para si o faz. É a lei! Você retornou à colônia após ser abortado, e o que está fazendo? Varrendo o pátio e o jardim. Tarefa útil! Mas por que não faz mais? Servir a uma enfermaria, ajudar os enfermos de alma, como foi ajudado? Prefere pensar em você e no que não deu certo. Quantas coisas planejadas não dão certo? Muitas. Será que você foi o filho que seus pais planejaram? Com certeza não. Eles aprovaram o que você fez? Não! Foi o irmão que suas irmãs quiseram? Você foi para eles o que planejaram? Por que não entende isso? Você planejou e não deu certo. Que lição tira dessa experiência?

As indagações da orientadora eram como um chacoalhão, um balde de água fria. Pensei nos meus pais, eles me amavam, e muito, as minhas irmãs me queriam bem. Eu os frustrei e depois sofreram por minha causa.

— Você sabe bem — a orientadora continuou me esclarecendo — que poderia ter escolhido outro caminho. Sabia que estava agindo errado e ainda assim o fez. Se pensava que sofria, foi então que conheceu de fato o sofrimento. De fato se arrependeu, seu propósito de não cometer mais o mesmo erro é verdadeiro. Podemos falar das consequências?

A orientadora fez uma pausa e eu pensei, lembrei, foi como se revivesse os acontecimentos.

Estava entediado, a ociosidade traz esta consequência, o enfado. Amara minha última companheira, mas já fazia três anos que estávamos separados, e eu me acostumara a viver sem ela. Uma das minhas irmãs me dera um "pito", ou seja, ralhou comigo, disse que eu precisava trabalhar, que ela e o marido trabalhavam e que não era justo ela me dar mesada. Aborreci-me. Estava sentindo falta de muitas coisas. Há tempos pensava que não valia a pena viver. Essa ideia foi se tornando diária e planejei. Escrevi uma carta pedindo desculpas às irmãs e as agradecia por tudo que fizeram por mim. Comprei uma corda, verifiquei onde colocá-la. Resolvi que seria naquela noite. Orei. Enquanto orava senti ímpeto de sair de casa, ir ver uma das minhas irmãs, mas não fui. Subi numa cadeira, coloquei a corda no pescoço e empurrei a cadeira. Enforquei-me. Morri e não morri. Fiquei sufocado e com dores. Uma das minhas irmãs, a espírita, foi cedo à minha casa, ela não tinha costume de fazer isto. Contou que levantara cedo para fazer um exame de sangue e passou na minha casa para me ver. Ela tentou me tirar da corda, não conseguiu, me ergueu, me levantou. Dois vizinhos a ajudaram me deixando erguido. Um outro constatou que estava morto. A polícia foi chamada. Fiquei, meu espírito no corpo morto, sentindo dores e falta de ar. Tiraram-me da corda, vi o velório. Pessoas espíritas, companheiros de trabalho de minha irmã, vieram orar por mim. A equipe desencarnada de trabalhadores do centro espírita me desligou, tiraram meu perispírito do meu corpo morto. Isto não me deu alívio, continuei sentindo as mesmas coisas. Porém reconheço que eles me privaram de algo pior, que é ser enterrado junto com o corpo e vê-lo, senti-lo se decompor. Fui atraído para um dos Vales dos Suicidas.

A orientadora me olhava tranquila, acompanhou minhas lembranças.

— *Foi isso o que aconteceu!* — suspirei lamentando.

— *Foi isso que aconteceu com você* — a orientadora repetiu o que falara e completou: — *Cláudio, você teve consciência de sua atitude. Sentiu a misericórdia de Deus, teve um socorro e, como todos nós temos oportunidades para um recomeço com esquecimento, você o terá também. Quis muito reencarnar, porém anteriormente esteve encarnado e não deu valor. Essa oportunidade recente não deu certo, e você se frustrou.*

— Fui castigado? Uma punição? Mas eu fui perdoado! Roguei perdão a Deus, sinto que o Pai Misericordioso me perdoou. Pedi a todos que sofreram pelo meu ato, eles também me perdoaram. Por que recebi punição?

— *Cláudio* — a orientadora me deu uma preciosa lição —, *punição: se ela tem caráter de maldade, punir para fazer mal àquele que agiu errado, não é certo; porém, se ela tem o objetivo de educar, é válida. Na espiritualidade, não usamos estes dois termos, "castigo" e "punição", mas "retorno", a dor como aprendizado. Podemos fazer o que queremos de bom ou ruim pela nossa vontade, pelo nosso livre-arbítrio, porém é pelos nossos atos que temos o retorno. Você agora deve pensar certo. Não recebeu castigo nem foi punido, mas teve um aprendizado. Perdão: quando se erra, ao se reconhecer o erro com sinceridade, a ponto de que se voltasse no tempo não o faria novamente e se tem o propósito de não fazer de novo o mesmo ato, de fato se é perdoado por Deus. Se seu erro fez mal a alguém, deve rogar por perdão e o outro, o ofendido, pode perdoar ou não e, se não perdoar, pode querer se vingar. Mas o perdão foi pedido, e este ato se desvincula do outro. Pedir perdão com sinceridade e ser perdoado não nos livra das consequências, do retorno. Sentir-se perdoado ou ter pedido perdão não apaga os erros. Porém nos dá oportunidade de mudar nossa maneira de agir e querer* nos melhorar. Se você pensar sobre isso entenderá que é fácil pedir perdão e, por este ato, anular a ação imprudente. Mas não é assim. Sentir-nos perdoados nos dá alívio e deve nos dar força para reparar as atitudes equivocadas. O retorno vem, e ele deve ser entendido como um aprendizado para dar valor às oportunidades e entender as dores alheias.

— Devo entender que minha volta ao Plano Físico não deu certo para eu aprender a dar valor a esta oportunidade?

— Sim — afirmou a orientadora —, *compreender que recebeu uma lição, um retorno, desertou da vida física, quis voltar a ela, e não deu certo. Espero, Cláudio, que entenda e opte pelo trabalho para não ter que aprender pela dor.*

Agradeci e voltei para casa. Meditei sobre o que escutara. Não fui consolado como queria, pensei que a orientadora ficaria com pena de mim, que me levaria para reencarnar e até que choraria comigo. Compreendi. Fui consolado com uma bronca, uma repreensão, a orientadora me esclareceu com firmeza. Foi o consolo que recebi!

Resolvi mudar e partir para ser útil. Aprender a amar o trabalho. No outro dia planejei fazer minha tarefa pela manhã e à tarde ir ao hospital da Colônia pedir para ajudar ali, fazer alguma tarefa. Confesso que no começo não foi fácil, queria dar desculpas para não ir trabalhar, mas lembrava da orientadora, de suas palavras consoladoras, e ia. De fato eu era grato, reconhecia o socorro que recebera, porém nada fizera para retribuir. Esforcei-me. Muitas vezes pensava que era bem melhor ser servido. Mas não desisti. Aos poucos fui me interessando pelo trabalho na enfermaria e, também aumentando as horas trabalhadas, tornei-me então uma pessoa útil. Não esqueço da conversa, naquele dia, com a orientadora, que não fez o que eu esperava, ficar com dó de mim, mas me chamou à responsabilidade. Divido meu tempo:

estudo e trabalho. Com certeza, quando reencarnar, terei mais facilidade em aprender e desejo ser uma pessoa trabalhadora.

Cláudio

Perguntas de Antônio Carlos

— Você já gosta de trabalhar?
— Gosto, mas quero gostar mais ainda.
— Cláudio, pretende pedir para reencarnar logo?
— Sim, quero muito reencarnar. Porém, desta vez, não escolherei, reencarnarei onde for melhor para mim. Com certeza terei a oportunidade de aprender a trabalhar, quero estar junto de uma família pobre.
— E estudar? Planeja fazê-lo?
— Aqui no Plano Espiritual tenho estudado; no começo o fiz forçado, depois gostei, gosto. Espero que reencarnado eu queira aprender, estudar.
— Tem data marcada para vestir um corpo carnal?
— Não. Tenho dois anos para terminar o estudo que faço; após, farei outro para conhecer o Plano Espiritual, depois marcarei a data. Sinto que tenho de reencarnar, mas agora receio. Tenho medo de falhar ou ter o físico doente. Estou me preparando para isto.
— Agradeço por ter me atendido e vindo nos contar seu consolo.
— Gostei muito desta experiência, gostaria muito de ser espírita quando reencarnar. Senti alegria em vir ao Plano Físico, aproximar-me da senhora, a médium, ditar e ela escrever. Foi muito interessante esta experiência. Para eu vir escrever, Antônio Carlos

ia me buscar, ficava perto de mim e, quando acabava, ele me levava de volta. Este relato foi feito em oito vezes. Porque fizemos cada pedaço três vezes para depois passarmos a limpo. De fato foi, para mim, um evento maravilhoso. Eu que agradeço.

Explicação de Antônio Carlos

Tanto o companheiro de varrer o jardim de Cláudio quanto ele receberam consolo por uma conversa séria, um chacoalhão, uma repreensão, como os dois julgaram. Muitas vezes, ficam tão bitolados no sofrimento que necessitam que alguém os console, mas não concordando com eles, não os fazendo se apiedar mais ainda, mas os chamando para a realidade. Um deles focava no seu ato errado e, como lhe foi dito, tristeza não apaga erros, não quita dívidas. Cláudio, porque não dera certo seu plano, precisou entender que recebera uma lição e que necessitava assimilá-la e colocar em prática o que a vida quis ensinar-lhe.

Na espiritualidade não existe regra geral: faça isso e pague desse modo. Não devemos esquecer que Jesus ensinou que, pelo mesmo ato errado, aquele que sabe, tem conhecimento de que está agindo errado, receberá muitos açoites, e aquele que não sabe receberá poucos açoites, mas todos os que erram os recebem. Suicídio é um erro, e aqueles que, imprudentes, matam seus corpos físicos receberão o retorno, como diz este ensinamento de Jesus. É equivocado acreditar que pedir perdão e ser perdoado anula os erros e que estes não terão o retorno. Perdoados devem sentir que, por misericórdia, irão ter oportunidade de um recomeço. Somente podemos anular nossos erros pelo amor, no trabalho no bem e para o bem, ou a dor pode nos ensinar. É comum, para nós que ainda estamos aprendendo, lembrar dos bons atos que fizemos e infelizmente esquecer dos que recebemos. Às vezes recebemos muito de alguém e basta um "não" desta pessoa, para nos magoar e discordarmos. Isto não é certo! Devemos fixar em nós o que recebemos.

Cláudio sofreu por não ter dado certo sua reencarnação, mas, quando entendeu que foi um aprendizado que o fez dar valor ao período encarnado, consolou-se. Ele teve o corpo físico sadio e o danificou por vontade; normalmente, sem ser regra, ao fazer este ato, o suicídio, danifica-se o perispírito e, ao reencarnar, transmite-se este dano ao corpo físico que vestirá. Porém, quando se prepara, como Cláudio está fazendo, estudando, trabalhando e se esforçando, ele pode amenizar esta deficiência. Poderá ter algumas doenças que lhe darão crises de falta de ar ou problemas no pescoço. Se ele sanar dores alheias, poderá não tê-las. Espero, desejo, que ele tenha uma reencarnação proveitosa.

Não é por estar abrigado num posto de socorro ou colônia que o espírito está isento de problemas, preocupações, e pode até sofrer. Continuamos, no Plano Espiritual, a ser as mesmas pessoas, ter a mesma personalidade, gostos etc. Para mudar, necessita-se de vontade, esforço e determinação. Ociosos encarnados, ociosos desencarnados, até que se queira mudar e, como Cláudio, se esforçar para conseguir.

Conheço desencarnados e ouvi de muitos abrigados em colônias que se preocupam com familiares, sentem remorso e até existem os que gostam das colônias, as acham lindas, mas prefeririam estar encarnados. Outros se sentem ansiosos pelos problemas daqueles de quem gostam. Um amigo queixou-se que estava muito preocupado com o filho, que estava gastando dinheiro que é de sua esposa, para a velhice dela. E que a filha fora traída e estava se separando do marido.

Muda-se de plano, a família fica, e problemas existem. Desencarnados não perdem a individualidade nem a memória; acolhidos, ficam agradecidos, mas sabem dos problemas dos que amam e sentem.

Abrigados numa colônia são aqueles que ali estão de fato abrigados, é normal contribuir com o trabalho na sua estadia; não é cobrado, porém o trabalho é benéfico e por ele se aprende muito. Morador da colônia é aquele que espontaneamente é útil, ama o lugar e sente que ali é seu lar, embora saiba que todos os lares são passageiros.

Escutei admirado de um encarnado que estar numa colônia é maravilhoso e que lá não se tem problemas. É difícil, e muito, encontrar quem não os tenha. Moradores das colônias ampliam seus afetos. E como não se preocupar? Veem famintos materiais, espirituais, violências, sofrimentos etc. Porém preocupar-se, aborrecer-se e nada fazer é nulo. Se quero ajudar tenho de fazer algo, e este algo é com trabalho edificante. Felizes são ou serão todos os que fazem o bem.

Capítulo 9
Trabalho voluntário

Chamo-me Antônia, estou desencarnada há cinco anos, adaptei-me bem no Plano Espiritual.

Recebi, quando encarnada, um consolo, não somente eu, mas meu marido também. Quem precisa de consolo é porque está sofrendo. Realmente eu passei por um período muito difícil, em que padeci muito. Sofri tanto que chegava a doer o físico. Vou narrar.

Era uma pessoa tranquila, fácil de combinar, e tudo parecia estar bem. Senti as desencarnações de meus pais, mas eles estavam doentes e idosos. Claro que tive alguns problemas durante minha existência de sessenta e dois anos encarnada. Mas tudo passa, e estas dificuldades passaram rápido. Sempre tive, até então, mais a agradecer do que pedir. Casei-me com uma boa pessoa, nos amávamos e raramente discutíamos. Tivemos alguns apertos financeiros, mas nada preocupante. Tivemos três filhos, dois meninos e uma menina. Com os filhos foram somente alguns problemas, eles eram estudiosos, formaram-se, foram trabalhar, e todos tinham bons empregos. Eu não trabalhava fora, por isto ajudei muito os filhos com os netos. Tive cinco netos: dois do meu filho mais velho, dois lindos meninos; dois de minha filha; e um do meu filho caçula.

Domingo era festa em casa, vinham todos almoçar. Realmente era grata.

Meu filho mais velho e nora tiraram férias coincidindo com as férias dos dois netos, que estavam um com nove anos e o outro com sete. Eles tinham dois cachorrinhos, que, quando saíam, ficavam na minha casa.

Os quatro foram viajar, ficariam doze dias fora, iriam a duas cidades turísticas. Eles telefonaram para dar notícias. Estavam aproveitando muito. Na volta, houve o acidente. Meu filho estava certo, a estrada tinha muitas curvas; ele descia e, numa destas curvas, um caminhão saiu da pista dele e bateu de frente com o carro do meu filho. Morreram, desencarnaram, meu filho, nora, os dois netos e o motorista do caminhão.

Recebi a notícia e fiquei sem me mexer ou falar por minutos. Não consegui chorar. Meu outro filho e genro foram à cidade aonde foram levados os corpos físicos deles, arrumaram tudo e trouxeram os caixões fechados. O velório comoveu a todos, vizinhos, parentes e amigos. Velamos os quatro em caixões fechados.

— Filho — perguntei ao meu outro filho —, vocês têm certeza de que foram eles? Você os viu?

— Mamãe — meu filho me abraçou —, os reconhecemos sim, vimos o que restou do carro, trouxemos as malas ou o que restou delas. Vimos os corpos, eles ficaram muito danificados, machucados, mas eles não sentiram, morreram na hora. São eles, infelizmente são eles.

Para ir ao velório foi minha filha que me trocou de roupa. Fiquei apática, em estado de choque, falei pouco e não chorei.

Foi muito triste o velório, os pais de minha nora choraram muito. Enterramos os quatro juntos num túmulo novo.

Após o enterro, voltamos para casa. Alimentei-me porque minha filha me colocou sentada em frente à mesa com o prato com alimentos.

— Vamos ficar com os cachorrinhos — determinei.

Foi a única coisa que falei.

Um médico, que minha filha conhecia, veio em casa, examinou meu marido e a mim. Estávamos bem fisicamente. Ele nos receitou remédios para dormir.

Continuei apática e sem chorar. Meu outro filho e genro, com os dois irmãos de minha nora, se reuniram para organizar tudo. O único bem material que este filho, que eles tinham, era a casa em que moravam e o carro, que teve perda total. Eles planejaram, se desfizeram de tudo que estava na casa, dividiram entre eles o que quiseram e doaram o que restou. A casa ficaria metade para nós e a outra para os pais de minha nora. Três meses depois, com tudo organizado, venderam a casa. Nada restou do que fora deles. Foi feito o certo. Eles fizeram a mudança de plano com o que era realmente deles, somente com suas ações, conhecimentos, isto ocorre com todos nós.

Eu cuidei dos cachorrinhos, recebi bem os familiares, meus filhos e netos. Mas conversava pouco, muito pouco, estava apática. Muitas vezes, à noite, meu marido e eu ficávamos sentados no sofá, às vezes de mãos dadas e calados. Meu marido sofreu demais, mas ele reagiu diferente, ele chorava, queixava-se, porém o fazia longe de mim. Senti tanta dor por esta perda que me doía o físico, fui a médicos que constataram que eu estava bem fisicamente.

Queria que fosse eu a morrer, não me conformava de terem sido eles, novos, sadios, e meus netos, crianças.

Oito meses se passaram. Meus filhos e o esposo estavam muito preocupados comigo e temerosos de que precisassem até de uma internação em um hospital psiquiátrico.

Minha irmã vinha sempre me visitar, ela conversava, eu a escutava e não falava nada. Minha irmã chegou em casa à tarde e me ajudou a trocar de roupa. Pensei que ela me levaria a outro médico, nada falei ou perguntei. Saí com ela, que dirigiu para perto de um grande hospital. Parou, me ajudou a descer e entramos numa casa. Ela explicou:

— Antônia, aqui é uma casa, um local que hospeda alguns doentes que tiveram alta, mas que não podem ainda ir para sua casa porque residem em outras cidades. Aqui também estão acompanhantes ou visitantes de doentes internados que não podem ficar no hospital. É tudo gratuito e cuidado por voluntários. Tenho vindo aqui para ajudar. Venha, sente-se aqui e, se não quiser conversar, escute.

Sentei no meio de duas senhoras em volta de uma mesa retangular de dez lugares. Elas tomavam um lanche da tarde. Colocaram à minha frente uma xícara de chá e um pedaço de bolo.

— Como está sua menina? — perguntou a mulher à minha esquerda para a que estava à minha direita.

— Não sei — respondeu a indagada. — Gostaria de falar que ela melhora, mas sinto que não. Agora ela foi sedada para tomar medicamento, fazer um procedimento; como não posso estar perto dela, vim para cá.

Observei a mulher que respondeu. Era moça, loura, bonita e tinha o olhar triste; ela, sentindo-se observada, me olhou e sorriu. Estava fazendo muito isto, olhava sem disfarçar para as pessoas. Esforcei-me e perguntei:

— Sua filha está doente?

— Sim — ela respondeu —, muito doente. Ela tem três anos e está com um tipo raro e agressivo de câncer. É a segunda.

— Como? — quis saber.

— Tenho três filhos, um menino e duas meninas, a menor está com um ano. Meu filho, o mais velho, tinha cinco anos quando faleceu com este mesmo tipo de câncer. Ficou doente um ano e um mês. Quando fez oito meses que ele falecera, percebi que minha filha aparentava estar com os mesmos sintomas. Pelos exames, ela está realmente doente. Fico aqui com ela para o tratamento, meus pais estão com minha filhinha, meu marido tem de trabalhar, está na casa dos pais dele. Cuidei do outro e cuido desta. Estou saudosa da filhinha que ficou e do meu esposo. Queria tanto ser eu a doente. Tenho sofrido muito por vê-los sofrer. Pior...

— Pior? — perguntei.

— Não sei se minha filha ficará também doente. Ninguém da minha família teve até agora câncer. Do lado do meu esposo, somente um tio dele. Não sei o porquê de meus dois filhos terem tido câncer e do mesmo tipo raro.

— Ela sofre muito? — quis saber.

— Aqui, nesta casa, tem apoio, o tratamento é gratuito, venho aqui para me alimentar; se tivesse de pagar, não teríamos dinheiro. Sou muito grata aos voluntários deste abençoado lugar. Aqui tenho também o apoio: posso lavar e passar roupas;

converso, como estou fazendo com você, que me escuta; me alivio e tenho forças. Minha filhinha é muito bem cuidada, as voluntárias a visitam, dão presentes, nos dão roupas, ela gosta de cantar e ri com os palhaços, são pessoas que vêm alegrar as crianças em tratamento. Ela se queixa que não gosta das picadas, injeções, as toma muito.

Eu a abracei, ela chorou, e eu chorei. Meu choro foi de mansinho. Abraçadas, choramos por minutos. Ela me beijou e eu a beijei. Despediu-se, iria voltar para o hospital. Quando ela saiu que olhei a sala, ninguém prestava atenção em nós, em mim. Mas me enganara, minha irmã estava atenta e se sentiu aliviada por me ver chorando.

— Vamos embora, Antônia? — perguntou minha irmã.
— Quero ajudar — falei.

Fui para a cozinha, fiz café, passei manteiga nas torradas. Ficamos lá por duas horas. Quis voltar, minha irmã passou a ir comigo todas as tardes. Voltei a falar, primeiro o fiz com os cachorrinhos, com o esposo, netos e filhos. Minha irmã não podia ir todos os dias, passei a ir sozinha à casa abrigo.

Tornamo-nos amigas, a mãe da garotinha doente e eu. A mãe dela trouxe a filhinha dela para fazer exames e ficaram hospedadas na casa. A menininha não estava doente, mas teria de fazer o exame de seis em seis meses. A menina doente piorou e desencarnou. Eu a ajudei como pude.

Meu esposo, me vendo melhor, quis participar de algum trabalho voluntário, ele também sofria muito. Passei a ir com ele, aos sábados, e com um grupo distribuir mantimentos; e no domingo cedo a ir numa praça com outro grupo para dar o café da manhã para moradores de rua. Três vezes por semana ele ia, sem mim, distribuir sopa e, no frio, também agasalhos. Eu ia todas as tardes a esta casa abrigo situada ao lado do hospital e passei a visitar doentes que podiam receber visitas para escutá-los e incentivá-los. Não tomei mais remédios para dormir, voltei a ser a antiga Antônia. Boa mãe, avó, a que se reúne com a família em dias festivos e domingos. Voltei a chorar, não o fazia lamentando, chorava de saudade, e desejava que meu filho, nora e netos estivessem bem e felizes.

Fui de fato consolada quando passei a consolar, ajudada quando ajudei, tive meu sofrimento abrandado quando tentei suavizar dores alheias.

E assim foi por muitos anos. Meu marido, aposentado, ia três dias na semana com outros dois amigos também aposentados à periferia, para construir ou reformar casinhas, barracos, para famílias pobres.

Via sempre, pelo menos duas vezes por ano, aquela mãe que, por sua história, me fez chorar, sair da minha apatia. Ela trazia a filha para fazer exames, e a menina não ficou doente. Não teve mais filhos biológicos com receio de que eles herdassem a doença, mas adotou duas crianças.

Eu ia a médicos para exames de rotina, me sentia bem. Tive, numa madrugada, um acidente vascular cerebral e, por ele, desencarnei. Fui socorrida e logo compreendi que mudara de plano. Encontrei-me com meu filho, nora e um dos netos, o outro reencarnara e estava bem. Foi minha nora que me contou o que eles passaram:

— Não vimos o acidente. Foi rápido: o caminhão, o choque, o barulho, e todos nós dormimos. Acordamos quarenta e cinco dias depois, e os quatro juntos. Não tínhamos nenhum arranhão, estranhamos, e bondosamente uma senhora nos contou o que acontecera. Depois recebemos as visitas da minha avó e de uma tia que confirmaram. Não entendemos muito bem. Ao receber orações, escutávamos lamentos de meus pais, dos nossos irmãos, e isso nos fez desconfiar de que era verdade. Mas entendemos mesmo que desencarnáramos quando sentimos, ouvimos e vimos por vídeos eles se desfazerem da casa em que morávamos. Quando isto ocorreu, sentimos que de fato mudáramos de plano e que tínhamos de aceitar e procurar ficar bem na nova forma de viver. Fomos levados para uma casa, as crianças iam por horas para o Educandário, tinham aulas, participavam de muitas atividades. Nós dois, meu esposo e eu, aos poucos fomos interagindo com a vida aqui no Plano Espiritual. Passamos a fazer tarefas e a estudar. Meu filho mais velho voltou ao Plano Físico, ele tinha planejado, antes de ir ser meu filho, reencarnar e ser médico, havia se preparado para isto, estudou mais e voltou filho de médicos, ele está bem. Meu filho que está conosco é adulto, vivemos bem, ele planeja também reencarnar.

Nessa vida, estejamos encarnados ou desencarnados, temos de enfrentar a separação. Eu sofri muito quando os quatro mudaram de plano e, quando fui eu a vir para cá, senti a separação dos outros filhos, dos netos, do esposo e dos amigos. Trabalhando lá, trabalhando aqui. Sou útil numa enfermaria, faço o que tenho de fazer e escuto os abrigados. Todos têm suas histórias. Novamente minha saudade é suavizada, ainda mais porque posso vê-los, visitá-los e sei deles.

Foi somente quando quis consolar que fui consolada. Que lição preciosa: "É consolando que se é consolado".

Antônia

Perguntas de Antônio Carlos

— Conte como foi sua mudança de plano. O que sentiu?

— Não foi nada exorbitante, tudo simples. Estava bem, de repente senti algo estranho, perdi os sentidos. Vieram rápido em minha mente algumas cenas de minha vida e a mais marcante foram os desencarnes do meu filho e da família dele. Dormi e escutava alguém pedindo para ter calma e que estava bem. Quis ficar bem. Foi bom mesmo abraçar meu filho e o neto.

— Agora você pode nos contar o que aconteceu para você ter ficado apática?

— O que sei é que senti tanta dor que penso que nenhuma dor física é maior. Sentia dor e não queria mais nada. De fato, preocupei todos.

— Você estuda no Plano Espiritual?

— Não me interessei muito em estudar. Aprendi a viver desencarnada, conheci o básico da Espiritualidade e quis continuar fazendo o que fazia encarnada, trabalhar ajudando. Aprendi e aprendo mesmo é a amar.

— Tem planos para o futuro?

— Não fiz nenhum plano porque o presente está bom e posso continuar fazendo este trabalho por muito tempo. Um dos meus netos reencarnou, o outro está planejando e voltará também ao Plano Físico, ele deverá ser primo daquele que foi seu irmão. Minha nora sente, é como uma perda, está conversando com orientadores. É difícil para ela saber que aqueles que foram seus filhos terão outros pais e que ela não será a única mãe deles. Isto, para alguns desencarnados, não é fácil. Por isso ela está pensando em reencarnar também. Meu filho entendeu e aceita melhor, ele não quer retornar ao Plano Físico agora, faz planos de estudar e trabalhar por muito tempo na colônia.

— Eles souberam do caminhoneiro? O que causou o acidente e que também desencarnou?

— Souberam, sim. Este homem, cinco anos depois, os procurou para pedir perdão. Ele contou a eles que estava trabalhando muito para ter dinheiro para pagar o tratamento de seu filho de seis anos, que estava doente. Dormiu e foi para a pista contrária. Meu filho me contou que os cinco choraram, o perdoaram, e tudo ficou bem.

— Sua nora quer reencarnar para não sentir que ela não será mais a mãe deles?

— Penso que sim. Aqui no Plano Espiritual, em colônias, postos de socorro, temos muitos orientadores que nos ajudam em situações que não estamos conseguindo assimilar. Os quatro morreram juntos, ficaram juntos. Eles se separaram de pais, avós, parentes, amigos, mas os quatro estavam juntos. Eu deixei os filhos, os outros dois e netos, mas eles ainda continuam sendo meus. Minha nora não se separou dos filhos pela desencarnação, mas sim pela reencarnação. Ela sente por eles terem outra mãe, que será boa e amorosa, porque os dois merecem, e que a esquecerão. Se ela reencarnar, terá também outra mãe, pais, e talvez outros filhos. É a vida!

— Você gosta do que faz atualmente?

— Demais. É quase continuação do trabalho voluntário, difere-se porque eu estou sempre me sentindo bem, não me canso, durmo pouco e me distraio com lazer; vou a concertos que gosto muito, posso ir ao Plano Físico visitar os familiares e, quando eles precisam, e se posso, os ajudo.

— E seu esposo? Como está ele? Encarnado?

— Sim, ele está encarnado. É uma outra situação de perda. Estivemos juntos por muitos anos, nos amamos, ele se preocupou muito comigo, chorava longe de mim, porque sofreu também, me ajudou. Quando entendeu que o trabalho voluntário estava me fazendo bem, passou a fazer também; isto o consolou e ficamos mais unidos. Ele sofreu com a minha desencarnação, e novamente o trabalho voluntário o ajudou. Ele não queria depender dos filhos. Ele era mais velho que eu um ano, ficou viúvo novo. Firme no trabalho voluntário, começou a conversar com uma voluntária, que era também viúva, e, um ano e dois meses depois que desencarnara, foram morar juntos.

"Necessitei de ajuda para entender e aceitar. Lembrei que minha avó dizia que viúvo ou viúva é aquele que morre. Esforcei-me para ficar bem. A mulher é boa pessoa, estava sozinha, tem dois filhos casados, e um deles mora em outra cidade longe. Compreendi que, encarnada, vivemos juntos, e ele tinha de continuar vivendo e necessitava de companhia. Pensei muito e compreendi que não somos donos de afetos. Se eu o queria bem, era de fato para ele estar bem. Não sou mais casada, não o sinto, e quero ter os dois como amigos. Eles vivem bem, até se casaram. Ninguém perde ninguém, porque ninguém é de ninguém. Vivemos juntos por um período no Plano Físico, mas este período acabou e outro se iniciou."

— Quer escrever mais alguma coisa?

— Sim. É muito difícil sofrer sozinha. Solidários, encontramos pessoas que sofrem, às vezes mais que nós. Quando enxugamos lágrimas temos as nossas secadas por Deus ou por outros em nome Dele, do Criador Amoroso. Devemos ser desapegados de afetos. Eu não senti falta de nada material, senti das pessoas que amo. Penso que, por egoísmo, não queria que meu ex-esposo me substituísse. Quando ele ficou com outra pessoa, senti, mas, quando entendi, aceitei. Para minha nora foi difícil aceitar que seus filhos teriam outros pais, outras mães. Mas, se amarmos todos como irmãos, compreenderemos que somos uma imensa família e que somente estaremos juntos por um período. Meu filho e eu moramos juntos e estaremos juntos até que um de nós volte a reencarnar. A vida é assim!

— Você é feliz?

— Sim, sou, e também muito agradecida. Estar em condição de ajudar é privilégio. Sou feliz!

Explicação de Antônio Carlos

A desencarnação ainda traz muitas dores. Mesmo para aqueles que compreendem o que seja a mudança de plano, sentem a falta física das pessoas que amam. A dor é maior para aqueles que se julgam separados ou que o ser que partiu acabou. Outras pessoas não têm ideia, somente sentem o afastamento, como Antônia.

Que consolo bonito Antônia e o esposo tiveram! Porém eles aceitaram, procuraram, foi como "bater na porta" para a terem aberta para o consolo.

O filho de Antônia, nora e os dois filhos deles fizeram esta mudança juntos. Eles gostavam dos pais, avós, irmãos, tios, sobrinhos, primos e amigos, porém eram os quatro a família, e, como fizeram a passagem juntos, não sentiram muito. Claro que tinham planos, sonhos etc., mas no Plano Espiritual a vida continua e, para aqueles que são socorridos, abrigados como eles foram numa colônia, é muito bom, para a maioria é melhor do que estar no Plano Físico. Os dois meninos se adaptaram rápido. Normalmente crianças e jovens aceitam mais fácil outra forma de viver; eles costumam sentir falta dos pais, mas, neste relato, os pais estavam junto. Como a nora de Antônia contou, eles entenderam mesmo que mudaram de plano quando souberam, sentiram se desfazerem de tudo o que eles desfrutaram encarnados.

Têm me perguntado o que é melhor: desfazer-se de tudo que era da pessoa que mudou de plano logo ou esperar? Penso que isto deve ser resolvido entre os que ficaram. Para o filho e nora de nossa convidada, foi bom, porque entenderam que de fato fizeram a mudança, desencarnaram, e que não teriam a possibilidade de retornar. Alguns desencarnados apegados a estes bens sentem mais, porém é melhor, porque, mesmo sentindo, entendem que nada material é nosso realmente, que tudo o que é matéria física é do mundo material. Há encarnados que querem esperar mais tempo, tudo bem. Não é bom forçar, porém não se deve esquecer que: o que está guardado poderia ser útil a outras pessoas. Um agasalho guardado não aquece alguém com frio. Então, desfaça-se quando sentir vontade, porém não se iluda que aquela pessoa querida que desencarnou irá voltar para usar aqueles objetos guardados.

A nora de Antônia sentiu a reencarnação do filho e sentia pelo outro planejar voltar a vestir um corpo físico. Ela sentia, sofria, por eles reencarnarem, terem outra mãe e esquecê-la. Isto acontece. Ele é "meu" filho, não pode ter outra mãe. Desapegar de objetos materiais não é difícil para as pessoas boas. Para os materialistas, que acreditam ser deles o que possuem, é difícil deixar, muitos desencarnados ficam ligados a estes objetos materiais. Desligar-se de afetos é mais complicado. Normalmente, bons pais, mães, estão ligados aos filhos. Muitas vezes saem de abrigos sem autorização para ficar perto daqueles que amam, porque não conseguem ficar longe. O importante é compreender que sentimentos não acabam com esta separação.

Voltemos à nora de Antônia, que achou difícil se separar dos filhos pela reencarnação e eles terem outras mães. Ela fez um tratamento ou, como dizemos aqui, recebeu orientação; estes orientadores são como os psicólogos para os encarnados, que ajudam os abrigados a resolver problemas. Por mais que entendesse, esta mãe continuou sentida. Às vezes, para alguns desencarnados, separarem-se pela reencarnação é sofrido, sentem. Escuto de encarnados: "Vivendo muito, tenho visto familiares, amigos, partirem para o Além". Aqui na Espiritualidade escuto: "Muito tempo desencarnado, tenho visto afetos reencarnarem". Somos realmente solitários, e esta solidão pode ser suavizada pela solidariedade.

Antônia teve o merecimento de ser socorrida, alegrou-se em rever o filho, a nora e o neto, mas sentiu falta, a separação, dos que ficaram encarnados. Isto acontece. Normalmente estamos sempre sentindo saudade. Quem ama sente saudades. Nossa convidada também precisou de orientação quando o marido arrumou outra pessoa. Sentiu-se substituída. Ninguém é de ninguém. Ele sentiu necessidade de estar com uma companheira. Antônia decidiu que ele não era mais seu esposo, seria amigo. Foi uma decisão dela. Infelizmente, tenho visto, sei de desencarnados que ficam rancorosos quando isto ocorreu, sentem-se traídos, e alguns tentam infernizar o novo casal. Esquecem-se do "até que a morte os separe". Nada como uma orientação para que compreendam que a vida encarnada difere-se da desencarnada e que devemos ampliar nossos afetos.

Antônia recebeu o consolo quando optou por ajudar, fazer caridade, dar seu tempo para escutar e até contribuir financeiramente para o bem-estar do próximo.

Realmente: é consolado quem consola!

Capítulo 10
O perdão

Desencarnei e fiquei perturbado por uns tempos. Fiquei no local onde morei por quatro anos, meus últimos anos encarnado, dos trinta e dois anos vividos no corpo físico. Enquanto vaguei, não fiquei perto de ninguém, e corria, escondia-me de outros desencarnados.

Foi depois de dois dias que meu coração parara, que meu corpo físico morrera, que percebi que meu corpo carnal falecera. Não tinha ideia do que ocorria com as pessoas que morriam; assim sendo, não sabia como podia ser. Não havia frequentado religião nenhuma e sabia pouco sobre elas. Orava de vez em quando, somente a oração da Ave Maria. Escutei, quando encontraram meu corpo, de pessoas, que eu morrera. Até que gostei, porque estava numa vala e, quando eles pegaram meu corpo, afastei-me dele e fui para um canto.

Vou explicar melhor: fui para uma clínica que tratava de dependentes químicos como doente e passei, depois de cinco meses, a trabalhar e lá fiquei como empregado. Ganhava pouco, mas o trabalho não era muito e nem pesado, tinha onde dormir, um quartinho com banheiro, alimentos e roupas. Gostava porque ali tinha sossego. Costumava, nas minhas folgas, sair da clínica e andar por ali perto. A clínica estava situada numa chácara, afastada da cidade uns dez quilômetros. Ia pouco à cidade e, quando ia, era para comprar alguma coisa para mim e alimentos diferentes, que deixava no meu quarto, e ia a restaurantes. Andava por ali perto, gostava da natureza, observar passarinhos, as árvores. Foi num desses passeios que me senti mal, tonteei, caí numa vala e lá fiquei. Desencarnei e caí. Meu corpo físico morreu, parou suas funções, e, com ele, fiquei, sem mexer, incomodado; dormia, acordava, não conseguia pedir socorro. Nem tentei, pensei que seria difícil ser socorrido. Esforcei-me para me erguer, levantar, mas meu corpo não obedecia. Senti frio à noite, fome e sede. Amanheceu e eu passei o dia como passara a noite, dormindo, acordando e sentindo necessidades. Calculei que não aguentaria muito mais tempo, iria morrer. Passei a noite apreensivo, esperando morrer a qualquer hora. Amanheceu, dormi para acordar com pessoas conversando. Encontraram o meu corpo. Pelo que ouvi, entendi; com o meu desaparecimento da clínica e como não levei nada meu, dois empregados saíram para me procurar pelos arredores, eles sabiam onde eu gostava de caminhar, me viram, voltaram à clínica, chamaram a polícia e voltaram com mais pessoas e com a polícia à vala onde estava. Quando dois policiais pegaram meu corpo e puseram na maca, eu saí, ou seja, meu espírito vestido de perispírito se afastou, deixou o corpo físico morto. Senti-me aliviado, fiquei de pé os olhando, os acompanhei e os escutei. Falaram que eu havia morrido. Fui com eles até a clínica, entrei rápido e fui para o meu quarto. Eles levaram meu corpo físico morto dizendo que, logo após passasse por um exame, seria sepultado. Fiquei no quarto, dormia na cama, escutava conversas e, quando não havia ninguém no pátio ou no jardim, saía. Escutei que meu corpo fora enterrado pela prefeitura porque, como dissera, era verdade, eu não tinha parentes. Recebi orações dos colegas, de alguns internos, até mandaram celebrar uma missa. Sentia-me bem ao receber orações, mas meses depois fui esquecido. Dois meses depois, outro empregado ocupou o quartinho que usara, então fiquei na clínica pelos cantos e dormia em leitos vagos. Não me aproximava muito dos encarnados nem dos como eu, desencarnados. Via necessitados novatos chegarem à clínica doentes, dependentes, e estes quase sempre vinham acompanhados com desencarnados, uns eram estranhos, feios, às vezes agressivos, e deixavam os encarnados apreensivos ou prostrados. Ali na clínica havia desencarnados que irradiavam e ajudavam. Eu temia todos.

Estive assim por seis meses que, para mim, foram anos. Não saía da clínica, tinha medo. Numa tarde, um desses espíritos radiantes, os chamava assim por eles serem calmos, limpos e sorridentes, aproximou-se de mim e eu não consegui correr, fiquei parado. Ele calmamente falou o meu nome:

— *Lauro, fique aqui um pouquinho. Podemos conversar? Sei quem você é e ofereço ajuda. Aceita?*

— *Penso que não. Acho que não mereço* — esforcei-me e disse.

— *Já pediu perdão?*

Lembrei que escutei que estava perdoado.

— Não consigo pedir perdão a Deus.

— Por quê?

— Sinto vergonha de Deus. Como vê-Lo?

— Nós não vemos Deus — o espírito continuou tranquilo e falando com carinho —, *O sentimos. O amor do Criador está dentro de nós. Não devemos nunca ter vergonha do Pai Maior. Ele é amor e nos perdoa sempre. Não devemos sentir vergonha Dele.*

— Fiz algo ruim — lamentei.

— Quem não o fez? Mas fazemos também muitas coisas boas, é nelas que devemos pensar. Você, quando esteve aqui, fez atos bons. Por que não continuar fazendo?

— Mas é que estou morto. Morri! O senhor não sabe?!

— Sim, sei — respondeu o senhor —, *eu também morri e trabalho, faço o bem, ajudo. Você não quer fazer algo bom?*

— Sendo assim, quero — afirmei, sentindo-me aliviado.

— Muito bem! De agora em diante não ficará dormindo em leitos vagos e correndo de todos. Terá seu espaço entre nós que trabalhamos aqui, é somente subir por aqui. E, para aprender a fazer atos bons, ficará ao meu lado. Venha conhecer o seu espaço.

Nunca antes tinha visto aquela escada, entendi depois que era vista somente por desencarnados trabalhadores daquela clínica. O local não era grande, havia oito quartos ou espaços, eu ia dormir em um deles. Estavam, naquele momento, três trabalhadores ali hospedados, e eles tinham cada qual o seu espaço, penso que era somente por ter. Eles ficavam ativos o tempo todo, mas seus espaços eram para guardar alguns pertences, aonde iam ler, estudar ou conversar.

Numa outra porta havia uma enfermaria com doze leitos e, naquele momento, sete estavam ocupados por desencarnados que ali estavam fazendo tratamento, sendo acolhidos, haviam sido encarnados drogados. Havia ali o que fazer.

Por dois meses eu fiquei perto de um dos três socorristas que ali trabalhavam para aprender e aprendi a cuidar dos desencarnados, dos encarnados e por fim a lidar com desencarnados violentos que obsediavam alguns internos para sentir os efeitos dos tóxicos ou para se vingar deles. No começo sentia medo deles, depois entendi que eles eram infelizes e necessitados.

Três anos se passaram. Tornei-me um bom empregado, sentia assim, mas fui um bom ajudante. Todos os dias eu saía para passear pela redondeza apreciando a natureza, como fazia quando estava encarnado. O orientador do grupo desencarnado me chamou para uma conversa.

— *Lauro* — disse ele —, *você tem se saído muito bem. Mas a vida desencarnada não é somente isto, você deve conhecer outros lugares, estudar, aprender outras formas de ser útil; depois, se quiser voltar e ficar conosco, será sempre bem-vindo.*

— *Para onde irei?* — senti uma pontinha de medo.

— *Para um lugar lindo, agrupamento de bons espíritos.*

— *Posso não ser uma pessoa boa* — lamentei.

— *Para nós você é bom. Quer ir?*

— *Posso pensar?*

— *Sim* — permitiu o orientador.

Terminei antes meu trabalho e em vez de ir passear pelo campo fui para meu cantinho, quarto, e fiquei a pensar: *"Aqui vi muitas coisas, penso que aprendi também, porém o orientador tem razão, vi somente este trabalho envolvendo drogas. Sei bem que a vida não é somente isto. Aqui vi que o ódio pode continuar, como também o amor. Vejo sempre uma mãe desencarnada que, preocupada, vem visitar a filha que aqui se trata. Esta senhora se aproxima dela, a abraça, acalenta e, por ela estar encarnada, não sente; às vezes ela lembra da mãe. Esta moça veio para cá muito dependente e ainda pensa que se sair voltará a se drogar. Vejo dependentes virem para cá acompanhados de desencarnados tão ou mais viciados que eles. Alguns desencarnados ficam conosco e nós os tratamos, alguns se recuperam e nos dão alegria; infelizmente outros não ficam, saem e vão para perto de outros afins que se drogam".*

Os encarnados eram uma incógnita, uns se recuperavam, outros saíam e voltavam ao vício. Certo mesmo é que tóxico é veneno, faz muito mal ao corpo físico, eles deixam sequelas tanto no físico quanto no perispírito.

São diversos motivos para o desencarnado acompanhar um encarnado dependente de drogas. Vícios não são somente físicos, o espírito se sente viciado. Outros estão junto para se vingar dele, do usuário, ou da família, porque o dependente se torna quase sempre um farrapo humano. Desencarnados, ao chegarem na clínica, é oferecida a eles ajuda; uns aceitam, outros não e às vezes ficam violentos, querem o encarnado fora daqui. Como não são detidos, saem e alguns infelizmente aguardam o encarnado sair, ter alta. A morte do corpo carnal não livra o viciado da aflição pelas drogas; sara-se, livra-se do vício, quando se esforça, tem vontade, aceita auxílio, esteja-se encarnado ou desencarnado. Acontece que alguns desencarnados, não conseguindo entrar na clínica, ficam do outro lado os chamando e perturbam os abrigados, mas se cansam e muitos procuram outros afins, persistem mesmo os que querem se vingar.

Cabe ao encarnado, pela sua atitude, afastar de perto dele estes desencarnados.

Gostava da clínica, do meu trabalho, porém o orientador tinha razão, seria bom para mim conhecer o Plano Espiritual, estudar, aprender e, se quisesse, poderia voltar, mas o faria com conhecimento e com certeza seria muito mais útil.

Resolvi aceitar.

Sentado numa poltrona que tinha no meu cantinho, agora não o chamava mais de quarto, pensei na minha vida encarnada. Fui lembrando, às vezes parecia que revivia.

Logo que passei a ser empregado da clínica, prestei atenção numa moça, penso que ela deveria estar perto dos quarenta anos. Era fisioterapeuta, era para ela vir à clínica duas vezes por semana fazer exercícios com grupos; eu aproveitava para fazer, isto amenizava minhas dores na coluna, porém ela estava vindo mais dias num trabalho voluntário, recebia pagamento somente pelas duas vezes semanais. Começamos a conversar, mas foi por escutar comentários de colegas que percebi que ela estava interessada em mim. Eu era uma pessoa agradável, educado, havia estudado quatro anos da escola, mas fora bom aluno. Uma tarde, quando ela terminou seu trabalho, pediu para conversar comigo. Sentamo-nos num banco afastado do jardim.

— Lauro, você me acha interessante? — ela perguntou.

"Ela de fato está interessada em mim. Não posso!", pensei.

— Você é interessante, bonita, boa profissional, porém...

— Porém o que, Lauro? Que bom que me acha bonita. Você também é.

Não era feio, mas apresentável, cabelos castanhos como os olhos, rosto harmonizado, era forte, alto e magro.

— Tenho problemas — falei —, muitos. Desculpe-me.

— Posso escutá-lo. Por que não me conta?

Eu também estava interessado naquela moça, mas não podia me envolver com ela sem contar. Depois de uns dez segundos calado, ela novamente pediu:

— Conte sua vida, assim nos conheceremos melhor.

Resolvi contar:

— Minha primeira infância deve ter sido difícil, tenho lembranças dos nove anos para frente. Morávamos nós três, meu pai, minha mãe e eu. Mamãe havia tido mais outros dois filhos, que foram doados. Soube, com mais idade, que mamãe era muito doente, tinha uma doença grave nos rins, e meu pai era alcoólatra. Como é ruim ver seu pai bêbado! Ele bebia em casa, no bar, ou seja, às vezes saía de casa embriagado, e a maioria das vezes chegava também. Queria tanto que os dois combinassem. Minha mãe, mesmo doente, trabalhava; meu pai fazia bicos, penso que talvez alguns roubos; ele era trabalhador, ou fora, perdeu o emprego por beber muito. Às vezes ele me batia e também na minha mãe. Penso que foi por isto que mamãe doou seus outros filhos, que, ao nascer, foram deixados no hospital. Eu fiz uma promessa de que, se tivesse filhos, eles nunca iriam me ver bêbado.

Isso contei a ela, a fisioterapeuta, porém vi coisas muito feias, tristes, em casa. Queria muito que mamãe fosse embora comigo, mas ela não queria ou não tinha coragem. Penso que, mesmo ruim, ela tinha uma casa para morar, que era de papai.

— Minha mãe — continuei a contar para a moça — foi internada algumas vezes; voltava para casa mais forte, corada e foi numa internação que ela faleceu. Eu estava com quatorze anos e trabalhava, fazia todo o serviço de casa e entregas de bicicleta para o dono de um mercadinho perto de casa. Com o falecimento de minha mãe, saí de casa, fui para outro bairro distante, arrumei emprego e fui morar num quartinho de uma pensão, pagava aluguel. Era trabalhador, fazia muitas horas extras e pude assim comprar roupas, coisas para mim e tratar dos meus dentes. Com dezessete anos passei a fazer um trabalho de mais responsabilidade e ganhar mais. Tive algumas namoradas e estava bem. Com dezenove anos conheci Salete, que tinha dezoito anos, namoramos e fomos morar juntos. Ela trabalhava, fazia faxinas de segunda a sexta-feira numa galeria com oito lojas. Salete gostava de se arrumar, era consumista e, para agradá-la, arrumei um outro emprego, de guarda-noturno, vigilante, de uma escola. Minha rotina era: entrava no emprego, era numa pequena fábrica, às sete horas; tinha uma hora de almoço; e saía às dezessete horas; ficávamos juntos normalmente em casa até o horário de ir à escola, às dez horas, onde ficava até as seis. Saía, tomava café numa padaria e ia para a fábrica. Neste emprego, trabalhava no sábado até as treze horas e folgava no domingo. Na escola, folgava uma vez por semana, em dia escalado, e tinha um domingo de folga no mês. Tudo estava bem, embora sentisse trabalhar muito. Gostava de ver a Salete contente. Estava com vinte e três anos e, numa manhã, fui chamado para ser comunicado de que Salete sofrera um acidente e falecera. Fiquei pasmo, sem reação. Um irmão dela veio me buscar, fui dispensado do trabalho e fui com ele. Foi tudo muito triste.

Isto de fato ocorreu, porém foi o que contei para a fisioterapeuta. O que não contei: amava demais Salete, morávamos perto da casa da mãe dela, seus pais eram separados. Alugamos uma casa. Salete era exigente, estava sempre querendo algo. Quando eu estava em casa, ajudava na arrumação, com a roupa e na cozinha. Na escola, chegava, fazia ronda, tinha de bater ponto de duas em duas horas. Levava um despertador.

Após a ronda, vendo tudo em ordem, acomodava-me numa poltrona e dormia; o despertador tocava, batia o ponto, fazia a ronda e voltava a dormir. Tive sorte; no período em que estive lá, nada aconteceu. Embora sentindo que não agia corretamente, necessitava dormir algumas horas para aguentar o dia de trabalho na fábrica, que era pesado. Não queria agir daquela forma, mas precisava de dinheiro, queria sempre agradar Salete. Ia e voltava tanto da fábrica como da escola de bicicleta. Não era longe. Quando chovia, usava uma capa; no frio, me agasalhava.

Porém comecei a desconfiar de Salete; repelia estes pensamentos, mas comecei a escutar algumas indiretas de colegas sobre mulheres que traíam, que homens não deviam deixar esposas sozinhas à noite etc.

Numa noite, ao bater o ponto das duas horas da madrugada, saí da escola, fui de bicicleta até perto de casa, a deixei num vão de um muro e fui para casa. Não vi ninguém e não fui visto. Entrei em casa, Salete estava dormindo, ela acordou e perguntou:

— O que aconteceu, Lauro?

Suspirei aliviado, ela estava sozinha. Resolvi ser sincero.

— Salete, é que desconfiei de você, vim para ver se estava com alguém. Descul...

— Lauro — ela me interrompeu —, de fato estou sozinha, mas estou traindo você.

Abri a boca, os olhos, assustei-me e não consegui falar, ela continuou:

— Ia lhe contar, mas já que está aqui é melhor que saiba agora. Traio você desde que nos conhecemos: eram casos, um ali, outro aqui. Porém agora estou fixa com um, queremos ficar juntos, eu quero. É melhor nos separarmos. Entendeu? Fale alguma coisa!

Conversamos baixo, não nos alteramos. Esforcei-me e perguntei:

— Por quê?

— Penso que mamãe tem razão, eu não presto. Quero uma vida melhor, este outro me dará. É isto!

Fui para o lado dela, penso que ela sentiu medo. Não sei por que fiz isto, não ia bater nela. Salete me deu dois tapas no rosto e eu a empurrei. Ela caiu e bateu a cabeça na quina da cômoda.

— Levante-se! — ordenei.

Ela arregalou os olhos, fez um barulho estranho para respirar, isto por duas vezes, e se aquietou. Vi sangue jorrar do ferimento. Apavorei-me, mas tentei me acalmar.

"Será que ela morreu? Ai, meu Deus!", pensei.

Tentei contar os batimentos do pulso, nada; da veia do pescoço, não senti seu coração pulsando. Peguei um espelho e coloquei em frente ao seu nariz, não embaçou. Sentei na cama, tentei organizar meus pensamentos.

"Ninguém me viu entrar; neste horário, talvez, ninguém me verá sair. Penso que muitas pessoas sabem que Salete me trai, será difícil eles acreditarem que foi um acidente; pensarão, julgarão, que eu a matei por estar me traindo. Se eu for rápido, bato o ponto das quatro horas. Ao encontrá-la morta, pensarão que ela caiu sozinha. É isto, não quero ser preso. Vou verificar novamente se Salete está de fato morta."

Com cuidado para não pisar no sangue, tentei escutar seu coração colocando meu ouvido no seu peito; coloquei o espelho em frente ao seu nariz; tentei a veia do pescoço e do pulso. Nada. Então saí com cuidado, novamente não vi ninguém, fui até a bicicleta e rápido voltei à escola, esperei para bater o ponto das quatro horas, fiz a ronda, mas não consegui dormir, esperei desperto aguardando minha saída. Não conseguia coordenar direito meus pensamentos. Mas decidi que era isto que tinha de fazer, ser natural e não falar a ninguém o que ocorrera. Foi o que fiz: fui tomar o café na padaria, depois fui ao trabalho, agi como sempre. Eram nove horas e trinta minutos quando fui chamado, deveria ir à sala da diretoria; limpei minhas mãos e fui. Lá estava o irmão de Salete. Entrei, sentei e esperei. Meu patrão falou:

— Lauro, o irmão de sua esposa veio buscá-lo porque houve um acidente com Salete e ela não está bem.

Olhei para o irmão dela. Havia resolvido falar o menos possível e escutar mais. Pensei que, falando pouco, tinha chance de não me comprometer. Talvez meu olhar fora inquisidor. Temi por momentos que Salete sobrevivera.

— Lauro — o irmão dela parecia escolher as palavras —, mamãe havia combinado com Salete de irem ao médico às oito horas. Como ela não apareceu, mamãe foi à sua casa e a encontrou caída...

Continuei o olhando, ele não sabia bem o que falar, mas resolveu contar:

— Caída numa poça de sangue. Foi uma correria, mamãe gritou, a ambulância veio e chamaram a polícia. Constataram que Salete caíra e batera a cabeça.

Ele fez uma pausa e eu continuei sem falar e o olhando.

— Ela morreu! Salete está morta!

Coloquei as mãos no rosto; eles acharam, meu ex-cunhado e meu patrão, que era por desespero, mas foi de alívio, não queria ter deixado Salete sem socorro.

— Vim buscá-lo — disse o irmão dela.

Ele me abraçou.

— Vá com ele — ordenou meu patrão.

— Vim de carro. Vamos?

— Vou trocar de roupa — esforcei-me, consegui falar e o fiz vagarosamente.

Troquei-me, usávamos um macacão para o trabalho; deixei a bicicleta e fui com o meu ex-cunhado. Fomos para a casa da mãe de Salete. Fui consolado, abraçado. Meu ex-cunhado me falou:

— Duas tias minhas limparam o sangue do quarto. Irei lá com você para que tome um banho e troque de roupa para irmos ao velório.

A mãe dela se aproximou:

— Lauro, tudo leva a crer que Salete escorregou e caiu! Porém há um "porém": Salete estava traindo você.

Fiquei quieto, nem me mexia. Ela continuou:

— Pelo jeito, você não sabia.

Somente balancei a cabeça negando.

— Pois o traía — afirmou o irmão dela —, por isso não sofra tanto. É melhor você saber de tudo, e por nós. Com certeza escutará comentários no velório. Sempre fui contra Salete fazer isto com você. Ultimamente ela arrumara um cara melhor de vida financeiramente, casado, e ela queria ficar com ele. Salete ia ao médico com mamãe porque estava grávida. Ela ia chantagear o cara com este filho.

Esta notícia me surpreendeu. Abri a boca, os olhos e olhei para o irmão dela.

— Desculpe-me, Lauro! Desculpe-me! Talvez eu não devesse falar assim e nem você saber desta forma. Quero que você entenda o que está acontecendo. Salete estava se encontrando muito com este homem, desconfiamos que seja alguém que ela conheceu no trabalho, não sabemos quem é, porque não é deste pedaço. Ele vinha vê-la nos dias de semana, usava três carros diferentes e parava por aqui. Pela polícia, ela caiu sozinha. Nenhum vizinho escutou nada diferente nem viram carro diferente por aqui ontem. Mas ela pode ter sido empurrada. Talvez este homem a quisesse somente para amante, ela estivesse fazendo chantagem, e ele a agrediu. Mas Salete não tinha nenhum outro ferimento e no quarto não tinha sinais de briga. Estamos contando isto também por dois motivos: o da mamãe é que ela quer saber se você sabe quem é este amante.

Neguei com a cabeça. Meu cunhado me abraçou:

— O melhor é que não sofra! Salete não merece!

O corpo foi liberado. Fui ao velório, mas não fiquei muito tempo. Salete estava bonita, foi arrumada. O pai dela veio e chorou, a mãe chorou muito, ela sentiu muito o desencarne da filha. Para não ouvir tantos comentários, fui embora antes do enterro. Porém não consegui ficar em casa. Fui dormir numa pensão. Ninguém desconfiou de mim e ficou como certo que ela caíra sozinha. O amante não apareceu.

Dois dias depois voltei à casa, disse à mãe dela que ia pegar somente minhas roupas e que ela se desfizesse da casa, dei-lhe dinheiro para pagar as contas e devolver a casa para a imobiliária. Peguei minhas coisas e saí, fui morar numa pensão do outro lado, no bairro da fábrica, longe de onde morava antes. Demiti-me da escola.

Voltei a lembrar do que contara à fisioterapeuta. Ela me perguntou:

— Você não soube mais de seu pai?

— Tive, duas vezes, notícias dele: a primeira, três anos depois que saíra de casa, foi que papai arrumara uma companheira e que os dois bebiam muito; a segunda foi quando eu estava morando nas ruas, soube que ele também estava nas ruas no bairro em que morávamos.

— Conte-me o resto — pediu a fisioterapeuta.

— Salete morreu e estava grávida, eu senti muito. Fiquei inquieto, abandonei meu emprego, fui para o outro lado da cidade, para o centro, e me enturmei com bêbados e drogados. Fui morar nas ruas com eles. Não me viciei muito e lá fiquei por cinco anos. Cansei, vim para cá, pedi ajuda para o pessoal da clínica e fui auxiliado; me livrei, até facilmente, dos vícios, porém estou doente, tenho cirrose e o vírus da aids.

Ela me olhou assustada. Penso que se desinteressou de mim por completo naquele momento. Eu nunca iria passar o vírus da aids para alguém, não depois que soubera. Entendi que não seria possível me envolver com alguém, contei a ela para que não se iludisse comigo.

— Você tem certeza? — ela perguntou.

Quando cheguei na clínica fiz vários exames e foram estes os resultados, fui lacônico ao responder:

— Tenho!

Ficamos calados por uns momentos. Eu me levantei e falei:

— Tenho algo para fazer! Tchau!

Passei a evitá-la, e ela a mim, passando a vir na clínica somente nos dias que fora contratada.

"Foi preferível", pensei, "assim não sofremos. Acabou antes de começar."

Nos cinco anos em que estive como morador de rua, enturmado com um grupo de dependentes, fiz muitas coisas e vi outras tantas. Não me embriagava, embora bebesse; não me drogava muito e nem sempre. Ali ajudei os companheiros. Era chamado de Quebim. Entre nós tinha um senhor, pelo menos parecia ser mais velho, assustei-me quando soube que ele tinha cinquenta e dois anos; ele também estava sempre ajudando, era o Anjo, e eu fiquei sendo Quebim, ou seja, Querubim, um anjo também. De fato, eu aconselhava, ia junto a lugares, hospitais, escrevia cartas, lia outras, arrumava barracas, limpava e cuidava de doentes. Uma vez, ao defender um rapazinho de dezesseis anos de traficantes, apanhei junto, eles me feriram o rosto e quebraram três dos meus dentes. Tive envolvimentos com mulheres, penso que foi aí que peguei o vírus da aids e a cirrose.

O que me levou a ficar assim? Simples: o remorso. Não deveria, aquela noite, ter ido ver se Salete me traía, bastava ter perguntado a ela. Penso que, se eu a encontrasse com outro, não iria fazer nada, então por que ter ido? Depois, ela esperava um filho ou filha, que poderia ser meu. Matei os dois. Punia-me por um fardo feio e pesado. Não tinha um dia que não lembrasse do que eu fiz. Sentia ser um assassino. Chorava sempre pelos cantos e sozinho. Fui vivendo.

Mas uma noite, sempre nas histórias tem "uma vez algo", estava sentado encostado numa parede, tentava me agasalhar com um cobertor ralo. Havia chorado, não bebera, o fizera somente à tarde, mas pouco. De repente, olha aí o "de repente", vi uma menina, linda, deveria ter cinco anos, estava agasalhada e limpa. Estranhei, não era costume ter crianças entre nós. Olhei e ela sorriu, parecia flutuar, aproximou-se mais de mim, percebi que era diferente, ela me disse, falando em tom baixinho:

— *Papai! Paizinho! Amo o senhor!*

— O quê? — falei baixinho também. — Quem é você?

— *Sou sua filhinha, a que não nasceu.*

Não entendi, ela se aproximou mais, ficou de pé ao meu lado esquerdo e perguntou:

— *O senhor entendeu?*

— Você é minha filhinha? É isto? O que faz aqui? Este lugar não é para você.

— *Não é para mim nem para o senhor. Vim vê-lo, não estou contente com o senhor aqui.*

— Eu a matei — lamentei, e lágrimas escorreram pelo meu rosto.

— *Não penso assim. Foi um acidente. Por que se amargura tanto?*

— Eu... eu... — não consegui falar.

— *Quer me pedir perdão? Peça!*

— Não tenho coragem. Não mereço.

— *Devemos sempre tentar* — ela continuou falando baixinho e aproximou-se mais ainda de mim. — *Peça! É fácil! Vou ajudá-lo. Diga comigo: "Filhinha, eu a amo ou a amaria muito. Aconteceu um acidente e você não pôde nascer. Sinto-me culpado. Não era para sentir, porque não queria que tivesse acontecido. Então eu lhe peço perdão! Perdão!".*

Fui repetindo o que ela dizia. Quando estava encarnado, lembrava o que ela falara, mas foi com detalhes quando lembrei desencarnado.

Ela pegou meu rosto, a fez olhá-la e falou:

— *Eu o perdoo! Perdoo! Sinta-se perdoado e se livre dessa culpa. Quero! Exijo! Perdoo! Agora levante-se e venha comigo.*

Pegou na minha mão, levantei e fui com ela. Atravessamos ruas sem movimento naquele horário, saímos da cidade, continuamos andando. Paramos em frente à clínica. Ela puxou minha mão, me fez abaixar e falou:

— *Pai, paizinho, lembre sempre que eu o perdoei. Entendeu? Perdoei! Peça ajuda aqui, se trate, volte a ser sadio. Eu o amo!*

— Eu a amo!

Ela sumiu, eu bati na porta, me deram abrigo. Pelos exames, constataram que estava com o vírus da aids e cirrose. O resto, já contei. O perdão deste espírito foi tudo para mim, meu consolo, incentivo, me deu vontade de me livrar de tudo de ruim e ser uma pessoa boa. Se antes eu chorava, me punia, achava que merecia coisas ruins, o perdão me consolou, me fez pensar diferente. O perdão foi meu consolo!

Aceitei ir para uma colônia para estudar, aprender e gostei demais. Aprendi a fazer diversas formas de trabalho e conheci o Plano Espiritual.

Logo que foi possível, quis saber de minha mãe. Tive notícias de que ela reencarnara, desta vez numa família estruturada, e era saudável. Foi então que me senti de fato órfão. O amor permanece, quando se ama alguém é para sempre. Porém aquele espírito que fora minha mãe assumira outro corpo, me esquecera, iria continuar sua trajetória e não ia ser mais minha mãe. Meu pai também desencarnou e vagava com afins, por orientação não fui vê-lo. Aquele espírito que ia reencarnar como filha de Salete e de quem eu poderia ter sido o pai, também reencarnou logo após ter me ajudado.

Quis saber de Salete. Queria lhe pedir perdão. Um dos meus professores se propôs a ir comigo. Fomos. Salete estava enturmada com um grupo de desencarnados afins numa casa de prostituição. Fomos à tarde. Nós dois entramos na casa, não seríamos vistos; mulheres encarnadas e desencarnadas se preparavam para a noite. Não me assustei com o lugar, não depois de ter ficado nas ruas. Vi Salete, ela aparentava estar bem, se enfeitava. Aprendi a achar pessoas bonitas ou não pelas suas energias. Ao olhá-las, a primeira impressão era de que eram bonitas, mas, ao senti-las, não as achei mais; assim foi com Salete, aparentava formosura, mas não a tinha.

Saímos da casa e fomos para o quintal, onde havia três árvores. Chamei por ela. Embora ela estivesse dentro da casa e nós dois fora, a continuei vendo.

— Não esqueça — recomendou meu professor —, *para que ela consiga vê-lo, você deve pensar firme em como era encarnado, na época em que estiveram juntos.*

Foi o que fiz e a continuei chamando.

Salete escutou e comentou com as companheiras:

— Alguém está me chamando, vem lá do quintal. Quem será?

— Será o Sete Palmas? — indagou uma delas.

— Não sinto nenhum perigo. Vá lá! Se precisar de ajuda, é só gritar.

Salete saiu no quintal, veio até a árvore onde eu estava e, ao me ver, levou um susto.

— Lauro! Você aqui?! Bateu as botas?! Desencarnou?! Morreu?!

— Sim, desencarnei — respondi. — Vim vê-la. Como está?

— Bem. E você?

— Estou muito bem. Por que está aqui, Salete?

— Estou porque gosto. Mas por que veio me ver? — Salete me pareceu curiosa.

— Para pedir que me perdoe.

Salete riu, gargalhou, depois avisou às companheiras:

— Tudo bem, garotas! É somente um conhecido. — Salete se virou para mim e falou: — Qual é esta de pedir perdão? Errado por errado, eu fui mais. Você me tratava bem, foi ingênuo, e eu me aproveitei. Trabalhava em dois empregos para me dar dinheiro. Eu o traí, sempre o fiz. De fato, ia fazer chantagem com aquele homem que era rico, não tanto, mas foi o que conseguira arrumar. Não sabia de quem era o filho que esperava. Ia contar a você e abandoná-lo, mas você veio para casa fora de horário. Se eu não tivesse provocado você, não teria me empurrado. Não o julguei culpado, por isso guarde seu pedido de perdão, não o quero, mas, se é para ter tranquilidade, os bonzinhos têm isto, gostam de ser perdoados, eu o perdoo. Mas não peço. Pedir perdão é coisa de babaca. Uma vez uns bonzinhos tentaram nos ajudar, eles falaram isto, mas para nós eles tentaram foi nos incomodar. Levaram-nos para conhecer este lugar. Chato! Muito ruim! Sem graça! Somente uma de nós, éramos nove, ficou. Saímos de lá e voltamos correndo.

— Salete, queria que estivesse bem!

— Quem falou que não estou? Estou muito bem. Prazer em revê-lo. Tenho de me arrumar. Até nunca! Adeuzinho!

Salete entrou na casa. O professor pegou na minha mão e volitamos de volta à Colônia.

— Lauro — o professor me consolou —, não se esqueça de que temos o livre-arbítrio, que é atributo do espírito. Salete prefere, no momento, viver assim. Espero que agora você se desligue dela. Sigam caminhos diferentes.

Fiquei triste, mas passou logo, entendi e segui com minha vida estudando e trabalhando. Não pretendo voltar a trabalhar na clínica; gostava de lá, gosto, mas prefiro ser útil nas enfermarias da Colônia. Não tenho planos de reencarnar, quero estudar mais e ser sempre útil. Amo a forma de viver desencarnado.

Então, voltando ao consolo que tive, repito: foi o perdão.

Lauro

Perguntas de Antônio Carlos

— Lauro, você está mesmo bem? É feliz?

— Sim, estou de fato bem. Às vezes penso ainda que não deveria ter ido naquela noite em casa. Deveria ter esperado Salete terminar nosso relacionamento. Se não tivesse ido, não teria sofrido tanto com o remorso. Feliz, penso que um dia o serei.

— Agradeço por você ter nos contado sua história de vida.
— Gostei muito desta experiência. Espero que tenha gostado também.
— Sim, foi muito proveitosa.
— Eu que agradeço.

Explicação de Antônio Carlos

Não tive mais o que perguntar a Lauro, ele detalhou seu relato.

A dor do remorso é de fato intensa, porém não se deve deixá-la ser negativa ou destrutiva. Lauro se puniu, isto não é bom nem correto. Ao sentir remorso, a primeira coisa a ser feita é rogar pelo perdão e reparar o erro fazendo o bem. Lauro fez atos bons, foi por isto que aquele espírito pôde ir ajudá-lo. O espírito que ia ser filha de Salete, no Plano Espiritual retornou à sua aparência anterior, uma mulher adulta, mas, para ajudá-lo, modificou seu perispírito para o de uma criança. Deu certo este auxílio. Lembro que o perispírito é modificado por todos aqueles que o sabem.

Lauro, em situação de morador de rua, fez a caridade, o bem. Sua atitude exemplifica: todos nós, em qualquer situação ou lugar em que estejamos, podemos fazer o bem, ser úteis. Ele não deu nada de material, não tinha, mas deu de si, do seu trabalho, seu carinho.

Ao se punir pelo remorso, ficou com sequelas, adoeceu.

Lauro relatou bem: nas clínicas de reabilitação, é difícil um dependente não estar acompanhado, e ele descreveu os motivos. Realmente a luta para se livrar das amarras do vício é de cada um, porém ajudas são importantes.

Os dependentes moradores de rua, normalmente os acompanham outros grupos de desencarnados, às vezes em maior número, e muitos dependentes também. É triste de se ver.

Lembro que faltam trabalhadores do bem na seara e em todos os lugares. É necessário conscientizar e passar de servido a servidor.

Salete falou a verdade, socorristas tentaram ajudá-la e às suas companheiras, levando-as para conhecer uma Colônia ou um posto de socorro. Elas não gostaram. Isto acontece. Gostos se diferem, e muito. Se para uns as colônias são lugares lindos, maravilhosos, outros as acham chatas, sem graça. É a afinidade. Desencarnados como Salete às vezes ficam vagando entre encarnados e em lugares afins, por muitos anos. Mas tudo cansa e, quando isto ocorre, querem mudar a forma de viver; às vezes reencarnam, outros pedem por ajuda.

Lauro teve o consolo pelo perdão.

Devemos viver de tal forma que, por nossas atitudes, não precisemos pedir perdão ou desculpas. Ou seja, não fazer nenhuma maldade. Lembro que não se deve ser bonzinho, concordar com tudo ou todos mesmo julgando a atitude incorreta. Ser bom é fazer de fato o bem. É não ter nada a desculpar, perdoar, porque se compreendem os atos das pessoas; não ser melindroso e não se ofender, as maldades recebidas não lhe fazem mal, ou seja, não o fazem ser uma pessoa má.

Mas pedir perdão quando de fato se arrependeu dá um grande alívio. O pedido de perdão não anula o ato, mas dá esperança de um recomeço, de uma reparação, de se sentir leve e aliviado da dor do remorso. Porém às vezes, como Lauro, sente-se ainda o que não deveria ter feito. Ser perdoado é de fato um grande consolo, que dá paz. Que consolo maravilhoso é o do perdão!

Capítulo 11
Cristo consolador

Ao acordar e estar num lugar diferente, ou seja, que eu não conhecia, observei bem: estava num leito muito limpo, numa cama confortável de solteiro, lençóis brancos e cheirosos. O quarto estava claro e a claridade entrava por duas janelas grandes e abertas, o cômodo era comprido e com seis leitos, todos ocupados por mulheres. Acomodei-me melhor e tentei entender o porquê de estar ali. Realmente não compreendia. Fui me deitar às dez horas como de costume, tomei minhas gotinhas para dormir. Meu marido, como sempre, se deitaria mais tarde. Dormi para acordar ali.

"*Será que estou sonhando?*", indaguei.

Eu não costumava sonhar e tudo parecia muito real. Levantei o lençol e vi que estava com uma camisola que não era minha; era amarelinha, cor que gostava, longa e de manga.

"O que será que está acontecendo?"

Não conseguia entender, mexi as pernas e meus joelhos não doeram, já fazia algum tempo que sentia muitas dores nos meus joelhos. Estava de fato me sentindo muito bem. Porém não sabia o que fazer.

"Será que aqui é um hospital?", observei novamente o local. *"Com certeza é. Mas por que vim para cá? Será que passei mal e me internaram? Mas, se isto ocorreu, era para estar num quarto sozinha. Conheço bem o hospital da cidade perto da fazenda, meu primeiro marido ficou meses internado, e não me lembro deste espaço."*

Olhei para os lados: a senhora que estava no leito ao lado esquerdo dormia; a mulher da direita sorriu para mim. Fiquei quieta, nem me mexi, realmente não sabia o que fazer. A porta se abriu, entrou uma mulher negra e aproximou-se do leito em que estava. Olhei-a, e ela sorriu.

— Não acredito! — exclamei assustada. — *Chica! É você? Não pode ser!*

— Aqui sou chamada de Francisca. Mas sou a Chica que conheceu — a mulher me esclareceu.

Fiquei mais confusa ainda. Observei a mulher a encarando, ela sentou-se numa cadeira ao lado do leito em que estava. De fato ela era parecidíssima com a Chica que conhecera. Chica e o marido moraram na fazenda, pessoa muito boa e que eu ajudei muito. Ela ficou viúva com cinco filhos pequenos, e eu a deixei na casa em que morava, ela passou a me ajudar nos serviços da casa, principalmente quando eu estava na fazenda. A fazenda era perto de uma cidade pequena, e tínhamos mais uma casa na cidade maior, que era perto também, e apartamentos na capital do estado. Nós, meu esposo e eu, ajudamos Chica e as crianças, fizemos os filhos dela estudarem, aprenderam a trabalhar, cresceram fortes e honestos. Todos os filhos já estavam casados quando ela morreu. Ela tinha morrido, e há seis anos!

— *Você é mesmo a Chica? Francisca? A pessoa que conheci? Que morou na fazenda?* — perguntei.

— *Sim, sou eu.*

— *O que está fazendo aqui? Você já morreu! Estou sonhando?* — indaguei sentindo medo.

— *Não está sonhando...*

Encolhi-me na cama e puxei o lençol. Se não estava sonhando, estava vendo assombração.

— *Sinhana* — Francisca falou calmamente —, *não tenha medo. Sabe que eu sempre a quis bem, sou muito grata pelo que fez por mim e pelos meus filhos. O que recebi de você é algo para não ser esquecido. Viúva, pobre, e foi pela sua ajuda e de seu marido que não me separei de meus filhos e pude criá-los com dignidade; isto para uma mãe não tem preço a pagar. Então não sinta medo. Sim, morri, ou seja, meu espírito deixou o corpo de carne morto e sobrevivi, todos nós sobrevivemos quando isto ocorre. Não sou alma penada, mas radiante de amor e gratidão.*

Conforme ela foi falando fui desconfiando de que algo, e grave, acontecera comigo.

"*Será que morri?*", me indaguei em pensamento.

— *Todos nós temos ou teremos o corpo físico morto* — Francisca continuou tentando me esclarecer —, *isto é certo. O corpo para suas funções, os motivos são muitos, e aí a alma, que chamamos, quando ela deixa o corpo, de espírito, vem para o Além. Isto acontece!*

Enrolei a borda do lençol, não sabia o que fazer, tentei sorrir, mas fiz uma careta.

— *Sinhana, você precisa de alguma coisa?*

Olhei para a mesinha de cabeceira ao lado da cama e vi um copo d'água, peguei e tomei. Não sabia o que responder. Francisca sorriu. Eu sempre gostei dela; se a ajudei, ela também fez muitas coisas para mim. Algo era certo, ela nunca iria me fazer nada de mal: primeiro porque ela era bondosa; segundo, fomos amigas e nos ajudamos mutuamente.

— *Vou embora e volto depois* — Francisca levantou e saiu.

— *Ela está certa!* — falou a mulher ao lado. — *Não precisa se assustar.*

Eu levei um susto ao escutá-la. Ela sorriu e continuou falando, tentando me esclarecer:

— *Não precisa ter medo nem ficar confusa. Não sabe que todos nós morremos? Eu morri há três semanas. Estava muito doente e sofrendo. Foi um alívio. A morte não é anunciada, ela simplesmente acontece. Você estava doente?*

— *Para morrer, não* — respondi. — *Tinha somente umas doencinhas, como dores nas costas, nos joelhos, estes doíam muito, e minha pressão arterial era alta, sou hipertensa, tomava remédios, e tudo estava controlado. Se morri mesmo, não sei de quê.*

— *Deve ter sido algo no coração. Infarto é assim mesmo, dá e pronto. Você mudou de plano e veio para o Além.*

— *Não estou compreendendo* — lamentei.

— *É assim mesmo* — a vizinha de leito tentou me animar. — *A morte é algo natural, acontece. Seu nome é Sinhana? Diferente.*

— *Meu avô* — expliquei — *contava que sua bisavó chamara Ana e fora uma pessoa muito boa, principalmente com os escravos. Fora uma Sinhá e era chamada de Sinhá ou Sinhana.*

Meu pai gostava desta história e do nome, então me registrou assim.

— *É realmente um bonito nome. Se você quiser levantar, pode fazê-lo; da janela avista-se um lindo jardim.*

Levantei fácil e fui à janela.

"Nunca vi esse jardim, tenho a certeza", concluí.

Era o mais bonito jardim que já vira. Andei pelo quarto e depois me deitei novamente.

Dormi e acordei com Francisca ao meu lado.

— *Vim buscá-la para irmos ao jardim. Troque de roupa.*

Fui para trás de um biombo, vi roupas minhas — cópias —, me vesti e acompanhei Francisca; atravessamos corredores e chegamos ao jardim. Sempre gostei de cuidar de plantas, me distraía com a jardinagem. Observei que, ao andar, meus joelhos não doeram. Vi plantas e pessoas. Francisca me deixou ali, me afirmou que logo voltaria. Conversando com outros desencarnados, entendi que todos ali eram mortos do corpo físico e vivos em espírito.

Entendi que eu mudara de plano, aceitei sem problemas; dois dias depois, saí do hospital e fui para uma casa. Adaptei-me rápido. Isto que ocorreu comigo foi porque não fiz maldades quando encarnada e fiz muitas caridades, ajudei pessoas; uma delas, a Francisca, pôde me ajudar e o fez.

Passados três meses, minha amiga foi me visitar e a indaguei:

— *Francisca, você sabe de meu filho? Se ele e meu primeiro marido morreram, ou seja, desencarnaram antes de mim, eu não os vi. Onde eles estão?*

— *Seu filho, faz dezesseis anos que desencarnou, retornou ao Plano Físico, reencarnou.*

Francisca me deu uma aula sobre reencarnação, entendi.

Encarnada, fora casada, meu esposo e eu vivíamos relativamente bem. Soube de algumas traições dele, fingi não saber, não queria me separar. Depois, nosso filho desencarnou, tornamo-nos mais amigos, o sofrimento nos uniu. Tivemos dois filhos, uma menina e o menino que, com doze anos, desencarnou por um acidente. Passávamos uns dias das férias deles, dos filhos, no litoral; meu filho, sem nos avisar, foi esquiar, ele não sabia, estava com dois jovens e com a pessoa que dirigia o barco. Enquanto ele esquiava, caiu, ninguém soube explicar como e por que o esqui bateu na cabeça dele. Meu filho não afundou, ele usava colete de salva-vidas, mas tomou muita água. O ferimento na cabeça sangrou muito, eles o levaram para a praia, veio o socorro, mas ele desencarnou. Foi um acontecimento muito triste, por causa do qual sofremos muito.

— *Sinhana* — disse Francisca —, *quando você quiser, posso levá-la para vê-lo, mas lembro-a de que ele agora é filho de outras pessoas, tem outro lar, é amado e está bem. Lembra-se do que eu lhe expliquei? Reencarnamos e esquecemos tanto o período em que estivemos no Plano Espiritual e as outras nossas encarnações.*

— *Sim, quero revê-lo! Certificando-me de que esteja bem, é o que importa. E meu marido?*

— *Ele está fazendo um estudo e trabalho em outro lugar; quando terminar, virá vê-la.*

— *Com certeza* — concluí — *ele agora é meu ex-marido. Será que ele está sentido comigo por eu ter casado de novo?*

— *Aqui entendemos melhor os acontecimentos. Casamentos no Plano Físico são temporários. Casais aqui são amigos.*

— *Vou esperar para revê-lo* — decidi.

Cuidava do jardim, conheci a colônia, achei-a maravilhosa. Francisca me levou para fazer um estudo sobre perdão. Gostei demais e pensei:

"Que bom eu não precisar pedir perdão a ninguém e não ter a quem perdoar".

Francisca me deu um livro, *O Evangelho segundo o espiritismo*, de Allan Kardec, e marcou o capítulo sexto para eu ler. Li e gostei. Agradecida, pensei que, naquele momento, não sofria e me sentia bem. Tive momentos de sofrimento encarnada, foram a desencarnação de meus pais, as traições do meu marido, as preocupações com a filha, que era rebelde, não tinha juízo e nos deu desgosto, mas ultimamente ela melhorara. Sofri muito com a morte, desencarnação, do meu filho, que era estudioso e muito bom.

Mas quatro meses se passaram, estava gostando muito da colônia, assistia palestras, participava de grupos de orações, fazia tarefas e planejei estudar para aprender a ser útil no Plano Espiritual e trabalhar. Conversando com Francisca, a indaguei:

— *Amiga, hoje pela manhã, conversando com uma mulher no jardim, ela se queixou que o choro dos filhos a incomoda. Isto não ocorre comigo. Não sinto minha filha. Como será que ela está? Será que não sentiu minha desencarnação?*

Pensei na minha filha. Ela desde pequena era rebelde, não gostava de obedecer, recebíamos reclamações da escola, tivemos de mudá-la três vezes de colégio. Era respondona. Fizemos de tudo para educá-la, fomos à psicóloga para tentar entendê-la, a fizemos ir; se deu resultado, foi pouco. Quando o irmão desencarnou, ela pareceu não sentir e um dia eu a escutei comentando com uma colega que fora bom o irmão ter falecido, porque ela seria a única herdeira. Com o término do ensino médio, foi estudar numa faculdade paga em outra cidade; quando fomos verificar, ela não ia às aulas, saía e gastava o dinheiro. Nós a trouxemos para casa. Por cinco vezes ela saiu de casa sem dizer para onde e foi com amigos viajar. Quatro vezes tivemos de buscá-la e pagar suas dívidas para não ser presa. Então meu marido e eu fizemos uma escritura, tudo o que possuíamos seria dela, mas somente com os dois falecidos. Um advogado nos ajudou e registramos.

— Isto — concluiu meu marido — para que, quando ela receber a herança, talvez com mais idade, não perca tudo. E garantir que o que ficar viúvo não fique na miséria.

Com a morte do meu marido, desencarnação, minha filha irou-se e depois ficou quieta, dando a impressão de ter concordado. Recebia sua mesada, morava em um dos nossos apartamentos, o pequeno, na capital do estado. Um dia me fez um convite para viajarmos de navio. Alegrei-me com o convite dela. Arrumamos tudo e fomos. Foi uma viagem encantadora: primeiro porque gostei; depois porque, esperançosa, pensei que minha filha estava mudando, melhorando. Conheci no navio um homem educado, cortês e ficamos conversando. Minha filha gostou dele e me incentivou:

— Mamãe, a senhora é jovem e bonita. Teve-me com dezoito anos, parecemos irmãs. Papai morreu, eu o amava, mas ele a traía. É viúva, desimpedida, por que não namorar?

Concordei e aceitei a corte dele. "Corte" é um termo antigo, mas foi o que encontrei. Acabamos a viagem como namorados. Ele me contou que era sócio de uma imobiliária, era corretor. Oito meses depois, casamos, morávamos na fazenda, ele ia às segundas-feiras pela manhã à capital, onde ele tinha o apartamento dele, às vezes eu ia com ele e ficávamos no meu apartamento em que minha filha morava. Ele retornava na quinta-feira à tarde. Minha filha, neste período, não me deu muitas preocupações, embora não trabalhasse e nem estudasse. Meu marido continuava atencioso, gentil e o que eu mais gostava é que ele se dava bem com minha filha. Meu marido não contribuía em nada em casa, não precisava. Ele não fora casado antes, dizia ter tido muitas namoradas.

— *Será que é normal eu não senti-los?* — perguntei a Francisca.

Ela não respondeu e abaixou a cabeça. Quando Francisca fazia isto, desde quando encarnada, era porque não queria me dizer algo que me chatearia. Lembrei de uma vez que, ao perguntar a ela se meu marido estava tendo um caso com uma empregada muito bonita, ela abaixou a cabeça; somente respondeu que sim, quando insisti. Outra vez foi quando perguntei se minha filha a agredia com palavras.

— *Francisca, por favor, conte o que está acontecendo. Minha filha está bem?* — roguei.

— *Para ela, está. Ela se sente bem.*

— *Você pensa que ela não está?*

— *Bem... Não sei. É que...* — Francisca se encabulou.

— *Quero saber, por favor* — pedi.

— *Ela vendeu a fazenda, está morando na capital no apartamento maior.*

— *Somente isso?* — suspirei aliviada.

Francisca abaixou novamente a cabeça; após, a levantou e me disse:

— *Sinhana, irei levá-la para visitá-los. Primeiro você verá seu filho reencarnado, depois iremos ver sua filha.*

Fomos dois dias depois. Encontrei aquele que fora meu filho como filho de um casal estruturado e boas pessoas. Ele estava lindo, sadio e feliz. Agradecida, me tranquilizei. Entendi que quando amamos queremos o ser amado bem. Fomos ao apartamento em que minha filha morava. Eram nove horas da manhã e ela estava se levantando, ou eles, minha filha e aquele que fora meu marido. Assustei-me, senti-me atordoada e os olhei. Eles pareciam estar bem, faziam planos para o dia. Francisca me esclareceu:

— *Sinhana, os dois estão juntos.*

Não consegui falar, Francisca pegou a minha mão e saímos dali, fomos para um jardim, sentamos num banco, ela me ajudou a me recompor.

— *Vamos agora à fazenda* — decidiu Francisca.

Pegou na minha mão e fomos. A fazenda estava como sempre, ou melhor, com mais gado e trabalhadores para o plantio. A casa estava um pouco modificada. Francisca explicou:

— *Duas semanas após seu desencarne sua filha vendeu a fazenda, tirou os pertences particulares, alguns móveis antigos, quadros e os vendeu para uma loja de antiguidade. Pegou para ela suas joias, algumas roupas e as restantes as doou. Os novos donos arrumaram a casa ao gosto deles.*

Entramos na casa e fui ao quarto que fora meu. Este não estava tão modificado. Sentei na cama e tive uma visão, vi como o quarto fora quando eu o usava. Vi-me tomando o remédio, minhas gotinhas para dormir; após, vi meu marido me fazendo tomar mais e, em seguida, uma salmoura; depois saiu do quarto, voltando com minha filha, me pegaram, me colocaram no carro e me levaram para o hospital.

Torci as mãos. Francisca me pegou e volitamos para a Colônia.

— *Quer se recompor?* — perguntou minha amiga carinhosamente.

— *Não. Penso que preciso saber de tudo. Por favor.*

Sentamos num banco em frente à casa em que morávamos. Francisca contou:

— *Quando sua filha ficou sabendo, após a morte, desencarnação do pai, que não receberia nada, que seria herdeira somente com o falecimento dos dois, irou-se muito. Como sabe,* ela teve muitos envolvimentos amorosos e foi nessa época que conheceu aquele que foi seu marido, se envolveram e juntos planejaram casá-lo com você, para depois se livrar do casamento ficando viúvo, para ela ser a herdeira e ambos aproveitarem a vida.

— *Fui enganada* — lamentei.

— *Temos tendência a confiar em quem amamos* — Francisca tentou me consolar. — *Sua filha fingiu estar agindo melhor, e os dois continuaram sendo amantes.*

Veio à minha mente os dois ficando na sala enquanto eu dormia, indo para a capital juntos. Suspirei profundamente, tentei me acalmar e pedi novamente:

— *Por favor, amiga, conte-me tudo. Quando acordei aqui, naquela enfermaria, e minha vizinha de leito me disse que deveria ter desencarnado por um enfarto, pensei que fosse. O que de fato ocorreu?*

— *Seu coração parou e você desencarnou.*

— *Mas foi provocado* — concluí. — *Com a salmoura, minha pressão arterial deve ter subido.*

— *Sinhana, vou lhe contar tudo* — decidiu Francisca. — *Quando sua filha se envolveu com aquele que depois foi seu marido, eles planejaram até a viagem para que se conhecessem. Tudo deu certo para eles, até o médico com que você se consultou na capital.*

— *Isso ocorreu* — a interrompi. — Minha filha, dizendo-se preocupada com minha saúde, me levou para uma consulta a um médico que tinha boas referências. Ele foi muito atencioso e gentil.

— *De fato, ele é médico, mas corrupto e maldoso. Os dois, sua filha e marido, decidiram que ela seria a herdeira, então compraram desse médico um remédio, custou caro, para dar a* você. Esta "poção", é chamada assim, feita em outro país, faz que a pessoa que a tome aparente estar morta por quarenta e oito horas mais ou menos. Antes, eles trocaram o remédio para controlar sua pressão arterial por outro, que a fazia subir, fizeram isto por três dias. Então, naquela noite, ele lhe deu mais remédio para dormir, depois a salmoura com esta droga. Levaram-na para o hospital para que desencarnasse lá, não precisando fazer autópsia. Por aparelhos, detecta-se que a pessoa está viva, mas, no pequeno hospital da cidadezinha, perto da fazenda, não tem muitos aparelhos. E você desencarnou lá.

— Meu Deus! Meu Deus! — chorei. — Eles me enterraram viva? Foi isto que entendi? Foi isto que eles planejaram? Jesus amado!

— Calma, Sinhana! Você não precisava passar por isto, acordar num caixão. Você desencarnou realmente por um enfarto. Sua pressão arterial aumentou muito, rompeu uma artéria e desencarnou.

— Mas a intenção deles foi essa! — lamentei.

— Infelizmente foi — confirmou Francisca.

— Minha filha fez isso! Quis me enterrar viva!

— Ela estava com ciúmes de você e...

— Que horror!

Chorei, o fiz alto e sentida. Francisca segurou nas minhas mãos.

— Quero dormir. Francisca, por favor, me adormeça — pedi.

— Sinhana, não se deve fugir dos problemas dormindo. Mas será bom se refazer. Venha, a colocarei no leito.

Deitei e dormi. Acordei e, pelo barulho e claridade da janela, deveria ser de manhã. Orei como sempre o fazia ao acordar e lembrei de tudo.

"Foi para isso", pensei, *"que Francisca me levou para fazer o curso sobre o perdão e me deu O Evangelho segundo o espiritismo marcado no capítulo seis, "O Cristo consolador". Vou reler, agora entendendo melhor esta passagem: 'Vinde a mim todos os que andais em sofrimento e vos achais sobrecarregados, e eu vos aliviarei. Tomai sobre vós o meu jugo, e aprendei de mim, que sou manso e humilde de coração, e achareis descanso para as vossas almas. Porque o meu jugo é suave e o meu fardo é leve' (Mateus, capítulo onze, versículos vinte e oito a trinta)".*

— Estou sofrendo demais! — clamei. — Somente o Cristo Consolador pode me consolar. Meu jugo é pesado. Ajude-me, Senhor!

Levantei-me, tinha tarefas para fazer e as fiz.

Recebi à tarde a visita daquele que foi meu primeiro esposo.

— Sinhana, não vim visitá-la antes porque não queria ser eu a contar para você o que nossa filha fez. Preciso do seu perdão! Primeiro porque a traí. Por que fiz isto? Não tinha motivo, talvez para parecer machão.

— Tudo bem! Eu casei de novo — respondi.

— Desesperei-me por isso — lamentou meu primeiro marido. — Tentei alertá-la. Aqui no Plano Espiritual, nós, desencarnados, podemos ver o que de fato acontece e sabemos das intenções das pessoas. Eu desencarnei após uma doença que me fez sofrer muito; quando fiz minha mudança de plano fui socorrido porque fiz muitas caridades e alguns beneficiados intercederam por mim. Aceitei a desencarnação, me adaptei e me tornei útil. Quando soube as intenções de nossa filha, fiz de tudo para que ela mudasse de ideia, como também me esforcei e tentei alertá-la. Mas você estava tranquila pensando que nossa filha melhorara. Depois, Sinhana, este espírito de nossa filha veio a sê-lo por mim. Eu, nas minhas últimas encarnações, *traí. Estou fazendo um tratamento para erradicar em mim esta tendência de trair afetos, esposas. Na minha outra encarnação, nossa filha fora uma das minhas amantes. Eu, nessa encarnação, como na outra, sempre avisei às amantes que estava tendo um envolvimento sexual temporário, que não iria me separar da esposa e que não esperava nada. Era sincero, não enganei nenhuma. Mas aquela que veio como nossa filha não acreditou ou pensou que me faria mudar de ideia. Eu era casado com outra pessoa. Não mudei e, quando me separei dela, irou-se e tentou matar minha esposa. Então a raptei, ou mandei que a raptassem: paguei dois homens para este serviço, eles a deixaram longe somente com a roupa do corpo. Ela, para viver, se tornou uma prostituta. Não tive mais problemas com nenhuma outra amante naquela existência ou nesta minha última. Sempre fui boa pessoa, honesto e muito trabalhador. Nossa filha, na reencarnação anterior, em que fora minha amante, quando desencarnou, me perseguiu, quis se vingar; reconciliamo-nos e ela veio ser minha filha: você não tinha vínculo com ela, penso que não merecia ter tido uma filha assim. Mas ela teve uma grande oportunidade de tê-la como mãe e não deu valor. Perdoe-me por isto também.*

— Eu a amei! Talvez ainda a ame! Sim, penso que a amo! — exclamei com sinceridade. — Fiquei chocada pelo seu ato violento. Não queria que ela tivesse feito isto.

— Nem eu! — meu ex-marido chorou.

Choramos juntos. Foram muitas as vezes que, por ela, pelos atos errados dela, nós dois choramos juntos.

— Você me perdoa? — rogou ele.

— Sim, claro, e agora peço-lhe novamente desculpas por ter casado de novo.

— *Sinhana, tenho pensado muito, como um erro acarreta outros. Se eu não tivesse tido amantes, não teria me envolvido com ela, não teria a levado para longe e a feito me odiar. Como minha filha, tentei, tentamos, educá-la, esforçamo-nos para fazê-la ser pessoa boa, infelizmente não conseguimos. Se não tivesse tido amantes, não teria vínculo com ela e não teria sido nossa filha. Não quero mais me envolver assim com sexo, nunca mais trair. Sinhana, seremos amigos, bons amigos, e ainda pais de uma filha rebelde.*

Despedimo-nos com a promessa de sermos amigos. Continuei sentada no banco do jardim.

"Foi por isto", pensei, *"que Francisca me levou para fazer o curso sobre perdão".*

Pensei no que ouvira neste estudo. Perdoaria minha filha? Sim, senti que o fizera. Mesmo ela não se arrependendo e não me pedindo perdão, eu a perdoei e também o fiz com o amante dela, aquele que fora meu marido. Mas sofria, e muito, uma dor grande, dolorida me invadiu. Não queria que ela tivesse feito tudo aquilo, uma grande maldade, e com a mãe dela. Eu fora boa mãe, tanto que, quando meu filho desencarnou, não chorava, lamentava perto dela; pensava, talvez por eu querer, que ela estava sofrendo pela morte do irmão. Fiz, fizemos de tudo, meu marido e eu, para distraí-la, agradá-la, pensando que ela sofria, mas o que ocorreu é que minha filha não se importou e disse para uma amiga que ela seria a única herdeira. O fato é que eu não queria que ela errasse, tivesse feito esta maldade.

— Jesus, me ajude! — clamei. — Meu jugo... está pesado. Por favor, me console!

Abri *O Evangelho segundo o espiritismo* no capítulo vinte e oito, "Coletânea de preces espíritas" e li muitas orações. Meditei sobre item quarenta e seis, "Para os inimigos e os que nos querem mal". Pensei que talvez minha filha me tivesse como inimiga e com certeza me queria mal. Jesus disse: "Amai os vossos inimigos". Roguei à oração lida, queria que ela mudasse, se arrependesse e que: "Possa a Vossa bondade, Senhor, ao tocar-lhe o coração, induzi-la a melhores sentimentos para comigo! Bons espíritos, inspirai-me (a ela também) o esquecimento do mal e a lembrança constante do bem!".

Senti paz e fui trabalhar. Mas sofria, e muito. Francisca foi me ver no outro dia.

— *Sinhana, amanhã virei buscá-la para irmos a uma outra colônia, que é enorme. Você ficará hospedada numa escola e participará de um estudo, com certeza gostará.*

— *Você ficará comigo?*

— *Somente a levarei. Tenho meu trabalho.*

— *O que faz, Francisca?* — quis saber.

— *Trabalho num centro espírita. Um dia a levarei para ver o que faço. Ajudo desencarnados e encarnados. É gratificante!*

No outro dia, Francisca foi me buscar. Fomos de aeróbus; de fato a colônia era enorme, linda. Fomos direto para o local, a parte da escola, onde faria o curso. Deixando-me acomodada, Francisca partiu.

No outro dia, tivemos o primeiro contato, eram muitos desencarnados que iriam fazer o estudo, ficamos num auditório, ali era um local de palestras, apresentações musicais e teatro. Um senhor agradável, risonho, explicou como seria o encontro. Ali estavam espíritos que tiveram desencarnes violentos e vindos de diversas colônias e postos de socorro do Plano Espiritual do Brasil.

— *Precisa-se* — o senhor que nos acolhera começou a explicar: — *de um motivo para que um encarnado deixe o corpo físico e venha para o Plano Espiritual. Os motivos são muitos.*

Todos aqui deixaram o corpo físico de forma violenta e inesperada. Muitos foram assassinados.

Um rapaz levantou a mão. Quando isso ocorria, se fosse permitido, ele faria uma pergunta. O orientador permitiu e o rapaz indagou:

— *Senhor, vejo aqui somente os que desencarnaram em fase adulta. Mas sei, sabemos, que este fato ocorre também com crianças. Onde elas estão?*

— *Crianças normalmente são socorridas ao ter seu corpo físico com suas funções paradas. Pelas colônias, as vemos quando saem para passear ou assistir algum evento. Crianças são abrigadas em locais especiais nas colônias, este local é mais conhecido como Educandário. São de fato lugares muito especiais, onde crianças são amorosamente cuidadas e, como todos os lugares do Plano Espiritual, são temporários para o espírito. Crianças que desencarnaram com violência ficam no Educandário juntas das outras, porém são cuidadas com mais atenção e carinho e tudo é feito para que não fiquem traumatizadas. Infelizmente, elas sentem os familiares encarnados, que normalmente ficam penalizadas ou revoltadas. Mas, quando os familiares pensam nelas bem e felizes, elas realmente ficam.*

Entendemos. O jovem agradeceu.

— *O objetivo deste encontro é compreender que precisamos perdoar, compreender para viver bem no Plano Espiritual e aproveitar as oportunidades de aprender e ser útil. Devemos ser objetivos e esperançosos. Não se pode esquecer o que aconteceu, mas não se deve fazer destas lembranças um impedimento que pode as atitudes. A vida continua, e é nesta continuação que devem focar. Seguir em frente, e sempre!*

— *Senhor* — perguntou um homem, após ser permitido fazer a pergunta —, *e aqueles que foram assassinados, recusaram auxílio dos bons e planejam vingança? O que será deles?*

— *Certo é que quem se vinga sofre. Vingança é uma faca de dois gumes, esta é uma expressão conhecida tanto no Plano Físico como no Espiritual. O vingador pega a faca, fere e é ferido. Este exemplo é uma boa comparação. O vingador sofre e age errado, e este erro lhe será cobrado. Se conhecemos a lei do retorno, da plantação, que é fatal, a consequência de nossas ações, tanto das boas como das ruins, ela vem para ensinar o faltoso, então ninguém precisa se vingar. O tempo da colheita chega e se colhe o que se plantou. Talvez alguns de vocês aqui tenham tido um retorno ou colheita para terem sofrido uma violência. Outros para se provarem que perdoaram. E os que ofenderam receberão pelos seus atos maldosos.*

Por segundos todos ficaram calados.

"Não queria, não quero que minha filha receba de volta a maldade que me fez", pensei.

Parece que o orientador me escutou, porque completou o assunto:

— *Não querer que quem ofendeu receba a reação é sinal de que de fato se perdoou. Porém o retorno de ações é Lei de Deus; pela misericórdia do Pai Maior, pode ser suavizado e até anulado pelo amor, caridade, trabalho no bem, mas isto ocorre somente pela vontade da pessoa, ninguém pode fazer algo no lugar do outro, mas pode estar perto o ajudando. Ações são daquele que as faz.*

— *A pessoa que planta a boa semente, sua colheita será farta?* — uma senhora indagou.

— *Será, com certeza, colherá bons frutos, porém já é feliz plantando e fazendo o bem. Seu terreno fértil normalmente sustenta a muitos* — explicou o orientador.

— *Senhor, voltando ao assunto do retorno, aquele que me matou receberá a reação do seu ato sem que precise me vingar, não é?* — um homem quis ter a certeza.

— *Sim. Mas como Deus é Misericordioso, como já disse, ele poderá fazer que o retorno mude ou se suavize se ele fizer o bem.*

— *Estou pensando* — um jovem comentou suspirando —, *desencarnei assassinado. Terá sido um retorno?*

— *Pode ser que sim ou não* — o orientador esclareceu. — *Nada é taxativo. Pode ter sido uma prova. Quis ser aprovado no item perdão e, se perdoou, passou com louvor. Ou você, em outra época, reencarnação, desertou intencionalmente da vida na juventude e nesta retornou ao Plano Espiritual jovem para aprender amar a vida em todas as suas fases, encarnada e desencarnada. Pode ser que também tenha recebido uma lição de que não se deve tirar um espírito da sua vestimenta carnal.*

Como ninguém fez mais perguntas, o orientador esclareceu:

— *Vocês serão separados em grupos que estudarão em três salas de aulas por oito horas. Terão horários livres e poderão passear pela colônia. Aqui há muitas atividades.*

Três orientadores, uma mulher e dois homens, entraram no salão com um papel, cada um deles leu uma lista de nomes e fomos separados. Segui com quatorze pessoas com a mulher. Meu grupo era menor.

Entramos numa sala; ela, a coordenadora, fez uma linda oração e, após, falando compassadamente, com tom de voz carinhoso, explicou:

— *Muitos encarnados, ao desencarnarem, estranham ao encontrar um Plano Espiritual diferente do que pensavam. Mesmo aqueles que acreditam que, na mudança de plano, irão para colônias ou postos de socorro, às vezes são surpreendidos porque pensam que estarão bem e sem dificuldades, mas nem sempre isto ocorre. Abrigados em lugares bons, trabalhando, aprendendo, não anulamos o que fomos, o que somos. Temos problemas: preocupados com os afetos encarnados, com os desencarnados que amamos, que não estão bem. Aqui normalmente sabemos de tudo, o que de fato aconteceu, de intenções, de pensamentos, fatos que desconhecíamos quando estávamos vestidos do corpo corpóreo. Sofre-se por acontecimentos que não queríamos que tivessem ocorrido. Porém, tanto no Plano Físico como aqui no Espiritual, temos de resolver nossos problemas, dificuldades, e a melhor forma é falarmos deles. Acontecimentos sofridos que passamos não são para ser esquecidos como se eles não tivessem ocorrido. Esquecemos somente e temporariamente com a reencarnação, e nem sempre recordamos quando novamente desencarnamos. Mas os atos existiram e eles ficarão gravados em nossa memória espiritual. Porém as lembranças que nos fizeram sofrer devem sair do coração, da área do sentimento e ir para a cabeça, para o cérebro, a razão; não esquecer, mas não fazer destas lembranças o objetivo de viver. Elas fizeram parte, mas não é o todo, não é o mais importante. Não esquecer, mas não vivenciá-las a todo momento. Vocês aqui, nesta sala, têm em comum uma violência sofrida, dolorida, e que ainda estão sofrendo por ela. Vamos falar dela. Quem quer nos contar? Falar o que ocorreu?*

Um moço levantou a mão e, com permissão, contou:

— *Desencarnei com dezoito anos assassinado, e a mando de meu pai. Aqui entendi que quem manda é assassino.*

Entendi, naquele momento, que todos ali naquela sala estavam na mesma situação que a minha. O jovem, após suspirar, narrou sua história:

Meu avô materno me deixou alguns imóveis para que tomasse posse quando eu completasse dezoito anos. Meu pai e minha mãe foram casados; meu avô, o pai de mamãe, não queria e a deserdou. Minha mãe tinha dois irmãos. Ela e meu pai, pelo que sei, viveram bem; ela desencarnou quando eu tinha quatro anos, no segundo parto, e minha irmãzinha também. Meu pai me criou; ele nunca me bateu ou maltratou, mas era ausente, eu ficava muito com empregadas. Ele teve muitas companheiras. Meu avô materno me viu poucas vezes. Ele desencarnou e me deixou duas casas, cômodos comerciais e umas aplicações, que receberia quando eu completasse dezoito anos. Fiz aniversário e meu pai foi comigo tomar posse dos bens. Papai estava ultimamente mais gentil comigo e me contou que estava namorando uma jovem.

Eu estava de bicicleta, andava muito de bicicleta, ia à escola com ela. Terminara, no ano anterior, o terceiro ano do ensino médio e estava, agora que tinha dinheiro, fazendo o cursinho, porque queria continuar estudando, cursar uma faculdade. Fui abordado por um homem, que desceu da garupa de uma moto para me assaltar, pegar minha bicicleta; eu desci, ia entregar, quando recebi dois tiros no peito. O homem me deixou caído, nem levou a bicicleta, montou na moto e fugiram.

Fui socorrido; ao cair no chão, meu espírito se levantou; ao me ver dois, me apavorei, não entendi e adormeci nos braços do meu avô materno.

Fui levado para uma colônia; meu avô lamentou, dizendo que, se não tivesse me deixado nada, eu não teria desencarnado. Soube então o que ocorrera. Meu pai, pensando que herdaria o que eu tinha, planejou isto. Poderia ter desfrutado comigo, mas queria ser dono. Apaixonado por uma moça mais jovem, bonita e ambiciosa, resolveu ser dono e aproveitar a vida. Mas uma das cláusulas do testamento do meu avô era que eu não podia vender nada antes dos vinte e cinco anos, somente desfrutar dos aluguéis. Meu pai contratou dois bandidos para me liquidar, matar. Infelizmente isto ocorreu.

— *Você sofre por isso?* — quis um de nós saber.
— *Sim! Ser assassinado por uma bicicleta, ainda mais que eu não me recusei a entregar, é violência dolorida. Como pode uma pessoa matar por isto? Mas acontece. O pior... Sim, há o pior. Foi meu pai! Meu pai quem pagou dois bandidos para me matar e herdar o que eu recebera do meu avô.*
— *Ele recebeu?* — perguntou alguém do grupo.
— *Não! Duas pessoas viram os bandidos, os descreveram e também a moto; eles foram presos, confessaram e delataram quem os pagou para fazer isso. Meu pai foi preso. O que eu havia recebido, herdado, voltou para a família, para os irmãos de minha mãe. Vovô fez uma cláusula que, se eu falecesse sem herdeiros diretos, ou seja, filhos, os bens seriam de meus tios. A namorada do meu pai não o quis mais. Nem dinheiro para pagar advogado ele tem, está preso e deve ser condenado a muitos anos. A vida dele não é fácil, ele mandou matar o próprio filho. Pior que sofre e ainda não se arrependeu.*
— *Onde você está morando agora?* — perguntei.
— *Saí da moradia dos jovens, me sinto adulto, moro na colônia onde meu avô reside, tornamo-nos amigos. Minha mãe reencarnou, é filha de um que foi seu irmão. Vovô me contou que ela, minha mãe, não reclamou do meu pai, que eles viveram bem enquanto estiveram juntos. Vim fazer este estudo porque me dói muito ter sido assassinado a mando do meu pai.*

Escutou palavras de consolo e a orientadora completou:

— Para o espírito, é bem melhor receber mil maldades a fazer uma.

— Será que, pelos atos passados, você recebeu o retorno? — perguntou uma mulher ao jovem que narrou sua história de vida.

— Lembro-os — a orientadora esclareceu — que maldades recebidas não são somente pelo retorno, podem ser por provas, e alguns fatos ocorrem simplesmente porque se está encarnado.

— Tive algumas lembranças — respondeu o jovem. — Na minha encarnação anterior a esta que narrei, suicidei-me com dezoito anos. Tive motivos, mas não justificáveis; sofri, reencarnei e deixei a vida física com a mesma idade e quando planejava estudar e fazer muitas coisas. Se foi para aprender a amar a vida, aprendi e também aprendi a perdoar. Não queria que meu pai tivesse feito o que fez.

O jovem chorou. Recebeu novamente consolo e agrados.

Por cinco dias nos reunimos na parte da manhã, tendo um intervalo para voltar à tarde e ficando a noite livre. Fui às noites ao teatro, assisti peças teatrais, palestras e fomos a lindos lugares.

Continuando nosso estudo, um senhor contou:

Desencarnei com setenta e seis anos. Minha história se difere um pouco. Trabalhei muita na minha vida encarnada. Casado, tivemos três filhos. Morávamos, minha esposa e eu, numa casa muito boa, num bairro bom e a equipamos com móveis caros e obras de arte. Tínhamos mais dois apartamentos. Aposentei-me e continuei trabalhando, era corretor de imóveis. Quem mais cuidou dos filhos, como da casa, foi minha esposa. Nada faltou a eles, aos meus filhos; frequentaram boas escolas, viajaram e tinham roupas caras. Os três se casaram, eram dois rapazes e uma moça. Minha esposa ficou doente e desencarnou. Fiquei sozinho. Quando ela estava encarnada, fizemos um documento de que os nossos filhos seriam herdeiros, mas somente receberiam após o falecimento dos dois. Isto para que aquele que continuasse vivo não passasse por necessidades. Minha esposa gostava mais da casa do que eu, ela amava os objetos de arte.

Meus filhos iam raramente me ver, eu já estava sozinho há quatro anos. No meu aniversário, eles foram jantar comigo. Encomendei a comida. Eles chegaram, me deram presentes, a filha me trouxe uma garrafa de um vinho caro.

— Papai, depois o senhor toma; se abrir e todos beberem, sobrará pouco para o senhor.

Tocou a campainha; pensando ser o entregador da comida, fui atender, só que não era, mas sim o guarda da rua perguntando se tudo estava bem. Voltei, os havia deixado, os três filhos, no escritório; o genro, as noras e os sete netos estavam no jardim de inverno localizado no centro da casa. Dirigi-me ao escritório, a porta estava como deixara, semiaberta. Ao escutar meu nome, parei para ouvir.

— Será que papai não irá sofrer? Morrerá sozinho! — perguntou minha filha.

— Pare de encucar — pediu um filho. — O que queria? Que um de nós lhe desse um tiro? Se ele resolvesse morrer logo, não precisaríamos fazer isto.

— Já insisti com papai. Vocês lembram, não é? Para nos dar dinheiro, mas ele nega. Não quer vender a casa nem nos dar nada. Não temos outra alternativa. Pense, irmã, que somente o estamos mandando mais cedo para o Além. Ele se encontrará com mamãe e tudo ficará bem. Será rápido, me garantiram.

Tremi, afastei-me, fui para o corredor de entrada e encostei na parede. Orei, roguei a Deus auxílio. Eu sempre orei, desde pequeno, era hábito, e ia sempre assistir missas. A comida chegou, a levei à mesa, sentamos para comer. Concluí, triste, que eles iam me matar pelo dinheiro. Não queria meus filhos assassinos; para mim, matar era pecado mortal, grave. De fato é um erro grave. Se eles queriam dinheiro, então o teriam. Pedi atenção e falei:

— Meus filhos, quero falar a vocês a decisão que tomei. Vou dar tudo a vocês, tudo mesmo: esta casa com tudo o que tem dentro, os apartamentos, tudo. Irei morar num recanto para idosos, que pagarei com minha aposentadoria. Amanhã mesmo farei isto, o advogado me garantiu que dentro de dias — menti sobre o advogado — vocês poderão vender tudo e dividir o dinheiro.

As noras riram, os três filhos olharam uns para os outros. Voltaram a ficar calados para me escutar.

— É isto, meus filhos, o melhor é vender tudo e dividir entre vocês três; espero que o façam em paz, sem brigas. Merecemos um drinque. Abra, filha, a garrafa de vinho que você me trouxe.

Ela olhou para os irmãos, levantou, foi até o aparador onde estava a garrafa e a derrubou, quebrando.

— Ah, papai, sinto muito. Vou limpar o chão.
— Não tem importância, filha, deixe que eu limpo.

Ela limpou, e um dos meus filhos foi ajudá-la.

Concluí que puseram algo naquela garrafa e que me matariam. Quando eles foram embora, chorei muito. No outro dia cedo, fui a um advogado conhecido, com que tinha amizade, e fiz o que disse, dei tudo para eles; depois, visitei alguns abrigos pagos para idosos, escolhi um com preço razoável e me organizei para mudar. Cinco dias depois, os avisei e tudo estava acertado. Levei para o recanto: algumas roupas; um relógio, tinha vários e caros; agasalhos; um colchão; roupas de cama e banho; e uma caixa onde guardava dinheiro, reais, euros e dólares. Mudei. Que diferença! Moraria numa lugar grande, mas coletivo; o que era privado era um quarto pequeno e um banheiro minúsculo. As refeições eram café da manhã, almoço, café da tarde, jantar e chá com bolachas à noite. Esforcei-me para me adaptar. O importante para mim é que impedi que meus três filhos fossem assassinos. Lá fiz amizades e gostei de ter com quem conversar, falar do passado, ouvir músicas. Encontrei lá uma mulher que fora por cinco anos nossa faxineira. Ela estava idosa, trabalhava ali para ter onde morar. Resolvi ajudá-la, para que ela recebesse uma pensão; casamos, casamento de fachada, e paguei para ela ficar num quartinho. Usei o dinheiro que levei, fiz umas melhorias no abrigo e, uma vez por mês, no domingo, comprava comidas para todos num bom restaurante. Falei para esta mulher que, se eu morresse, para pegar a caixa para ela.

Meus filhos telefonavam de vez em quando e raramente um deles ia me ver. Eles venderam tudo; rapidamente dividiram o dinheiro e estavam usufruindo.

Fazia três anos e onze meses que estava no recanto quando sofri uma embolia pulmonar, o quadro se complicou e desencarnei; meus filhos fizeram um enterro no túmulo da família. Fui socorrido e me adaptei. Do lado de cá é que vemos, sabemos o que de fato ocorre. Meus três filhos decidiram me matar, estavam cansados de esperar que eu morresse para herdarem, não queriam ficar velhos para poder desfrutar do dinheiro. Na garrafa de vinho, colocaram um sonífero e uma droga que alteraria minha pressão arterial. Esperavam que eu não conseguisse ajuda e morresse. Eles planejaram certo. Era a noite que eu costumava tomar vinho; com certeza, ao tomá-lo, sentiria sono e iria para o meu quarto; neste cômodo não tinha telefone e era o local mais seguro da casa. Meu aniversário foi numa quinta-feira e, como eu já tomara vinho, com certeza tomaria o que eles haviam trazido na noite seguinte. A empregada viria somente na segunda-feira, encontraria a porta do meu quarto fechada, chamaria um dos filhos e me encontrariam morto. Eles esperavam que eu morresse na sexta-feira e, se fizessem autópsia, constatariam que meu coração parara de bater.

Aqui, vim a saber que, por eu ter escutado, eles não me assassinaram, mas houve a intenção, e com planejamento. A intenção é um erro, eles erraram e são tachados de assassinos. Chorei muito e tenho chorado, eles têm a marca dos homicidas. Não queria que eles tivessem planejado isto, matar o próprio pai, e por dinheiro. Às vezes me pergunto se eu errei na educação deles. Sinto que não, fui um bom pai, mas, se não tivesse sido bom pai, a situação deles não melhoraria. Erraram, fizeram uma tremenda dívida e terão de pagar. Moro nesta colônia; quando soube deste encontro, quis vir, falar, porque sinto vergonha de comentar este fato. Aqui estou sendo acolhido.

— *E sua esposa, você se encontrou com ela?* — perguntei.

— *Sim, encontrei, foi ela que me intuiu a escutar atrás da porta e a fazer o que fiz. Ela ama os filhos e sente pelo que eles planejaram. Somos amigos e estamos sempre nos encontrando.*

Falar, ter pessoas para escutar sem se espantar, demonstrar piedade, ser compreendido é gratificante, consolador. Falando se sente aliviado.

Uma senhora contou:

— *Meu filho me matou!* — chorou.

Quando isto ocorria, de a pessoa que falava chorar, todos se calavam e esperavam a crise passar; isto ocorreu, ela continuou:

Éramos uma família comum: meu marido, minha filha, o filho e eu. Trabalhava num salão de beleza pequeno e simples no bairro em que morávamos. Meu marido era caminhoneiro; o filho, o mais velho, até os quinze anos não nos deu problemas; depois se enturmou com más companhias, não quis mais estudar e foi trabalhar num posto de combustível. A filha era nove anos mais nova que ele, uma excelente menina, educada e estudiosa. O filho me dava muitas preocupações e eu escondia muitas coisas que ele fazia do meu marido. Estava sempre pedindo a ele para se comportar, principalmente na frente do pai. Meu esposo era caminhoneiro e viajava muito. Nada nos faltava, a casa era nossa, tínhamos um carro, e meu esposo, o caminhão.

As preocupações com o filho eram de que ele namorava muito e com garotas levianas; na turma dele, sabia que muitos eram marginais. Ele gastava muito com roupas caras e festas, mas ele trabalhava, era até registrado. Foram inúmeras as vezes que tentamos conversar com ele, a maioria das vezes escutava calado ou, quando falava, era:

— Trabalho, gasto do meu dinheiro.

A senhora fez uma pausa e voltou a contar sua história de vida:

O susto! Sim, ocorreu o susto. Estávamos em casa, meu marido, eu e a filha; fomos dormir, escutamos, ou eu escutei, meu filho chegar. Prestando atenção no barulho, percebi que havia outra pessoa com ele, levantei. De fato, um rapaz estava com meu filho.

— Fique aqui, mamãe — ordenou ele.

Foi ao quarto da irmã e a trouxe pelo braço. Ela, assustada, indagou alto o porquê. Meu marido acordou e foi à sala.

— Isto! — exclamou meu filho. — Fiquem aqui no tapete. Os três!

Ficamos juntos sem entender, senti que algo sério estava acontecendo, não deu tempo de perguntar e recebi dois tiros no peito. Cada um dos dois, meu filho e o companheiro, atiraram em nós, no peito. Desencarnamos. Acordei no leito ao lado de minha filha. Ela estava bem e foi quem me contou:

— *Morremos, mamãe! Aqui eles falam "desencarnamos", como a dona Leonor, a espírita, fala. Morremos!*

A senhora fez outra pausa e, nos vendo atentos, voltou à sua narrativa:

O que ocorreu foi que desencarnamos pelos tiros, minha filha e eu fomos socorridas, levadas para um abrigo num posto de socorro e depois viemos para uma colônia. Minha filha aceitou numa boa e foi para a ala de jovens, se adaptou e, contente, participa ativamente das atividades. Eu estou me esforçando para estar bem. Não é fácil saber que se foi assassinada pelo filho. Por que ele fez isto? Vou contar: meu filho trabalhava ou ia às vezes ao posto e até fazia algum serviço, recebia um ordenado, mais para que seus amigos não assaltassem o local. Ele se chateava conosco por querer que ele fosse honesto. Resolveu mudar de vida, e para pior. Planejou nos matar para ficar com o que tínhamos, faria da nossa casa um local de prostituição, venderia o caminhão e receberia o seguro. Pagou a um amigo para ambos nos matarem e nos fez ficar no tapete, embaixo do qual antes ele colocou uma lona para não vazar o sangue no chão e deixar vestígio. Os dois nos enrolaram no tapete, nos colocaram no carro, saíram da cidade, jogaram o carro num buraco e colocaram fogo. Meu filho voltou para casa. No outro dia ele perguntou aos vizinhos se sabiam de nós; comentou que, pelo carro não estar na garagem, deveríamos ter saído ou viajado. Continuou como sempre, como se nada tivesse acontecido. Dois dias depois um lavrador encontrou o carro e chamou a polícia. Meu filho foi e nos reconheceu. Porém, sempre há um "porém" para os criminosos, ele se contradisse ao depor e o delegado acabou descobrindo, os dois foram presos. O outro rapaz jurou matá-lo por ele tê-lo denunciado. Ele está na prisão. Minha mãe foi visitá-lo, levou doces, ela perguntou o porquê de ele ter feito aquilo; ele riu e disse que não queria sermão; minha mãe foi embora e não voltou mais. Ninguém da família o visita. Ele pensou que, se tivesse de receber alguma ajuda ou visita, seria dos pais ou minha, como acontece com outros presos. Minha tristeza é esta, ter um filho assassino, e da família. Despertar no Plano Espiritual e saber que seu corpo físico foi morto pelo filho é um sofrimento atroz. Não queria que ele tivesse feito o que fez e sinto em pensar que ele não está bem preso, que sofre e sofrerá.

— *O importante é que você o perdoou, se preocupa com ele e continua a amá-lo* — a orientadora a elogiou.

— *Você falou de você e da filha. E seu marido? Ele desencarnou também. Onde ele está?* — quisemos saber.

— *Desencarnamos os três. Antes de o fogo queimar nossos corpos físicos, fomos desligados por socorristas e conduzidos ao posto de socorro. Minha filha foi a primeira a acordar; depois meu marido, que, ao escutar, recordar o que acontecera, irou-se, não perdoou e resolveu se vingar. Saiu do posto e foi vagar, enturmou-se com outros espíritos vingadores, tem ido ao presídio para tentar atormentar o outro rapaz e nosso filho. Eu quero estar firme, aprender, me preparar para depois tentar ajudar meu esposo, fazer com que mude de ideia e esqueça a vingança. Penso que conseguirei. Estar aqui com vocês está sendo para mim gratificante, saber de fatos parecidos com o meu está me fazendo sentir melhor. Agora sei o que falar para meu marido e também, quando me for possível, para meu filho, que ficará preso, porque ele não tem condição de pagar um advogado e pelo seu crime ser grave. Com certeza ele colherá de sua má plantação. Espero que se arrependa e se melhore. Quero, preciso, me desligar dele. Quando a dor o ensinar, ele receberá meu carinho e saberá que foi perdoado. Porém a estrada que ele percorrerá será diferente da nossa.*

— Você o perdoou mesmo? — perguntei.

— Sim, eu e minha filha o fizemos.

Desejamos que ela conseguisse ajudá-los, o filho e o marido. Uma mulher também contou que a filha a matara.

Uma filha nos matou, eu e o pai dela, meu marido. Ela entrou em casa, bateu na porta, pois não tinha a chave, e disse calmamente:

— Vim matá-lo, estuprador — apontou a arma para meu marido.

— Não! — gritei e entrei na frente.

— Mãe, saia, ou melhor, morra também. Não me defendeu quando precisava.

Atirou, caí e desencarnei. Passei por uma perturbação. Não foi fácil, fui para o Umbral confusa e perdida. Meu avô me socorreu, conversou comigo, quis ajuda e fui me recuperando. Moro num posto de socorro onde aprendo a trabalhar. O orientador do posto me trouxe para fazer este estudo.

Encarnada, fui casada e tive um marido somente. Trabalhava muito, era faxineira, e meu esposo trabalhava num bar. Tivemos três filhos, dois meninos e uma menina. Ela me contou que o pai mexia com ela, mas não acreditei e a coloquei de castigo. Um dia minha irmã foi em casa e levou minha filha para morar com ela; depois disso, eu a vi por duas vezes.

Minha filha cresceu, ficou moça, estudou, trabalhava e não se envolveu com ninguém. Minha irmã desencarnou e ela ficou morando sozinha. Minha filha odiava o pai, nenhum dos filhos gostava dele. Os meninos saíram de casa adolescentes, estudaram, trabalhavam, casaram e pouco nos víamos. Minha filha nos matou.

Vim saber aqui no Plano Espiritual que ela sentia muito ódio do pai, ela ficou bem com a tia e, quando minha irmã desencarnou, ela aprendeu a atirar, comprou uma pistola e planejou tudo muito bem. Morávamos em um dos lados de um rio que era grande e caudaloso, ele dividia duas cidades, uma de cada lado. Minha filha morava na cidade do outro lado. Ela se vestia de homem, ia à margem do rio, alugava um barco e remava, fazia isto à noite. Para o dono do barco, ele alugava muitos, ela, como homem, fazia isto para um encontro amoroso. Havia uma ponte que unia as cidades, mas às vezes ir de barco era mais rápido, dependendo do lugar a que se queria ir. Naquela noite ela veio, deixou o barco e, andando a pé, foi até nossa casa, tirou o disfarce, nos matou e voltou tranquila e aliviada, fizera o que planejara; para ela, tirara do mundo um estuprador. Fomos achados, nossos corpos físicos, dias depois e o crime ficou indesvendável, não souberam quem o cometeu. Eu fui para o Umbral e fiquei lá sofrendo por um ano e oito meses. Meu marido foi também para a Zona Umbralina, mas em situação pior. Ele estuprara mais mulheres, crianças e assassinou duas pessoas. Ele sofre lá, é perseguido e maltratado, penso que lá ficará até que se arrependa e queira se melhorar.

Tenho sofrido; pela minha atitude, fiz minha filha assassina. Porque eu deveria ter sido mãe, verificado e ficado do lado de minha filha. Não o fiz, e ela foi maltratada, não perdoou e se vingou quando lhe foi possível. Sinto culpa! Muita culpa! Estou fazendo este estudo e recebendo esta ajuda para tentar me equilibrar para aprender a ser útil, trabalhar bastante e, quando for possível, saber ajudar meu esposo e mais a minha filha, que agora é uma homicida. Devo isto a ela!

Ela chorou, choramos junto. Escutou consolos e incentivos.
— *Obrigada! Falar e não receber críticas é gratificante. Meu consolo é que um dia poderei ajudá-la, sinto que tenho de fazer isto por ela.*
Eu falei, contei tudo e ainda lastimei:
— *O que mais me dói é que minha filha sabia que eu seria enterrada viva. Ela sentia ciúmes de mim. Sabia que eu acordaria na escuridão, presa e morreria por falta de ar e com certeza em desespero. Isto não ocorreu, tive a graça de enfartar. Perdoei-os, sim, perdoei, e sinto por eles terem feito este ato, e mais pela minha filha. Consolei-me pensando em Jesus, que Ele alivia os sofrimentos.*
Todos falaram, a maioria do grupo fora assassinada por companheiros, ex-esposos ou ex-esposas, pessoas que amaram um dia, que confiaram que passariam juntos dias felizes. Alguns assassinos estavam presos, outros não. Um homem contou que desencarnara com trinta e quatro anos, que fora morto pela esposa e pelo amante dela e que ambos criavam seu filho de sete anos. Todos os relatos foram tristes. O encontro foi muito proveitoso, falar sobre os problemas faz muito bem. A orientadora nos levou a compreender que é preferível receber maldades do que fazer uma e que devemos aproveitar por estarmos no

Plano Espiritual em bons lugares para aprender, trabalhar e, se possível, ajudar quem nos ofendeu.

Uma senhora contou que fora consolada com a leitura da obra de Allan Kardec, o livro *O Evangelho segundo o espiritismo*, capítulo dez, "Bem-aventurados os misericordiosos". A orientadora nos propôs ler o capítulo. Fizemos isto; lia e comentava. No primeiro item, "Bem-aventurados", texto de Mateus, capítulo cinco, versículo sete, a orientadora explicou:

— *Analisando este texto, entendemos que Jesus afirmou que recebemos o retorno de todos os atos. As boas ações vêm como resultados do bem realizado. Logo à frente deste capítulo temos, também de Mateus, capítulo sete, versículos um e dois: "Não julguem, para que vocês não sejam julgados. Pois da mesma forma que julgarem, vocês serão julgados". Sei que vocês não querem isto, o retorno para quem os maltratou, porém este retorno é lei.*

No segundo item, "Se perdoardes...", comentamos e meditamos sobre o assunto. Concluímos que perdoar e ser perdoado é estar bem.

Um texto que me chamou a atenção, que gostei, foi o do item dezessete: "Que solicitais ao Senhor quando lhe pedis perdão? Somente o esquecimento de nossas faltas? Esquecimento de que nada nos deixa, pois se Deus se contentasse de esquecer as vossas faltas, não vos puniria, mas também não vos recompensaria. A recompensa não pode ser pelo que não fez, e menos ainda pelo mal que se tenha feito, mesmo que esse mal fosse esquecido. Pedindo perdão para as vossas transgressões, pedis o favor de sua graça, para não cairdes de novo, e a força necessária para entrardes numa nova senda, numa senda de submissão e de amor, na qual podereis juntar a reparação ao arrependimento".

Enquanto líamos e comentávamos, muitos voltaram a suas narrativas contando algum detalhe.

No final, concluímos que não deveríamos nos envergonhar com o que nos aconteceu nem nos vangloriar ou nos fazer de vítimas. Foi um fato que aconteceu e a vida continuava, e para nós poderia ser melhor.

Despedimo-nos com carinho, tornamo-nos amigos.

Retornei à colônia em que moro refeita, alegre, com entusiasmo. A vida continuava com estudo, trabalho, amizades e consolada. Entendi que amo a vida!

Sinhana

Perguntas de Antônio Carlos

— Sinhana, você tem notícias de sua filha?

— Eu não fui mais visitá-la, o pai dela vai, é ele quem me dá notícias. Meu ex-marido e eu nos vemos de vez em quando, somos amigos. Ele me disse que nossa filha reencarnou perto dele para se reconciliar. Ele foi bom pai; sendo assim, não tem mais vínculo com ela, mas quer ajudá-la quando ela se tornar receptiva para receber ajuda. Contou que os dois, minha filha e aquele que foi meu segundo marido, gastam muito, moram no apartamento menor, alugaram o grande e estão sempre enganando pessoas, principalmente ele, que namora mulheres para lhes tirar coisas, dinheiro. E no momento os dois pensam somente em aproveitar a vida.

— Você tem planos para o futuro? Pensa em reencarnar?

— Não penso ainda em reencarnar, quero continuar aprendendo e trabalhando.

— No que trabalha no momento?

— Num centro espírita junto de Francisca. Amo este trabalho, ajudo nas enfermarias do posto de socorro que se localiza em cima do prédio onde está o centro espírita. Atendo desencarnados na porta, ajudo trabalhadores encarnados. É um trabalho diversificado, cada dia um acontecimento. Gosto muito, muito mesmo.

— Você atualmente fala do que lhe aconteceu com maturidade. Comenta sobre isto?

— Não comento, não tem por que, somente o faço se tiver motivo, como fiz a você e, depois, quando fui convidada a escrever. De fato, o fiz com maturidade. Foi algo que me aconteceu, sofri, fui consolada e fiquei bem.

— Quer acrescentar mais alguma ao seu relato?

— Sei de cor o texto que Jesus ensinou do jugo leve e tenho repetido a muitos que atento que sofrem. É de fato consolador!

— Agradeço por ter aceitado o meu convite e ditado seu consolo.

— Tudo bem. Eu que agradeço.

Explicação de Antônio Carlos

Infelizmente têm sido muitos os desencarnes por violência. Este estudo que Sinhana narrou tem ocorrido mais vezes. Muitos que sofrem violência não perdoam e planejam se vingar; de fato ocorrem vinganças dolorosas, e para ambos, para os que receberam e para os que fizeram. Mas os que perdoam normalmente necessitam de auxílio para amenizar o trauma, ser consolados e orientados. Este estudo de orientação é de muita importância. É muito sofrido saber que quem o tirou da vida física é alguém que ama ou amou. A maioria sente mais por ter sido alguém que não esperava. Quem ama não quer que o outro sofra e, sendo assassino, normalmente irá sofrer.

Tenho visto os que amam se preocuparem, se aborrecerem e até sofrerem por erros menores, principalmente pai e mãe, que querem que os filhos ajam certo, não façam nada que possa ocasionar sofrimento. Se sentem por atos às vezes insignificantes, imagino como sofrem por erros graves.

Homicidas têm, no seu perispírito, manchas escuras fáceis de serem reconhecidas por desencarnados. Os filhos daquele senhor não o mataram, mas planejaram e iam fazê-lo. Intenção é erro. Ficaram marcados, a mancha não é forte, mas são tachados de homicidas.

Desencarnados sabem dos acontecimentos, até da intenção dos encarnados; às vezes eles se esforçam, imploram para que não o façam, mas todos nós temos o livre-arbítrio. O fato é: planta-se o que quer e se colhe o que plantou. A plantação é livre, mas para a colheita não. O retorno vem. Aqueles que amam não querem que o ser amado erre para não receber o retorno.

Perguntaram-me se existe diferença entre crimes. Existe. Daqueles que matam quem deveriam proteger ou por quem são amados, o erro é mais grave. No encontro que Sinhana narrou foram separados em três grupos, todos desencarnaram assassinados. Sinhana ficou com aqueles que sofreram violência de pessoas próximas, e os motivos são muitos; o que mais ocorre é por dinheiro e normalmente estes são planejados e menos esclarecidos pelos encarnados. Depois, ocorrem os por vingança, assalto, ser assassinado por desconhecido e por desafeto. Realmente é mais doloroso quando acontece de ser assassinado por alguém que queremos bem.

Os ensinos de Jesus são consoladores!

Convido-os a ler, estudar e meditar sobre os Evangelhos com as explicações de Allan Kardec no livro *O Evangelho segundo o espiritismo*; com certeza os ajudará em qualquer situação, feliz ou com dificuldades.

Que Jesus esteja sempre conosco!

Capítulo 12
O socorro

Chamo-me Carlos. Meu consolo foi um socorro. Desencarnei, perturbei-me muito, fiquei por quatro anos, dez meses e dezenove dias no Umbral. Sofri. Quando roguei por ajuda, fui socorrido. Que consolo esplêndido! Recebi consolo de pessoas, socorristas, trabalhadores incansáveis do bem, que me ajudaram, me tiraram daquele padecimento, que era para mim, naquele momento, o inferno. Realmente pensava estar no inferno. Não pensava, encarnado, que isto poderia ocorrer quando morresse. Falava que tudo acabava com a morte, e pronto. Este assunto, morte, não me era agradável, e não pensava nisto. Quando minha mãe faleceu, agora uso o termo "desencarnou", gostava dela e senti quando fez sua passagem, mas pensava que este fato, a desencarnação, simplesmente acontecia. Estava tudo bem comigo, minha vida era boa, casado, com três filhos e financeiramente confortável. Meu pai desencarnou e eu nem senti, meu pai foi ausente no afeto; ele supria as necessidades dos filhos financeiramente, mas não dava carinho ou conversava conosco. Não senti a desencarnação de ninguém. Até que morri, então foi que senti a desencarnação.

Três socorristas aproximaram-se de mim, me colocaram numa maca. Senti alívio, consolo, e, se tivesse lágrimas, teria chorado, mas meus olhos estavam secos. Vi me levarem e também a Maju, que os acompanhou andando. Entraram conosco numa casa grande e, com cuidado, eles me limparam, colocaram no meu abdome um curativo, me deram água, caldo, me senti revigorado. Acomodaram-me num leito limpo e cheiroso. Escutei:

— *Agora durma!*

— *Obrigado!* — consegui falar.

Adormeci.

Acordei com uma senhora risonha.

— *Vou limpá-lo novamente e alimentá-lo. Como se chama?*

— *Carlos. Obrigado! O que tenho de fazer?*

— *O que consegue fazer?*

— *Não sei.*

— *Tudo bem, não se preocupe, tente se melhorar* — ela sorriu.

A senhora passou um pano em mim, e, se já estava limpo, me senti ainda mais; depois trocou meu curativo. Não senti mais dores. Fiquei olhando-a, parecia ter ela mãos de fada, pois não doeu.

— *Logo este ferimento cicatrizará. Você consegue se alimentar sozinho?*

— *Sim, senhora. Consigo com certeza* — afirmei.

Havia na bandeja um caldo de legumes, pão e chá. Comi saboreando. À tarde, quando ela trouxe novamente a bandeja, indaguei:

— *Não tem carne?*

— *Aqui não matamos nada para nos alimentar. Carne é um animal morto, que foi morto. Aqui no Plano Espiritual nos alimentamos de legumes, sementes, porém com estudos, disciplina, aprendemos a nos nutrir da energia e não precisar mais de alimentos.*

— *Quero aprender* — decidi.

Fiquei pensando no que ela falara, comemos carne de cadáver, de um ser vivo que foi morto e que queria com certeza continuar vivendo. Resolvi, naquele instante, ser vegetariano. Teria mesmo de ser porque ali não eram servidas carnes. Mas quis ser.

Eram muitos os leitos ocupados, muito trabalho e poucos trabalhadores. A senhora que nos atendia, embora ligeira, tinha muito o que fazer. Ofereci-me para dar alimentos para um senhor que não conseguia se alimentar sozinho. Ela deixou. Levantei-me do leito e dei o caldo na boca dele. À tarde fiz de novo e com mais dois. Ao fazer o curativo no outro dia, meu ferimento estava quase cicatrizado. Suspirei aliviado e escutei da senhora:

— *Quando passamos a nos preocupar com os outros, a ser úteis, nossos problemas se tornam menores.*

Entendi que, ao ajudar companheiros a se alimentar, deixei de focar no meu ferimento e ele se sentiu diminuído, não foi alimentado e cicatrizou. Passei a ajudar: primeiro, não precisando de ajuda; segundo, fazendo coisas para os companheiros de enfermaria. Vestia um pijama e, para levantar, colocava um roupão. A senhora me trouxe roupas: calça, camisa e sapato.

— *Troque de roupa, Carlos, vista o pijama somente para dormir. Vim avisá-lo que você tem visita, está no jardim-pátio uma pessoa querendo vê-lo.*

Troquei-me e fui rápido. Era a Maju, Maria Julieta. Assustamo-nos ao nos ver. Eu porque ela estava limpa e suas vestes também, penteada e de unhas cortadas. Ela exclamou:

— *Carlos! Puxa! Está apresentável!*

De fato, nestes poucos dias, vinte e oito, em que estava ali, minha aparência se modificara, e para melhor. Cabelos cortados, barba feita, limpo, engordava e meu ferimento cicatrizara.

— *Você também está muito bem* — elogiei.

Sentamos num banco.

— *Carlos, quis vê-lo para saber como está e me despedir de você. Vou ser levada para um outro lugar, uma colônia, para fazer um tratamento diferenciado.*

— *Você quer ir?*

— *Quero! Penso que preciso. Nos primeiros meses após meu desencarne fiquei um pouco perturbada, mas depois passei a raciocinar melhor. Vaguei pelo Umbral, andava por lá e ia também vagar entre os encarnados, sabia bem o que acontecia comigo. Sou grata ao socorro que tive, tivemos, e entendo que preciso de um tratamento maior. Não posso lembrar do que fiz que sangro. Irei hoje à tarde. Estou esperançosa. Desejo a você, Carlos, tudo de bom. Talvez a gente se veja por aí, ou no futuro. Tchau!*

Abraçamo-nos. Despedimo-nos. Ela se levantou e se dirigiu à enfermaria feminina. Eu continuei sentado pensando. Quando fiquei no Umbral permaneci sentado o tempo todo encostado num grande pedra. Maju vinha me ver de vez em quando e conversava comigo.

— *Carlos, você somente fica aqui? Não tem curiosidade para conhecer mais o lugar?*

— *Não consigo me locomover; se quero ir um pouco mais adiante, me arrasto* — expliquei.

Maju por algumas vezes me ergueu e, amparado nela, andei pelos arredores da pedra onde ficava. Logo à frente, uns quarenta metros, havia uma trilha, que era caminho para ir ao Plano Físico, para perto de encarnados. Depois destes breves passeios ela me trazia de volta. Quando vi moradores do Umbral apavorei-me. Via, por ali, outros sofredores como eu, mas, ao vê-los, achei-os estranhos; para mim, eram os demônios, embora tenha visto somente dois com chifres. Pela trilha, eles passavam fazendo arruaças, muitos com roupas exóticas, mas alguns usavam roupas normais. Achei-os feios e senti muito medo deles. Maju um dia me contou sua vida:

— *Carlos, sempre fui assanhada, como vovó se referia a mim. Era volúvel, aos treze anos já saía com rapazes. Com dezessete anos namorei firme um moço de dezoito anos. Fiquei grávida, ele não me quis mais, e os pais dele o fizeram viajar. Minha mãe me levou a uma mulher e fiz um aborto. Nesta época eu nem pensei ou sabia o que era abortar, porém queria me livrar daquele incômodo, não queria ter filhos. Minha mãe já tivera uns oito maridos, ou seja, companheiros que moravam junto, minha avó materna morava ao lado, e eu ficava com vovó. Nunca soube quem fora meu pai, nem minha mãe sabia. Sofri nessa época porque gostava desse moço. Vovó era aposentada e eu trabalhava; não parava muito nos empregos, mas trabalhava. Evitava filhos, mas ou esquecia de tomar as pílulas ou bebia muito nas festas. Fiquei grávida mais três vezes e abortei. Estava* com vinte e sete anos quando comecei a namorar um rapaz de vinte e um anos; ele dizia me amar, penso que realmente me quis bem. Fiquei grávida, ele ficou contente e fez planos de morarmos juntos e cuidar do nosso filho. Mas meus planos eram outros, não queria ter uma vida simples e cuidar de criança. Abortei. Mas desta vez não deu certo, meu útero foi perfurado, tive hemorragia, vovó chamou a ambulância para me levar ao hospital, desencarnei dentro dela. Não me lembro do que aconteceu; como disse, fiquei perturbada. Melhorei porque vovó foi a um centro de Umbanda e pediu por mim; bons espíritos que trabalham lá me pegaram, recebi orientação por uma incorporação e entendi que meu corpo físico morrera. Não quis ficar lá e saí, porém o fiz com raciocínio. Por isso estou sempre sentindo que sangro. Não morro porque já morri.

Maju estava sempre com a saia suja de sangue. Pelo que ela me disse ao se despedir, bastava lembrar disto para se sentir sangrando. Com certeza um tratamento a ajudaria para isto não ocorrer mais.

Mesmo não estando bem, Maria Julieta, a Maju, estava sempre ajudando alguém no Umbral. Um dia me disse:

— Carlos, estou cansada disto tudo. Sinto-me infeliz. Vamos orar e pedir a Deus socorro, ajuda.

— O inferno é eterno! — lamentei.

— Que inferno? Nada é eterno. Primeiro aqui não é inferno como costumam dizer. É somente um lugar feio e com muita diversidade. Você está aqui sofrendo e eu estou cansada desta vida. Podemos orar, pedir ajuda e com certeza receberemos.

— Será que isso é possível?

— Afirmo que sim. Você não tem visto espíritos limpos, bons, que andam por aqui nos dando coisas? Eles são bons espíritos. Já vi eles levarem muitos para ajudá-los.

Realmente já tinha visto e recebera deles água e pão. Uma vez estava com as mãos muito sujas e eles me deram um guardanapo de papel para pegar o pão, depois limpei o rosto com ele e as mãos. Às vezes eles falavam comigo, mas não prestava atenção.

— *Você tem certeza que o inferno não é para sempre?* — indaguei desconfiado.

— *Claro que tenho! Por que Deus Amoroso iria condenar os pecadores para sempre? Então, vamos orar? Pedir ajuda?*

— *Vamos* — decidi. — *Você ora e eu acompanho.*

Não sabia orar, aprendera na infância e esquecera; se começava na Ave-Maria, acabava no Pai-Nosso. Misturava as orações.

Maju orou e rogou por ajuda, eu a acompanhei. Rezamos por uns vinte minutos. Emocionei-me; se tivesse lágrimas, teria chorado.

— *Pronto, oramos!* — exclamou Maju. — *Enviamos o pedido. Aguardemos.*

Estava esperançoso, mas também com receio de não dar certo. Ficamos nós dois perto e encostados na pedra. Passaram-se três horas e vimos três seres limpos se aproximarem. Eram os socorristas, trabalhadores que auxiliam no Umbral.

— *Carlos, são eles!* — Maju me cutucou. — *Chegou o socorro!*

Maju os cumprimentou:

— *Boa tarde, senhores! Somos nós dois que pedimos ajuda. Por Deus, pelo amor de Deus, nos ajudem! Eu consigo levantar, andar, mas ele não* — Maju me mostrou.

— *Vamos ajudá-lo!* — afirmou um deles.

Pegaram-me com cuidado, me colocaram na maca. Senti-me aliviado naquele momento, consolado. Ninguém falou, pensei que ia escutar o que eu costumava dizer quando ajudava alguém: "Você está assim porque fez isto ou aquilo, deve entender e ser grato etc." Mas eles nada falaram; com cuidado, atenciosos, nos deram água, me senti esperançoso. Andamos por minutos, Maju ia caminhando ao lado da maca; atravessamos a trilha, fomos para a outra parte, que era mais clara. Passamos por lugares que, para mim, eram parecidos. Após quarenta minutos, paramos na frente de uma grande construção, o portão se abriu e entramos. Maju foi levada para uma parte, e eu, para outra. Ajudaram-me a tomar banho, cortaram meus cabelos, fizeram minha barba, depois me acomodaram num leito limpo e cheiroso. Fizeram um curativo no meu ferimento, que parou de doer, alimentei-me de um caldo e dormi sossegado, um sono reparador, prazeroso. Fui consolado nessa ajuda, o socorro que tive.

Parei de recordar e voltei à enfermaria, ajudei três abrigados a se alimentar, me alimentei e me acomodei no leito. Passei a mão onde estava antes ferido e lembrei de minha vida encarnado.

Reencarnei numa família de classe alta, bem financeiramente, tive três irmãs. Meu pai não seguia nenhuma religião, não gostava delas; minha mãe era caridosa, mas não ia muito à igreja para meu pai não implicar. Fomos criados tendo tudo o que queríamos e estudamos. Mamãe desencarnou nova, papai casou-se de novo e teve mais dois filhos. Ficamos separados: raramente falava com minhas irmãs, dificilmente com meu pai e via pouco meus outros dois irmãos. Fui bem-sucedido na minha profissão, casei-me com uma moça muito bonita, também de família de posses, e tivemos duas filhas e um filho. Assim como eu recebi, dei de tudo para meus filhos. Quando pequenos, mamãe nos ensinou a orar; adolescente, adulto, não o fiz mais e não frequentei religião nenhuma. Para mim, tudo estava bem, minha filha mais velha casou. Foi na festa do casamento desta filha que eu me senti incomodado; dias depois procurei por um médico, fiz exames e comecei a ter dores abdominais; o resultado dos exames foi que estava com câncer em estado adiantado e em vários órgãos. Foram cirurgias, tratamentos e muitas dores. Acertei tudo financeiramente e esperava que meus filhos ficassem bem. Fiz três cirurgias e desencarnei na terceira, com o ventre aberto. Foquei neste detalhe e me senti, durante todo o tempo que fiquei no Umbral, com o ferimento no abdome.

Melhorei e passei cada dia a ajudar mais. O orientador responsável pelo posto convidou-me a ficar, a ocupar um quartinho na ala dos trabalhadores e passei a trabalhar no posto como aprendiz. Fiquei ali por dois anos, depois fui convidado a ir para uma colônia estudar.

Lembro que, neste período, era muito grato, não pedi nada e fazia o que me pediam.

Na colônia, o estudo consistia no teórico e na prática; conversávamos muito trocando ideias, falando de nós. Foi assim que pude saber de minha família. Minha esposa não fora feliz comigo; ela não se queixava e eu não percebi, talvez por não prestar atenção nela. Eu era mandão, autoritário e nada romântico. Mas ela sentiu minha desencarnação, cuidou de mim quando doente. Dois anos depois que ficara viúva, conheceu uma pessoa, namorou e casou. Ele é boa pessoa e muito religioso, eles se amam. Isto foi muito bom; minha esposa, filhos, os dois genros, pois a outra filha também casou, tornaram-se religiosos, passaram a orar e fazer caridade.

Conhecendo mais do Plano Espiritual, quis saber o porquê de ter ficado por anos no Umbral. Ao perguntar para um dos professores, fui sincero:

— *Fui descrente, ou seja, não tive religião, não orava e não me interessei em saber nada sobre este assunto. Não lembro de ter feito maldades, realmente não as fiz, e fiz caridades, dei esmolas, ajudei pessoas as orientando, sem envolver religião, isto ocorreu com colegas tanto na época de estudo quanto depois no trabalho, ajudava-os, era inteligente, encontrava soluções. Mas gostava, depois de tê-los auxiliado, de receber agradecimentos e elogios. Vaidoso, me vestia bem, era elegante. Ajudei, mas me gabava disto. Não amei minha esposa, mas não a maltratei e materialmente lhe dava tudo o que queria. Amei mesmo foi meus filhos.*

— Carlos — explicou o professor —, de fato o que você não fez foi cuidar do seu corpo físico. Bebia pouco, só em festas, isto não o prejudicou, mas fumou muito, tinha conhecimento de que o fumo, tabaco, traz doenças. Não se fica doente somente pelo fumo; para enfermidades, existem muitas causas. Mas o fumo o adoeceu. Sofreu no período que esteve enfermo, porém em nenhum momento clamou por ajuda, rogou a Deus. Desencarnou, foi atraído por afinidade para o Umbral. Por que ficou lá tanto tempo? Porque não lembrou de Deus. Se você lá, no Umbral, entendeu que seu corpo físico morrera e que continuava vivo, deveria ter percebido que muitas coisas se diferenciavam de suas ideias. Não orou, não pediu. Por quê?

— Pensei que fui para o inferno e que era eterno — respondi.

— Isto de fato ocorreu. Você se condicionou a isto e, como pensava, acontecia. Mas também foi por outra coisa. Não consegue perceber?

— Era orgulhoso para pedir. Nunca gostei de pedir nada a ninguém. Não lembro, encarnado, de tê-lo feito e, desencarnado, o fiz junto de Maju. Raramente, quando vestido do corpo físico, pedia algo, mesmo algo banal como "me passe a travessa", "me dê o copo", coisas assim. Eu fazia. Mesmo doente, foram muitas as vezes que senti sede e não pedi água. Orgulhoso! Penso que

não gostava de pedir para não parecer necessitado. Queria ser sempre autossuficiente.

— Carlos, para receber, necessitamos nos tornar receptivos. Você esteve no posto de socorro por tempos e lá não pediu nada, nem notícias de sua família.

— Pensei que isso não seria possível. Para mim, estar morto, desencarnado, era estar separado. De fato, não perguntei. Foi somente aqui, no estudo, que soube que isso era possível; então soube deles.

— Espero, meu aluno, que aprenda a pedir, a domar seu orgulho e ser uma pessoa simples. Que o sofrimento o tenha ensinado.

Meditei muito sobre o que ouvi. Estudei este assunto, orgulho, assisti palestras e aprendi.

Acabei um estudo, fiz outros e, sempre trabalhando, senti que domei o meu orgulho, me fiz humilde, fiz muitos amigos e agora, sempre que preciso, quero algo, peço, como pedi ao Antônio Carlos para contar minha história e para escrevê-la. Foi muito bom conhecer este trabalho de psicografia.

Quero escrever somente mais um pouquinho: tempos depois, nove meses que estava na colônia, visitei Maria Julieta, a Maju, e a encontrei bem, livre do seu condicionamento, estudando, trabalhando e muito grata ao socorro que recebeu.

Fui também ao Umbral, à pedra em que fiquei encostado por anos. Foi difícil para mim rever aquele lugar, mas ao mesmo tempo gratificante; ali foi um local em que estive para um aprendizado e onde recebi um grande consolo, auxílio.

Que Deus nos abençoe!

Carlos

Perguntas de Antônio Carlos

— Carlos, conte mais um pouquinho sobre o que sentiu quando estava no Umbral.

— Não são lembranças agradáveis. Parecia às vezes que estava dentro de um filme, que não era real, e outras vezes era muito real. Onde fiquei não era caminho, então os moradores umbralinos não iam tanto por lá. Ainda bem que nenhum deles se interessou por mim, também eu não ia servir para nada. E por não ter desafetos querendo se vingar, fiquei lá. Dormia muito e sempre encostado na pedra. Ali não era tão escuro, tinha pouca claridade, principalmente se era dia para os encarnados.

— O que mais o incomodou?

— É difícil apontar o que mais senti. Foi um conjunto: senti frio, fome, sede, dores e, por causa do meu ferimento, a incapacidade de me locomover, porém penso que o que mais me incomodou foi a sujeira, me sentir sujo.

— Você, por ter ficado tanto tempo lá, recebeu o consolo, a ajuda. Não se interessou depois em trabalhar como socorrista no Umbral?

— Não. Explico: para ser um socorrista no Umbral é necessário muito preparo, conhecimento, dedicação e amor. Mesmo se eu adquirir estas qualidades, não planejo fazer esse trabalho. Não gosto do Umbral, de ir lá, mesmo que seja para servir.

— O que faz atualmente?

— Como gosto muito de estudar, ter conhecimentos, estou sempre fazendo cursos, e estes se completam com o trabalho. Atualmente estudo para ser professor e tenho lecionado. Gosto de aprender, mas gosto mesmo é de passar estes conhecimentos, tenho facilidade para fazer isto. Estou gostando muito e penso em continuar com esta atividade.

— Quais são seus planos? Pensa em reencarnar?

— Meus planos são ser sempre útil. Não penso em reencarnar pelos próximos vinte anos. Sei que terei de voltar ao Plano Físico pela reencarnação e, ao fazê-lo, quero ter confiança e, reencarnado, acertar.

— Você quer escrever mais alguma coisa?

— Penso que escrevi tudo o que quis e que havia feito anteriormente num rascunho. Conhecer esta atividade e participar de uma psicografia foi mais um conhecimento. Gratidão!

— Que Deus o abençoe, Carlos!

— Que o Pai Amoroso nos ilumine!

Explicação de Antônio Carlos

A história de vida de Carlos nos leva a meditar sobre a necessidade de sermos receptivos. Jesus nos orientou: bata para ter a porta aberta; procure e encontrará; peça para receber. Ao fazer isto nos tornamos aptos para receber. Temos que nos tornar receptivos.

Orgulho é um sentimento muito nocivo, que faz sofrer quem o sente. Carlos sofreu mais por isto; orgulhoso, não queria ajuda; quando entendeu que de fato necessitava, que estava na condição, naquele momento, de um pedinte, necessitado, obteve auxílio.

Pediram, ele e Maria Julieta, e esperaram por horas, mas às vezes é por mais tempo. Por quê? Por todo o planeta Terra há poucos trabalhadores do bem, porque muitos querem ser servidos e poucos servir. No Umbral faltam mais. Que admirável trabalho fazem estes trabalhadores!

Sempre, quando socorristas andam pela zona umbralina, dão água, alimentos, remédios e roupas; eles também tentam conversar com os sofredores, porém, infelizmente, não como eles queriam ou gostariam; o tempo é curto e são muitos os trabalhos a serem feitos.

A fixação de algo que marcou quando encarnado às vezes fica forte na mente do desencarnado. Maria Julieta, que desencarnou por uma hemorragia causada por ela, pelo aborto que provocou, se sentia sangrar, e o tempo todo. Carlos, que desencarnou com o abdome aberto na terceira cirurgia, ao ter seu corpo físico morto, os médicos o fecharam somente para que colocassem uma roupa no cadáver. Ele fixou o corte como ferimento. Os socorristas, trabalhadores do bem no Umbral, notam, observam que muitos que lá estão em sofrimento julgam que estão no inferno, que este é eterno e que então não adianta pedir ajuda. Somente o fazem quando percebem que podem sair daquele padecimento rogando por socorro, pedindo perdão e perdoando.

O Umbral é um lugar diversificado, é como o Plano Físico, existem muitas formas de viver lá. Pode ser um lugar de sofrimento isolado, como ocorreu com Carlos; ou de padecimento em grupo, onde vários desencarnados ficam presos em furnas, cavernas e em prisões. Normalmente estes são alvos de castigos ou de vinganças. Realmente existe muito sofrimento. Mas também existem lugares de festas, orgias, em que se divertem muito, e encarnados afins são convidados. São muitas as escolas, denominadas assim, lugares onde aprendem a se vingar, a obsediar, a fazer muitas coisas, como ler pensamentos, a mudar a aparência perispiritual. Lá existem muitas cidades, agrupamentos de desencarnados que se intitulam moradores e onde normalmente existe um chefe que coordena tudo. Moradores do Umbral são os que sentem de fato pertencer ao local, diferem-se dos que sofrem por lá. Existe anarquia e a lei sempre é do mais forte. Está sempre tendo disputas pelo poder, ser chefe é o objetivo. Estão bem? Muitos afirmam que sim. Porém nenhuma criatura está realmente bem sentindo-se afastada do seu Criador: Deus. Muitos dos moradores têm conhecimentos e estes governam os ignorantes. Dos que têm conhecimentos, a responsabilidade é maior. A maioria dos umbralinos sabe que tem o tempo para o plantio e que o da colheita chega. É a lei! O retorno! Iludem-se, e muitos não querem, evitam pensar nisto. Lembro que o Umbral existe porque há os que habitam nele. Como no Plano Físico há prisões porque necessitam encarcerar criminosos, há hospitais para doentes. Quando não houver mais criminosos, não teremos mais prisões. Quando não houver mais pessoas cruéis, maldosas, o Umbral ficará desabitado e este lugar desaparecerá. Hospitais? Espíritos sãos, corpos sadios. Então a Terra será com certeza um lar perfeito para todos os que querem progredir para o bem. Felizes os que conseguirem!

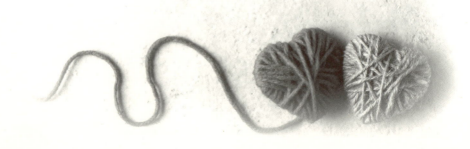

Capítulo 13
O trabalho

Fui registrado como nome de José Renato e, durante minha vida encarnado, fui chamado de diversos nomes: quando era pequeno era o Zezinho; adolescente, Samuca, porque dizia me chamar Samuel. Como mudei de bairro, toda a minha turma tinha apelido, passei a ser Mané; depois Vi, de violento; e na prisão Risca, porque ameaçava muito com: "Vou lhe riscar". Usava muito algum objeto cortante para ameaçar e, infelizmente, risquei, cortei companheiros. Desencarnado, enturmado no Umbral, passei a ser Chantô; o chefe do local dizia ter sido francês em encarnações anteriores e gostava de nomes franceses, então todos os lugares da cidade tinham nomes da língua do país da França. A casa em que ele morava era Maison, e ele dava nomes aos moradores de lá, trocava os dos que queria; eu, como fora chamado de muitos nomes, aceitei e gostei de mudar o meu. Repetia fazendo biquinho.

Com doze anos comecei com minhas façanhas errôneas. Minha mãe era "dama da noite", ou seja, prostituta. Nem eu nem ela sabíamos quem fora meu pai. Gostava de viver solto pelo bairro. Fui à escola; nos três primeiros anos, fui bom aluno, depois comecei a faltar, a ser levado, sem educação e não mais estudei. Frequentei a escola até os onze anos e saí. Vagava pelo bairro, me enturmei com outros garotos afins e começamos a fazer pequenos furtos em outros bairros e a entregar drogas. Vendo pessoas viciadas, pensei e afirmei que não ia ser um. Então eu não fumava, se o fazia era para me exibir; não bebia nada de álcool; e somente uma vez experimentei algo tóxico. Gostei e entendi que por isso que havia tantos viciados e que a maioria acabava em farrapos humanos. Observei que os chefes não se drogavam. Nunca pensei em ser chefe, este cargo era algo que não queria. Optei por ser lúcido e aproveitar a vida. Nunca trabalhei, não de forma honesta, porém dizíamos que trabalhávamos, e ríamos ao completar que era "pesado". Carregar objetos roubados era pesado. O grupo era alegre, estávamos sempre rindo. Minha mãe, envelhecida, ela não tinha mais tantos clientes, então passei a sustentá-la.

Minha relação com minha mãe era diferente, para não dizer estranha. Morávamos na mesma casa, eu sempre tive alimentos, roupas, ela não implicava comigo, não se importava e nem eu com ela. Mamãe teve mais dois filhos e os deu para adoção. Eu podia fazer o que queria, não me lembro de ela ter me repreendido, conversávamos pouco, não nos amávamos.

Estava com quinze anos, quando nós, do bairro, tivemos dois problemas. O primeiro era que um delegado que chegara recentemente à cidade estava prendendo muitos bandidos. Tivemos, meus companheiros e eu, que ficar mais quietos, parar de roubar. A segunda dificuldade era um grupo rival, de um bairro vizinho, que estava querendo a nossa área e o clima estava de guerra. Aconteceu tudo no mesmo dia: o grupo rival nos pegou, meus companheiros e eu, quando fomos ao bairro deles pegar coisas, roubar, e levamos uma surra. Voltamos machucados, e mamãe morreu. Uma amiga dela a encontrou morta em casa. Participei do velório, do enterro, voltei à noite para casa. Nesta noite houve um confronto e luta entre dois grupos e houve mortes. No outro dia vendi tudo da casa, entreguei a chave para o proprietário e me mudei. Fui para outro bairro distante e fiquei numa pensão. Passei a ser Samuel, o Samuca. Logo me enturmei com os bandidos do bairro e passei a "trabalhar" para eles: foram furtos, roubos, entregas de drogas, castigos por surras. A primeira pessoa que assassinei foi em legítima defesa; num confronto, era ele ou eu, então preferi continuar vivo e o matei. Com esta atitude cresci no grupo e fui convocado a fazer atos que, para eles, eram de responsabilidade; não matei à toa; na época, o fazia somente por julgar necessário, algo que tinha de fazer. Estranho, dolorido recordar disso. Era como: "vou comer esta maçã". Às vezes brincava que eu não matava, que morríamos somente quando Deus queria, então eu somente feria. Foram quinze pessoas que eu tirei da vida física. Nunca me apaixonei ou gostei de alguém de fato, tive muitas amantes, e estas recebiam de mim muitos presentes.

Fui preso numa troca de tiros com a polícia em que fiquei ferido. Fui condenado a vinte e oito anos de prisão. Na penitenciária me enturmei, lá também se sobrevive melhor sendo mais forte. Foram muitas brigas, castigos e também parcerias, estava preso há doze anos quando fui assassinado por um desafeto. Bobeei e fui morto.

Minha passagem de plano foi confusa. Meu perispírito saiu, desligou-se do corpo e fiquei olhando a movimentação, meu corpo caído no chão, ouvi conversas e comentários de que estava morto. Curioso, fiquei observando: três agentes penitenciários pegaram meu corpo e o levaram para uma sala, eu continuei perto. Comentaram que eu não tinha parentes e que nunca recebera visitas. O diretor mandou que me enterrassem como indigente. Colocaram meu corpo num caixão barato e um carro funerário nos levou; digo "nós" porque meu corpo de carne e ossos estava dentro do caixão, e eu, meu espírito, sentado em cima dele.

Não me apavorava nem quando não sabia o que fazer; sempre, nas situações complicadas, esperava, e a solução, boa ou ruim, vinha. No cemitério, logo enterraram meu corpo e fiquei olhando os coveiros jogarem terra.

— *Vi, venha comigo! O chefe quer vê-lo!*

Escutei e olhei de lado, isto era costume meu, não virar o rosto, mas os olhos; vi uma pessoa parecida comigo, sem o corpo de carne. Ele virou e andou, aproximei-me dele e fui andando ao seu lado. Passamos por túmulos e, sem sair do cemitério, aproximamo-nos de um buraco e entramos nele. Esforcei-me para não me assustar, era um corredor. Tempos depois entendi que ali era uma das muitas entradas, caminhos para o Umbral, ligação entre os dois mundos: o dos vivos no corpo físico, os que moram no Plano Físico, o material; e a Zona Trevosa ou o Umbral. O homem acendeu algo como uma lanterna e atravessamos este corredor de uns cinquenta metros. Defrontamo-nos com um espaço aberto, estranho para mim; no cemitério era de tarde, o dia estava claro, e ali a claridade era como se estivesse anoitecendo. Não observei muito, estava, naquele momento, atento ao homem, o desencarnado que me conduzia.

— *Você está cansado?* — perguntou ele.

Estava, mas não ia falar, neguei com a cabeça.

— *Vamos agora com este veículo. Sente-se aqui.*

Vi à frente algo diferente, era uma junção de motocicleta com jipe. Sentei no banco de trás, ele entrou e dirigiu. Fiquei um pouco atordoado e passamos por lugares estranhos. Lembrei que ali era parecido com alguns desenhos que dois internos faziam na prisão. Depois compreendi que eles, com seus corpos físicos adormecidos, iam, em perispírito, ao Umbral. A paisagem era feia, com árvores retorcidas, pedras escuras e muita lama. A viagem durou uns trinta minutos e entramos num aglomerado de casas e barracos.

— *Aqui é uma cidade! A nossa! Bem... a que moro* — explicou o meu condutor.

Paramos na frente de uma construção grande, parecendo um castelo de pedras. Ele desceu e eu também.

— *Acompanhe-me!*

Ele subiu seis degraus e eu atrás, entramos, vi muito luxo ostensivo, quadros de pessoas nuas nas paredes, poltronas de veludo vermelho, móveis dourados. Passamos para outra sala. Ali havia muitas pessoas, desencarnados, todos vestidos com trajes luxuosos. O homem que me conduziu explicou:

— *Você irá ver o chefe. Faça o que eu fizer. Ajoelhe-se à sua frente e responda quando indagado. Se não entender, me pergunte depois. Entendeu?*

Afirmei com um movimento de cabeça.

Ficamos na fila, vários desencarnados esperavam a vez de o chefe atendê-los. Chegou a nossa vez. Ajoelhamo-nos na frente dele de cabeças baixas.

— *Levantem e me olhem!* — ele ordenou.

Sua voz era forte e um pouco rouca. Olhei, ele se vestia como um rei, estava sentado numa poltrona que imitava um trono. Tinha as unhas enormes e pintadas de preto, mexia as mãos as exibindo. Era bonito, alto, magro, rosto sem barba, cabelos lisos, cortados, e, ao sorrir, mostrou os dentes perfeitos.

— *Muito bem* — disse ele me olhando —, *por serviços prestados, você veio para cá e com certeza se enturmará e será um ótimo colaborador. Leon o levará para descansar, depois mostrará a você nossa fabulosa cidade, explicará tudo e, após, receberá tarefas. Soube que você tem muitos nomes. Aqui será chamado de Chantô! Pode ir!*

Meu cicerone, que agora sabia se chamar Leon, fez referência com a cabeça, eu o imitei, ele pegou no meu braço e saímos da sala. Suspirei aliviado.

— *Vou acompanhá-lo até o seu quartinho para que descanse e se recomponha.*

— *Leon, aqui é o inferno?* — perguntei. — *Ele é o capeta?*

Leon gargalhou; passado seu ataque de riso, respondeu:

— *Chantô, o inferno, como muitos encarnados descrevem, não existe. Encarnados são os que estão vivos no corpo de carne e, quando o espírito sai dele pela morte da vestimenta carnal, é desencarnado. Então somos, você e eu, simplesmente desencarnados. Aqui se tem de tudo, mas não é inferno. Há os que sofrem, os que se divertem, os que trabalham. Às vezes penso que não se difere muito do Plano Físico, encarnados também têm de tudo. E o diabo, feio como pintam, pode até existir se alguém aqui se transformar, mas na nossa cidade não usamos esses artifícios, gostamos de ser bonitos.*

— Leon, o chefe disse que fiz coisas para ele. Penso que não.

— *Se ele disse que fez, é porque fez. Será que não roubou de alguém porque ele quis? Não matou? Basta olhar para você para ver que tem marcas de quem tirou pessoas da vida física.*

— Isso é possível? Um encarnado fazer algo porque um desencarnado quer? — perguntei curioso.

— *Sim, encarnado pode ser influenciado por desencarnado a fazer coisas, e estas podem ser atos ruins ou bons. Mas aqui não fazemos atos bons, a não ser entre nós* — Leon riu. — *Você, Chantô, se afinará bem aqui conosco, veio para o Além com muitos atos ruins. Mas não se preocupe com isto, aproveite, aqui a vida é boa.*

Ele me deixou num quarto numa construção com vários deles; eu, cansado, deitei e dormi. Ao acordar, me olhei, estava parecido comigo, ou seja, com o corpo que usei encarnado e, ao prestar atenção nas minhas mãos, vi que elas tinham cor vermelho-escuro e também esta cor cobria minha cabeça. Era a marca dos homicidas. Pensei no que o chefe falara e lembrei que uma vez matara um homem por nada, nem o conhecia; ele veio em minha direção, foi o que julguei, depois concluí que não, ele somente estava indo para onde eu estava, atirei nele e corri. Talvez tenha sido este crime a que o chefe se referiu.

Dias depois Leon me mostrou toda a cidade e, após, me deu tarefas, que fiz junto de outros para aprender. Comecei fazendo guarda e me enturmei. Trabalhava, participava de festas, fiz amigos, embora o conceito de "amigos" era o que eu costumava ter: era cada um por si.

Eu nunca mais vi o chefe nem entrei mais na Maison; nas festas dele, os convidados eram selecionados. A dos trabalhadores era num grande salão. Muitas orgias. No tempo em que estive lá, não fui às prisões nem participei de castigos. Meu trabalho era fazer ronda, afastar brigas e ir para perto de encarnados para influenciá-los a fazer alguma coisa ou para atormentá-los. Assim vivi ali por cinco anos e seis meses.

Foi me apresentada uma outra tarefa. Eu nunca recusara um trabalho e tentava, esforçava-me para fazer bem-feito, mas neste ouvi:

— *Chantô, você terá que atrapalhar uma mulher encarnada, sabemos pouco dela, terá de encontrar um ponto fraco para atormentá-la e fazê-la parar com o trabalho que está fazendo. Mas cuidado, ela faz parte de um grupo do bem.*

Aceitei numa boa, infelizmente já tinha atormentado ou participado de muitos trabalhos assim, influenciar encarnados para que deixassem de fazer algo ou para fazer.

Não gostei da mulher, ela vibrava bem, era amorosa, orava, tinha bons pensamentos, que me repeliam, era eu que estava sendo atormentado. Mas aguentei firme e me esforcei para fazer meu trabalho. Porém, sempre em nossas vidas existe um "porém", ela foi a um centro espírita. Eu não fui, sentei na frente da casa dela para esperá-la. De repente eu estava num local simples, com quatro encarnados e muitos desencarnados que me aproximaram de um moço, era um médium e conversaram comigo. Escutava uma voz, parecia de uma mulher, mas era um homem, um desencarnado, que falava comigo. Era o Cabeça Branca. Comentavam pelo Umbral que um desencarnado, que era dominador, ou seja, que dominava fácil um desencarnado trevoso, estava trabalhando num centro espírita e o conselho era que deveríamos correr dele. Não sabíamos como chamava esse espírito. Indaguei em pensamento quem era ele, e alguém me esclareceu: Cabeça Branca.

"Estou ferrado", pensei, *"mas posso negociar e enganá-lo. Sou muito bom nisto".*

Perguntei onde estava e tentei enganá-lo. Não deu certo. Então escutei:

— *Você sabe que o período da plantação finda e o da colheita chega. Não tem medo do retorno de suas ações?*

Tem assuntos que são proibidos no Umbral e os que se devem de fato evitar são: a reencarnação, todos sabem que isto acontece, que se tem de voltar ao Plano Físico, mas é assunto desagradável; o outro é a lei do retorno de nossas ações. Se não se fala, se pensa. Quando vinham estes assuntos à minha mente, repelia: *"Se é do futuro, este está longe, o presente é que importa".*

Não soube o que responder. O Cabeça Branca, com o olhar, me imobilizou. Quis ofendê-lo, porém o médium, educado, repeliu meu palavreado. O Cabeça Branca me fez pensar em Jesus. A imagem do Mestre Nazareno se fixou em minha mente, me atordoou. Escutei:

— *Você, meu amigo, irá lembrar de seus atos maldosos, e, para cada ação má que fez, sentirá a dor que provocou. São suas ações, a sua colheita.*

Lembrei: a primeira foi roubar um cordão de ouro do pescoço de uma mulher; puxei com força, o cordão veio para minhas mãos sujo de sangue. Senti a dor do ferimento dela. Depois a dor do ferimento à bala no peito de um homem.

— *Como consegue fazer isto?* — quis saber.

— *Por amor!* — respondeu o Cabeça Branca. — *É a força do amor! Amo você como irmãos que somos.*

Saí de perto do médium, me colocaram num pequeno aeróbus e viajei. As lembranças continuaram, e sem parar; quando terminava, começava novamente. Fui instalado num quarto onde tinha uma cama. Por dias fiquei assim até que chorei. Não queria mais ver aquelas cenas, as minhas lembranças. O senhor foi me ver e bastou colocar suas mãos na minha cabeça para findar aquele sofrimento. Mas eu ainda sentia.

Saí com aquele senhor do quarto, e ele me explicou que estava numa colônia de estudo, um lugar de recuperação. Muito educado, informou que eu não tinha como sair dali, mas que não era uma prisão, era um local de oportunidades, onde, se eu quisesse, entenderia e conheceria outra forma de viver. Gostei tanto do lugar que me emocionei, por vezes enxuguei as lágrimas. Ali era tranquilo, lindo, tudo limpo e, claro, conheci muitas pessoas, desencarnados, muitos estudantes, internos e professores. Percebi logo que os estudantes ali foram trevosos, por isso chamavam o local de recuperação. No outro dia fui para a aula, estas eram interessantes, para ensinar o que é Deus, começava pelo Universo com suas galáxias, interessei-me demais. Tínhamos muitas horas de aulas que eram de conhecimentos gerais, de idiomas, matemática, física etc., porém as mais importantes eram as das leis morais, o Evangelho, os ensinos de Jesus. Envolvi-me com as aulas, estudava com atenção, e a nossa favorita era o Evangelho de Jesus. Peguei para ler o livro de Allan Kardec, *O Evangelho segundo o espiritismo*, e uma frase me chamou a atenção, tanto que até hoje a tenho escrita num papel e a carrego no meu bolso. É do capítulo 13, "Que a mão esquerda não saiba o que faz a direita", "A caridade material e a caridade moral", o item 9, "Amemos uns aos outros e façamos aos outros o que queríamos que nos fosse feito". Chorei muito quando a li pela primeira vez, entendi que nada fizera de bom, fiz aos outros o que não queria para mim. Comecei a sentir remorso. Embora o curso fosse intenso, penso que isto ocorre de propósito, para não se ter tempo livre e não se pensar no passado, mas dar valor ao presente e ter esperança no futuro, eu sentia por ter feito tantas maldades. Percebi que muitos dos meus colegas sentiam o mesmo que eu. Terminando o curso, alguns pediram para reencarnar, outros para continuar estudando num estudo intercalado com trabalho e uns poucos não sabiam o que queriam.

Ninguém saía da escola sem permissão; se alguns necessitassem saber de afetos, iam visitá-los com orientadores e voltavam. Alguns internos comentavam que até tentaram fugir, mas não conseguiram; os que saíram para as visitas nem conseguiram saber onde ficava esta escola. Os que se formavam continuavam não sabendo. Somente a encontram os orientadores do abrigo. O curso é de dois anos e, no último semestre, tive como professor o Cabeça Branca, que lá é chamado pelo seu nome. Ele é fabuloso, incentiva a quitar erros com o trabalho. Pensei muito e optei por ser um socorrista no Umbral. Quando estive como morador, debochava deles quando os via.

O curso acabou e eu sofria, o remorso é uma dor muito forte e, sofrendo, me indagava: *"Por quê? Por que fiz tudo isso?"*.

Optando por resgatar erros com trabalho fui para um posto de socorro no Umbral, este abrigo estava num local mais ameno. Passei a sair com socorristas, como aprendiz. Gostei. Nas primeiras excursões, como me disseram que acontece com todos os aprendizes, senti vontade de ajudar todos os que sofrem, mas, para ser de fato um socorro, precisa-se aprender a quem auxiliar, os postos não são tão grandes e não há trabalhadores suficientes; depois, muitos ali não querem o que o posto de socorro tem para oferecer. Fiquei nesse posto por dois anos e me tornei um bom trabalhador. Mas ainda sofria pelo remorso.

Pedi para trabalhar num posto de socorro localizado no Umbral profundo. No início, saía com outros três; quando me tornei apto, passei a excursionar sozinho. Vestia uma túnica marrom, ainda visto, não demonstrando ser socorrista; vou a furnas e cavernas para socorrer os que querem ajuda, pego-os e os deixo num ponto marcado onde outros socorristas os levam para o posto. Quando saio do posto para estes socorros, fico de sete a quinze dias trabalhando.

Uma vez encontrei Leon, conversamos e ofereci ajuda, ele quis e o levei para o posto, então o chefe da cidade em que servi não gostou e passou a me perseguir. Mudei para outro lugar, mais longe do Umbral em que morei. Com o tempo, as lembranças de meus atos errados já não me incomodavam tanto, penso que é porque não tenho tempo para pensar nelas. O remorso se suavizou, senti-me consolado pelo trabalho edificante.

Sou muito agradecido: primeiro a Deus, que permite que um filho Dele ajude a outros. Segundo, pela desobsessão, trabalho de encarnados que orienta extraviados, como ocorreu comigo. Terceiro, pelo trabalho, porque podemos reparar os mais diversos atos errados sendo bons servos do Senhor.

Realmente sou grato!

José Renato

Perguntas de Antônio Carlos

— Como você é chamado agora?

— Na Escola de Recuperação, no bendito ensino que obtive, fui chamado de José Renato. Isto também é feito no posto de socorro onde trabalho. No Umbral eles me chamam de Ajudante, ou seja, aquele que ajuda.

— Gostaria de saber como é atualmente sua rotina de trabalho.

— No Umbral faltam muitos trabalhadores e também nos seus postos de socorro. Saio em excursões, normalmente sozinho; atualmente, quando tenho companhia, é de aprendizes. Entro nas cidades para ir às prisões, socorro aqueles que querem de fato, tiro outros de cavernas e furnas. Quando retorno ao posto, fico o necessário para organizar a próxima excursão, mas tenho horas livres para ler, ouvir músicas e conversar. Um assunto que me encanta, me interessa, é o Universo, ver os astros, galáxias, planetas, cometas etc. Assisto vídeos, leio reportagens, me distraio e recomponho.

— Você ainda sente remorso?

— Não queria ter feito o que fiz. Não esqueço meus atos, mas isto me incentiva. Quem muito errou são os que têm mais de amar. Hoje, ao ler o ensino de Jesus que tanto me fez chorar e que agora me faz sentir bem, sorrio. É: fazer ao outro o que gostaria que lhe fizesse. Sinto paz, porque estou fazendo. Se estivesse sofrendo no Umbral, gostaria de ser socorrido.

— Você tem planos para o futuro?

— Quero continuar sendo socorrista por muito tempo ainda. Marquei mais cinquenta anos. Se me for permitido, será o que quero fazer. Não quero deixar este trabalho porque sei que será difícil ter substituto.

— Você vai à Colônia?

— Vou, sim, quando tenho dois a três dias de folga, vou para assistir palestras, ir a lugares bonitos, me refaço. Volto ao trabalho com mais ânimo.

— Você não escreveu sobre a pessoa que o tirou da vida física. Não quis se vingar?

— Não. Era ele ou eu. Ele planejou, armou uma cilada e, num descuido, me matou. Não quis me vingar. Pensava, e ainda penso, que ninguém precisa se vingar de quem está preso. Lá se sofre muito. Podem-se comparar as prisões dos encarnados com o Umbral.

— Como bom observador, vejo em você as manchas de homicidas, mas clareando. Elas o incomodam?

— Nós tingimos nosso perispírito de cores que indicam erros ou acertos. Por isso que se diz espíritos trevosos, porque maldades, crueldades, são de cores escuras e fortes. Enquanto boas obras são claras, radiantes. Tanto que muitos santos são retratados com luzes saindo de si, ou seja, boas energias. Isto ocorre. Eu tinha as fortes: manchas de furtos, roubos, maldades e homicídios. Com o bem realizado se adquirem manchas claras e a luz ilumina as trevas. Meu objetivo é não ter nenhuma mancha escura. Estou as clareando com meu trabalho, o maravilhoso consolo que tive.

— Quer acrescentar mais alguma coisa ao seu relato?

— Tenho estudado muito os Evangelhos e as obras de Allan Kardec, principalmente *O Evangelho segundo o espiritismo*; hoje o abri ao acaso. Meditei muito sobre o que li, isto porque tenho socorrido muitos desencarnados que, se tivessem agido como recomenda esse texto, não teriam por afinidade ido para o Umbral.

— Escreva para nós o texto que gostou.

— É o capítulo 16, "Servir a Deus e a Mamon", "Instruções dos espíritos: A verdadeira propriedade" (Pascal, Genebra, 1860), item 9: "O homem não possui como seu senão aquilo que pode levar deste mundo. O que ele encontra ao chegar e o que deixa ao partir, goza durante sua permanência na Terra, mas, desde que é forçado a deixá-los, é claro que só tem o usufruto, e não a posse real. O que é, então, que ele possui? Nada do que se destina ao uso do corpo, e tudo o que se refere ao uso da alma: a inteligência, os conhecimentos, as qualidades morais".

— Você teve um consolo bonito e útil. Realmente o trabalho que resulta no bem para outros é de fato um consolo. Agradeço-o! Obrigado!

— De nada. Gostei de fazer algo diferente. Ao contar o meu consolo, compreendi que todos os que erram têm jeito e podem ser úteis. Isto é misericórdia. Agradeço ao senhor Antônio Carlos e à médium Vera.

Explicações de Antônio Carlos

Concordo com José Renato: todos os que erram podem vir a ser úteis, mesmo aqueles que muito erraram, os que se denominam "trevosos". De fato a luz ilumina as trevas, boas ações clareiam as manchas escuras das maldades. É de fato graça, misericórdia.

Não devemos receber maldades; quando o fazemos, estamos colaborando para que a plantação ruim do maldoso aumente. Quando tentamos fazer parar um desencarnado mal-intencionado de prejudicar, como ocorreu com José Renato, que foi atormentar, prejudicar uma senhora, estamos lhe fazendo um bem enorme, porque estaremos colocando um fim nas suas atividades errôneas, e demonstrando amor por ele. De fato aquele que muito errou muito tem de amar.

O remorso é uma dor grande e profunda, e ser consolado e entender que se pode mudar, reparar, é graça.

Reparar erros pela dor, quando isto ocorre, a reparação faz bem somente a quem cometeu o erro, mas, quando se opta por reparar fazendo o bem, além de se ajudar, o faz com muitos. É dignificante! Fazer o bem é trabalho. José Renato optou sabiamente para reparar com esta atividade e escolheu um trabalho que poucos escolhem por ser árduo e que exige muita dedicação. Ele aprendeu a amar. Muitos espíritos endividados com as leis Divinas optam por este caminho: o trabalho no bem. Perguntaram-me: é possível resgatar erros que se faz encarnado com o trabalho desencarnado? A atividade é do espírito, não se erra somente encarnado, o faz também despido do corpo físico. Sim, é possível, e com o trabalho se aprende muito, principalmente a amar, e como ensinou Pedro, o apóstolo: "o amor cobre multidão de pecados". Resta, porém, a um espírito que agiu como José Renato, ao reencarnar, passar por provas: Irá roubar? Matar? Irá se envolver com más companhias? Será ele quem decidirá. Porém aqueles que trabalham por anos como socorristas no Umbral têm, ao reencarnar, alguns benefícios, como o fazer numa família estruturada, religiosa, e poderá escolher como será seu corpo físico, se sadio ou trazer alguma doença que lhe servirá como rédea. E, como ele fez amigos, receberá visitas que o incentivarão na permanência encarnada.

Ninguém é digno de trabalhar em nome do Senhor, o fazemos por misericórdia.

Muitos moradores do Umbral aparentam alegria, dizem estar bem, porém, com o tempo, começam a sentir um vazio, porque nenhuma criatura consegue ficar muito tempo longe do seu Criador. Foi o que ocorreu com Leon, quis ser socorrido para ter outra forma de vida. Tenho conhecimento de que muitos desencarnados, moradores do Umbral, tentam atacar centros espíritas para serem socorridos; orgulhosos ainda, não querem pedir auxílio, então usam desse modo para recebê-lo. Mas, enquanto este momento não chega, eles vivem no Umbral como podem. Alguns infelizmente querem o poder e, quando o têm, hesitam em largá-lo, e a plantação de ervas ruins vai aumentando. Mas o tempo da colheita chega, é a lei.

Que incentivo temos ao ler o relato de José Renato! O trabalho, e para o bem, repara erros, ensina a amar e incentiva a caminhar para o progresso.

Ame e trabalhe; agindo assim, estaremos em paz. O fato é que, ao enxugar as lágrimas do próximo, estamos consolados.

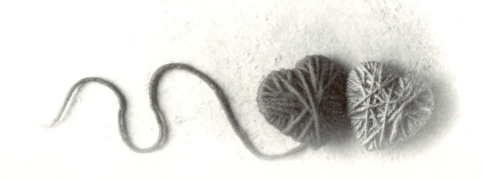

Capítulo 14
A deficiência

Chamo-me Juliane, vivi encarnada por vinte e três anos num corpo físico com muitas deficiências. Não tive deficiência intelectual, minha inteligência era normal, ou talvez um pouco abaixo da média, mas isto não me impediu de entender tudo o que acontecia.

Meu corpo físico era limitado, meu braço direito e a mão eram atrofiados e minhas pernas também, mais a esquerda. Ouvia bem e enxergava pouco, não falava. Nasci assim. Minha mãe cuidava de mim; minhas avós, a materna e mais a paterna, ajudavam. Meus pais tiveram cinco filhos, eu era a caçula.

Foi aos quatro anos que comecei a compreender as minhas limitações.

"Por que ele anda e eu não? Vou ficar de pé!", decidi.

Esforcei-me e caí da cadeira onde estava. Mamãe foi correndo e, nervosa, falou:

— Ju, você não pode fazer isso! Por que fez? Sabe que não pode! Você não anda!

Com um corte na testa sangrando muito, fui levada ao hospital. Chorei. Meu choro era como um lamento, um grunhido, parecendo um animal.

— Vai parar de doer, meu bem. Já, já acaba. Fique calma! — o médico tentou me acalentar.

Doía sim, e de fato logo não senti mais dor, porém doía mais, e muito, o que escutei de mamãe: "Você não consegue!"; "Não pode!".

Voltei para casa com um curativo enorme na cabeça e todos me agradaram; com agrados, melhorei meu humor.

Não conseguia entender o porquê de todos andarem, falarem, e eu não. Passei a usar óculos de grau forte e gostei, enxerguei melhor. Foi com muita dificuldade e com paciência que minha avó paterna fez com que me alimentasse sozinha; com as duas mãos levava a colher na boca, todos os alimentos eram cortadinhos. Pegava também uma caneca e tomava líquidos, mas não podia colocar muito nela, senão eu derramava. Era pequena para minha idade e muito magra. Gostava quando eles, alguém de casa, me colocavam num carrinho, um pouco maior que o de nenê, e passeavam comigo. Usava fraldas e era vovó quem me dava banho, escovava meus dentes e me levava ao dentista. Ia muito a médicos, estava sempre resfriada. Todos me ajudavam. Era feia. Para ficar mais fácil e higiênico, meus cabelos eram curtos. Quando sentia alguma dor, chorava, e era difícil eles entenderem onde doía; vovó era a que mais me entendia. Com os anos, passei a ter vergonha de mim, de minha aparência, já não gostava de sair. Queria entender por que era diferente. Aos nove anos parecia uma criança de três anos que não andava, falava e enxergava com os óculos, mas escutava bem. Esforçava-me para fazer alguma coisa e não ser tão dependente. Mamãe ficou doente, vovó passou a cuidar muito de mim. Minha mãe desencarnou, o que eu entendi era que não ia mais vê-la. Meus irmãos gostavam de mim e eu deles, eles nunca me maltrataram, mas, pela idade, por estudarem, não tinham tempo de me dar atenção. Papai, um ano depois que mamãe desencarnou, casou-se de novo. Minha madrasta foi um anjo na minha vida, pessoa boa, tentou melhorar minhas deficiências me levando a um hospital onde passei a fazer fisioterapia e me matriculou na Associação de Pais e Amigos dos Excepcionais (Apae); gostei muito e até aprendi a ler; com muitos exercícios e esforço fiquei de pé e dava alguns passos segurando em barras, passei a usar cadeiras de rodas e foi uma vitória, alegria, usar o banheiro. Minhas avós, idosas, doentes, quase não me ajudavam mais. Minha madrasta não teve filhos.

Estava sempre doente e tomava muitos remédios. Frequentando a Apae aprendi a me comunicar melhor, a me fazer entender. Aprendi a orar e o fazia sempre.

Com dezoito anos estava um pouco revoltada e me indagava sempre o porquê de ter nascido daquele modo. Onde estaria a justiça de Deus? Por que eu? Não entendia. Numa tarde, estando minha madrasta e eu em casa, meu pai havia saído e meus irmãos estavam casados, tentei indagá-la com gestos. Queria saber se ela sabia o porquê de eu ser daquele jeito.

— Juliane, eu, desde pequena, sentia que teria de cuidar de uma pessoa. Na adolescência, com muitas cólicas menstruais, constataram-se, por exames, problemas no útero e nos ovários; dois anos depois, tive, por uma cirurgia, de retirar o útero. Quando adulta, senti muito por não poder ter filhos. Quando completei vinte anos, a sensação que teria de cuidar de alguém aumentou. Cuidei de meus pais e dos dois avôs. Por estas sensações e pelos sonhos que tinha, procurei entender e tive respostas quando compreendi a reencarnação. Como cuidei de meus pais doentes e avós, saía pouco de casa e tive somente uns namoricos. Quando conheci seu pai, interessei-me por ele e fiquei tranquila porque ele já tinha filhos e não iria me cobrar por eu não poder tê-los. Mas foi quando eu a conheci que senti que era você a pessoa que teria de ajudar.

Ela fez uma pausa para continuar explicando:

— Reencarnação é uma lei de Deus, e isto ocorre porque o Criador nos ama muito. Acontece assim: nós nascemos, usamos um corpo de carne e ossos e, quando este para suas funções, morre, o espírito sobrevive e vai para o lugar em que se afina pelas suas obras. Nada é para sempre. O espírito vive lá, no Além, e depois retorna em outro corpo, diferente do que usou anteriormente, para continuar aprendendo, mas também ele pode resgatar erros. Entendeu?

Afirmei com a cabeça que sim e pedi para ela explicar mais. O que ela falou fazia sentido para mim. Minha madrasta continuou:

— Vou contar a você a sensação de que teria de ajudar alguém que eu amei. Era uma sensação forte, pelo menos uma vez por mês eu a sentia, principalmente quando sonhava. Meu sonho se repetia, era parecido. Sonhava que morava numa casa grande de fazenda com o esposo e com uma filha. Era a segunda esposa deste homem. Os filhos dele do primeiro casamento não me aceitaram e me aborreciam. Tínhamos escravos, e minha filha não aceitava desobediência e os castigava. Uma escrava foi amante do meu marido e estava esperando um filho dele, minha filha a castigou; neste castigo quebrou os braços, as pernas dela e lhe tirou os dentes, ela abortou. Minha filha, com nosso consentimento, maltratou muitos escravos. Eu tentei deixar a fazenda, tudo o que meu marido possuía, para minha filha, não consegui. Fiz muitos abortos, não quis ter mais filhos e foi por um aborto que desencarnei. Minha filha não se casou; os pretendentes, embora ela fosse bonita, se desinteressavam após saber como vivia. Minha filha acabou se suicidando. Voltamos a reencarnar: primeiro aquele que foi meu marido se casou com aquela que tinha sido a amante escrava e teve filhos. E eu, com a sensação de que teria de cuidar de alguém, da filha, por não tê-la corrigido e até a incentivado a cometer erros maldosos. Por ter feito abortos, retornei ao Plano Físico com deficiência no aparelho reprodutor e não pude, nesta encarnação, ser mãe. Cuido de você. Eu a amo!

Minha madrasta suspirou, me olhou e completou:

— Quando procurei entender meus sonhos, recebi auxílio de uma pessoa que ajuda pessoas a recordar o passado, suas vidas pregressas, para ajudá-las a resolver os problemas do presente. Esta profissional me ajudou a lembrar de minha outra existência, foi assim que recordei o que eu lhe contei, então não sonhei mais.

Chorei. Entendi que eu fora a filha dela, a rebelde. Fizera maldades e agora estava aprendendo a não ser mais má. Compreendi também minha mãe, ela amava meu pai e os outros filhos, talvez tenha se esforçado para me amar. Ela nunca me maltratou, mas talvez não tenha conseguido me amar como os outros filhos.

Acreditei, sentia no meu íntimo o que escutara ser verdadeiro. Tive a benção do esquecimento, mas com certeza meu espírito sabia, não esquecera. Concluí que não tinha razão, motivos, para me revoltar, mas para agradecer por estar reparando e aprendendo. E o que tinha de aprender? Indaguei-me e concluí: Não me revoltar mais. Passei a sorrir com mais frequência e, se chorava, era escondido.

Meus dentes amoleciam e caíam, estava com poucos na boca. Aos vinte e um anos, por ter quebrado a mão por nada, sem ter caído ou me machucado, por exames, constatou-se câncer nos ossos. O tratamento foi difícil, senti muito desconforto e dores. Minha madrasta e meu pai cuidaram de mim com carinho e atenção, meus irmãos ajudaram e até os sobrinhos, eles tentavam me alegrar, iam em casa mais vezes e cantavam para mim.

Sofri realmente muito. Desencarnei num hospital, e tranquilamente. Vovó, a paterna, que muito me ajudou, e minha mãe me acolheram, orientaram-me no início e logo estava me sentindo sadia. Recuperei meus dentes, todos sadios; minhas pernas e braços tornaram-se normais. Quando pude correr pelo jardim, chorei emocionada e agradecida. Estava bonita. Estar sadia, sem deficiências, para mim, é estar bonita.

Dois anos se passaram, estava totalmente adaptada no Plano Espiritual, estudando e trabalhando. Ia visitar, rever os familiares, e era muito grata à minha madrasta, que sentiu muito meu desencarne, consolou-se porque sabia que agora estava bem e sadia.

Pude saber o que ocorreu para eu ter uma encarnação tão difícil. Com detalhes, completei o que minha madrasta recordara.

Nasci numa fazenda que tinha escravos. Meu pai fora casado e, viúvo, se casara com minha mãe, que me teve. Ela me criou como um ser superior que podia fazer de tudo. Meus irmãos por parte de pai não gostavam de mim nem de minha mãe, eles se casaram, se mudaram e nos víamos pouco. Negros eram como animais, mas falavam e eles tinham que trabalhar e obedecer. Na idade de casar, eu não queria me submeter ao marido, ter alguém que mandasse em mim. Pela igreja e pela lei naquela época, esposa tinha de obedecer o marido. Evitava os pretendentes, e eles, ao me conhecer, conversar comigo, afastavam-se porque, com sinceridade, afirmava que não ia obedecer ninguém. Estava com vinte anos e, pela época, era solteirona. Meu pai se envolveu com uma escrava bonita. Não me conformei em ver minha mãe chorar, prendi esta escrava e a torturei, a deixando deformada, deficiente, e ela viveu assim na senzala por um tempo, as escravas cuidavam dela. Fiz muitas outras maldades, castiguei os negros, e estes eram mal alimentados. Estava com vinte e seis anos quando meu pai desencarnou e, meses depois, mamãe, por um aborto provocado; o pai do filho que ela esperava era o capataz, eles eram amantes há anos. Meus irmãos mandaram me avisar que eles iam vender a fazenda e dividir o dinheiro entre os filhos de meu pai. Pelas minhas contas, ia receber pouco. Teria de me mudar e meus irmãos não me queriam por perto, eles não concordavam com o meu modo de agir nem como eu tratava os escravos. Um senhor foi me avisar que no dia vinte e sete era para eu estar na cidade para assinar a escritura da venda da fazenda. Faltavam sete dias. Preferi me matar. Tomei veneno e desencarnei. Meus irmãos voltaram e trataram dos escravos, alforriaram muitos e levaram com eles alguns, que passaram a ser bem tratados. A fazenda foi vendida.

Eu fiquei no corpo morto, meu espírito foi enterrado com ele. Apodreci. Foi horrível. Seis ex-escravos que desencarnaram pelos meus maus-tratos me desligaram, tiraram meu espírito do túmulo e me levaram para o Umbral. Sofri muito, foi depois de vinte anos que fui socorrida. Eu não pedi ajuda, pensava que não adiantaria, que não existia esta possibilidade. Eu, encarnada, não pedia ajuda a ninguém; na época era superior e, superior, não pedi. Mesmo sofrendo não pedi porque achava com sinceridade que não iria receber. Foi meu pai quem pediu por mim. Nós três, meu pai, minha mãe e eu, sofremos muito quando desencarnamos. Os dois foram socorridos antes de mim e foram abrigados num posto de socorro, para onde eu também fui levada. O sofrimento me fez entender que agi com crueldade. No Umbral, aos poucos, aqueles que me perseguiram se afastaram, e eu, por dez anos, fiquei sozinha, vagando pela Zona Umbralina. No posto de socorro, assistindo palestras e orações, foi que compreendi a gravidade de minhas atitudes e de fato me arrependi. Embora eu tivesse sido criada com ideia de que negros eram animais e que eu, por ser branca, era superior, deveria entender que não se podem fazer maldades nem com animais, estes são seres vivos, que sentem dores e que foram criados também por Deus. Não tem justificativas para quem maltrata animais. Não fazer maldades, isto é o que todos devem evitar. Depois, seria somente pensar um pouquinho para entender que uma pessoa com a pele diferente não deixaria de ser humana. No Umbral meus vingadores me quebraram as pernas, os braços, me tiraram os dentes. Mesmo socorrida, me sentia assim, deformada. Meu pai e minha mãe prometeram me ajudar. Meu pai reencarnou, a escrava que eu tanto maltratara afirmou que me perdoara e que me aceitaria como filha. Eles se amavam. Aquela que foi minha mãe reencarnou depois, vindo a ser, mais tarde, a minha madrasta. Eu reencarnei. Minha mãe nunca me prejudicou, cuidou de mim, mas algo nela a impedia de me amar como amava os outros filhos. A minha avó paterna não fizera parte da nossa história do passado; pessoa boa, cuidou de mim com carinho, amor e o fez também com outras pessoas. Minha madrasta, minha mãe na encarnação anterior, quis muito me ajudar e o fez. Ela, depois que eu desencarnei, passou a ser voluntária num asilo e fez muitas caridades. Desencarnou oito anos depois de mim, como eu, com câncer nos ossos e sofreu muito; retornou ao Plano Espiritual desta vez bem. Meu pai ficou sozinho, teve um acidente vascular cerebral (AVC) que o deixou com deficiências, foi para um asilo e lá viveu por três anos; desencarnou, mas desta vez pôde ser ajudado e ir para um posto de socorro.

Meu consolo foi reencarnar e ter as minhas deficiências como um remédio eficaz para o meu remorso. Afirmo que sofri muito mais desencarnada no Umbral e no posto de socorro pelo remorso. Arrepender-me e sentir ter feito mal, que fui cruel, é uma dor insuportável, pelo menos foi para mim. Reencarnada num corpo deficiente, recebi o consolo de estar reparando, aprendendo para não agir novamente com maldade. O sofrimento fez bem somente a mim, mas eu não tinha como reparar meus erros pelo trabalho no bem. O remorso me fez ficar feia, e meu perispírito deformado transmitiu as deficiências para o corpo físico. Mas, com sinceridade, foram muito mais suaves as dores que tive encarnada do que as que senti no Umbral ou a dor do remorso. Então fui consolada pelas deficiências que tive porque elas deram fim à dor do remorso e, por elas, desta vez, ao desencarnar, pude ser socorrida assim que meu corpo físico parou suas funções. Se hoje estou bem foi graças ao consolo das deficiências. A dor me equilibrou. Que Jesus seja louvado!

Juliane

Perguntas de Antônio Carlos

— Sua madrasta teve conhecimento da Lei da Reencarnação. Ela era religiosa?

— Ela orava muito, dizia seguir os ensinamentos de mestres orientais, principalmente de Buda, lia muitos livros sobre estes ensinos. Penso que sim, era religiosa, mas não frequentava nenhum culto.

— O que você faz no Plano Espiritual no momento?

— Moro num posto de socorro e trabalho por doze horas nas enfermarias. Como não durmo mais, nas outras doze horas leio, assisto palestras, converso no pátio e nos dias livres vou à colônia. Estou planejando estudar na colônia e depois voltar ao posto de socorro com mais conhecimentos para ser mais útil. Não pretendo reencarnar logo, quero me preparar para estar mais confiante, porque quero ser negra, pobre e doente.

— Isto está decidido?

— Planejado, é somente meu desejo, e pode mudar. O que eu quero mesmo é fazer o bem e estudar.

— Espero que consiga.

— Eu também, por isso estou me preparando.

— Você encontrou, reviu aqueles espíritos que se vingaram de você?

— Três deles vi no posto onde estou, sofreram enquanto se vingaram, a vingança faz sofrer aqueles que optam por este caminho. Eu roguei a eles perdão e eles me perdoaram. Três estão reencarnados, espero um dia pedir perdão a eles. Também pedi perdão a todos os que me foram possível e fui perdoada. Eu também me perdoei. Mas, se não tivesse reencarnado com as deficiências, se não tivesse sofrido, penso que não teria conseguido me perdoar, iria cobrar de mim esta dívida.

— Quando reencarnar pretende fazê-lo junto de seu pai e madrasta?

— Meu pai e minha mãe são dois espíritos que se amam. Eles planejam reencarnar, ficar juntos e viver para o bem. Minha madrasta planeja voltar a reencarnar e ficar longe deles, desta vez ela poderá ter filhos, espero que ela reencontre o amor da vida dela, que foi outrora o capataz da fazenda. Desejo a eles uma boa reencarnação e que fiquem bem. Como eu não quero reencarnar logo, não serei filha de nenhum deles. Penso que assim o vínculo forte entre nós se desfará. Eles com certeza terão filhos e, para mim, serão outras pessoas. É a vida que segue. O amor permanece, mas de forma diferente.

— Você ainda sente remorso?

— Não! Embora lamente o que fiz, não o sinto mais, é consolador sentir que colhi a minha má plantação, que paguei pelos meus erros.

— Agradeço você por ter nos contado o seu consolo, de fato foi uma história diferente.

— Concordo. Afirmar que a dor me consolou é diferente, mas foi o que ocorreu comigo. Eu que os agradeço, foi muito bom narrar minha história de vida.

Explicação de Antônio Carlos

Ao vermos uma pessoa encarnada sofrer, é difícil pensar que ela, pelo sofrimento, está sendo consolada. Mas isto ocorre. Como Juliana narrou, ela sofreu muito no Umbral e depois pelo remorso; quando reencarnada e enferma no corpo físico, sentia estar ficando livre do remorso e quite consigo mesma da plantação ruim e apta a ter o terreno limpo para a boa plantação, isto é de fato consolador.

Muitos erros se cometem por ignorância e as tentativas de justificativas são diversas, porém poucas são aceitas, isto porque temos em nós, no nosso espírito, o que muitos dizem ser a consciência, o que é certo ou errado. Juliane anteriormente foi criada como um ser superior, acreditando que negro era bicho, animal, para obedecer e trabalhar, mas, se tivesse prestado mais atenção na situação, entenderia que não era assim, que era somente a cor da pele que se diferenciava. Depois, não se deve de forma nenhuma maltratar animais. É crime de crueldade. Ela foi perseguida pelos escravos que não a perdoaram. Muitos que ela maltratou não quiseram se vingar, entenderam que tudo ocorreu pela lei do retorno pelos atos ruins que fizeram anteriormente ou então que estavam sendo provados, que passariam por tudo aquilo e perdoariam. Juliane não somente prejudicou fisicamente aqueles que se vingaram, mas também os fez sentir mágoa, ódio e os fez errar vingando. Isto é grave! Eles poderiam ter passado pela escravidão, que não era fácil, sem serem maltratados. Ela, no Umbral, não pediu ajuda, o pai o fez por ela, socorristas acharam ser possível e a ajudaram. Se ela tivesse pedido perdão a Deus e aos perseguidores, bem como auxílio a Deus, Jesus ou algum santo, se fosse sincera, teria, sim, sido socorrida antes. Pelas suas ações, foi atraída para a Zona Umbralina, afinava-se com esse lugar. Não há como enganar os socorristas do Umbral, o pedido de perdão tem de ser sincero, aquele em que se voltasse no tempo não faria o ato ruim, e não querer de jeito nenhum repetir a ação maldosa no futuro. Tem de sentir remorso e querer se melhorar, não se livrar somente do sofrimento.

Quando a pessoa se arrepende e não consegue se livrar do remorso, ele se torna destrutivo e consequentemente traz ao reencarnar as deficiências sentidas, as que normalmente provocou em outros. Isto ocorreu com Juliane, que não quis nem pensar na possibilidade de reparar seus erros pelo trabalho no bem. Sentia que precisava antes da dor para suavizar seu remorso.

A mãe dela, a ex-escrava, a perdoou, mas não conseguiu amá-la como aos outros filhos. Ainda bem que não a maltratou. Infelizmente tenho visto mães e pais que não conseguem amar os filhos e também filhos não amarem os pais ou um deles, por desavenças do passado, de outras encarnações. Quando isto acontece, de estarem juntos por uma reconciliação, é para se amarem e nunca se prejudicarem. O próximo nosso é também o próximo que está perto, junto, e é a este que devemos dar mais atenção. Lembro que o mais próximo do nosso espírito é o corpo físico, nossa vestimenta quando encarnados, e que essa veste deve ser bem nutrida, cuidada e amada.

Amar a todos, até os desafetos, para sermos amados pelo Senhor. É a sabedoria!

Capítulo 15
A lista

Chamo-me Hilda; quando contei minha história de vida, o consolo que recebi encarnada, Antônio Carlos me convidou a ditar à médium; fiquei indecisa, mas aceitei depois que ele prometeu me ajudar. Pensei muito em como começar, fiz e refiz; como ele, Antônio Carlos, achou bom, vim contente até a médium ditar.

Dois sábados por mês, das quatorze às dezesseis horas, eu ia à igreja e, numa sala nos fundos, ao lado da sacristia, participava de um encontro em que um ajudava o outro a passar por momentos difíceis. Eu ia ajudar porque anteriormente fui ajudada.

— E aí, Maria? Conseguiu tirar algum item do lado do que não tem e passar para o do que quer ter? — indaguei.

Escutávamos a pessoa, os participantes podiam opinar, e, após, eu aconselhava.

— Hilda, está difícil. Não consigo tirar meu filho problemático da lista do que não tenho — queixou-se Maria.

— Então vamos escrever na frente: "eu o amo"!

Maria tinha dois filhos, mas um deles estava envolvido com tóxicos e lhe dava muitas preocupações. Ela escreveu o nome dele na parte da lista do que não tinha. Maria acreditava que não tinha um bom filho, que sofria por ele.

Nas reuniões falavam os que queriam. Para muitos era difícil trocar itens de lado; para outros, mais fácil.

Eu, naquele momento, não tinha nada escrito na lista do que não tinha e somente uma coisa na lista do que queria, porém modifiquei o item acrescentando: "não quero que ele, meu filho, sofra, quero fazer tudo para ele ser feliz". A lista do que eu tinha era grande.

Vou explicar o porquê de escrever isso desse meu filho. Ele era homossexual. Queria primeiro que ele não fosse para não ser discriminado, não sofresse e que fosse feliz. Reescrevi: "Eu o amo. Quero-o feliz".

Tive consolo nessa lista e por ela fiz muitos receberem consolo.

Desde que conhecera Tadeu o amei, sentia-me feliz perto dele, fiz de tudo para namorarmos, perdoei traições, falta de educação e humilhações. Casamo-nos. Senti-me muito feliz casando com ele, irradiava alegria no casamento, na festa. Continuei fazendo tudo para agradá-lo. Para ele, tudo era prioridade, me anulava para que ele estivesse bem. Para mim, bastava tê-lo. Ele não queria filhos, eu sim, mas não engravidava; escondida dele, fui em médicos, fiz exames, e o resultado foi que seria muito difícil eu engravidar. Com os anos, Tadeu passou a sair sem mim, ir a bares, festas com amigos dele, eu não falava nada. Ele não implicava comigo, porque tudo dele era impecável: fazia comidas que ele gostava, roupas limpas e passadas. Uma vez me queixei e ele ameaçou que, se eu implicasse, ele iria embora. Fizemos aniversário de casamento de quinze anos. Uma tarde ele simplesmente me disse que ia embora de casa e que ia morar com o grande amor da vida dele. Eu sabia dessa amante, esperava esperançosa ele largá-la, como fizera com as outras. Escutei calada, não consegui falar e fiquei sentada o vendo pegar suas roupas, coisas. Pegou tudo, deixou somente as roupas sujas e, ao sair, falou:

— Hilda, se esqueci alguma coisa, deixe arrumado que no sábado passo para pegar. Tchau!

Levantei, ele saiu, eu tranquei o portão, fechei a casa e chorei. Esperava por isso, era uma separação anunciada. Não brigávamos, porque eu nada falava ou reclamava. Sofri muito vendo-o ir embora, pensei até que se ele me batesse todos os dias eu ainda iria querê-lo. Tadeu nunca me bateu ou me xingou.

Eu tinha dois irmãos e uma irmã, um dos meus irmãos sempre cuidou de mim, éramos muito amigos; veio me ver, ele morava perto de mim, na mesma rua, duas quadras adiante.

— Hilda — disse ele —, minha filha viu Tadeu carregar o carro com malas e sacolas. Ele saiu de casa? Deve ter saído, você está chorando.

Meus irmãos não se conformavam com minha atitude passiva, e este irmão tentou muitas vezes me alertar, aconselhar, depois somente me apoiava.

Contei a ele o que acontecera, que escutou calado, depois me disse:

— Hilda, esta casa é sua, foi herança dos nossos pais, você também tem o apartamento e ganha com as costuras que faz. Separando-se do Tadeu, ele não terá direito à sua herança. Você viverá bem. Não se deixe abater assim, reaja!

— Será que ele volta? — perguntei esperançosa.

— Minha irmã, não sofra, por favor. Por que quer que ele volte? Esta amante parece ser, para ele, diferente, ele tem saído com ela por todos os lugares. Esqueça!

Concluí que eu talvez não fosse conseguir esquecê-lo, então o esperaria. Tadeu com certeza iria voltar. Pensando assim, lavei e passei as roupas dele, procurei pela casa toda o que era dele e esperei pelo sábado. Ele pediu para um sobrinho dele buscar. Entreguei e continuei meu trabalho, esforçava-me para me alimentar, sofri tanto que até me doía fisicamente. De fato, amor, quando desprezado, é dolorido.

Duas mulheres foram provar roupas e uma delas comentou que vira Tadeu, que estava alegre, passeando com a amante. Eu nada falei. Escutava muito isso. Foi após três anos de casada que eu soube da primeira amante. A outra senhora me fez um convite:

— Hilda, no sábado, às treze horas e trinta minutos, passarei aqui para que vá à igreja. Estou participando de uma reunião muito proveitosa. Você irá, não é?

Pensei que fazia tempo que não ia à igreja orar e que seria bom. Concordei. Fomos. Era uma reunião diferente. Vinte e duas pessoas presentes sentaram-se em círculo. Convidada, sentei-me numa carteira; do lado direito, havia uma prancha e, em cima, folhas de papel e uma caneta. Iniciaram com uma oração pedindo proteção a Nossa Senhora e, após, a oração do Pai Nosso. A senhora, uma psicóloga que presidia a reunião, me apresentou. Começou a reunião.

— Vamos, cada um de nós, rever a lista do que temos e se conseguimos acrescentar algo a mais nela. — Virou para mim e explicou: — Hilda, nessa folha de papel, você escreverá tudo o que tem, tudo o que tem de dar valor.

Olhei o papel e fiquei sem saber o que fazer.

— Eu — disse uma senhora — vou acrescentar que tenho dinheiro para comprar meus remédios.

— Eu, que conversei com meu vizinho e ele não me é mais antipático. Foi uma conversa amigável. Então agora tenho um bom vizinho — comentou um senhor.

— Eu estou escrevendo que comecei a amar minha dor de estômago, e ela melhorou. Então vou amá-la!

Fiquei confusa e não escrevi nada. Como escrever algo na lista se estava sofrendo? Se perdera a pessoa que amava?

A coordenadora da reunião aproximou-se de mim e indagou:

— Não vai escrever nada?

Mexi os ombros, realmente naquele momento não sabia o que escrever. Ela resolveu me ajudar.

— Hilda, você veio aqui andando?

Afirmei com a cabeça, e ela continuou:

— Então você anda, locomove-se para onde quer. Escreva então na lista do que tem: "ando".

Ela foi indagando, e eu, afirmando com a cabeça e escrevendo.

— Você fala? Escuta? Raciocina? Alimenta-se? Enxerga?

A lista ficou grande.

— Que bom, Hilda, que você tenha tantas coisas! Foque nelas e agradeça.

Fiz isso ali e depois, em casa, senti-me bem, consolei-me. Que consolo! Pensar no que se tem e não mais no que não se tem. São coisas simples e que, talvez por serem simples, não damos valor, mas que são muito importantes. Basta nos faltar uma delas para sentirmos.

Muitos falaram, mas eu não prestei muita atenção, fiquei pensando no que eu tinha. A reunião terminou com oração. Saímos, agradeci à pessoa que me levara e combinei de voltar todos os sábados. Em casa, fiquei pensando em cada item que escrevera: ando, falo... Senti-me bem, consolada, todos os dias lia e acrescentava mais itens como: "tenho o dom de costurar", "tenho alimentos", "tenho água quente para o banho". Entendi que fatos pequenos fazem parte de nossas vidas.

Esperei ansiosa pelo sábado e quis falar os itens que acrescentara. Escutando os outros, anotei mais, como ter casa para morar, cama para dormir.

Na terceira reunião fomos para a lista do que não se tem. Coloquei somente Tadeu, meu esposo. Ouvi comentários. Uma senhora citou que não tinha saúde.

— Você tem uma doença? Duas? Três? Ou realmente acha que não tem saúde? — perguntou a coordenadora.

— Tenho duas doenças.

— Então que tal modificar e colocar: estou no momento com meu estômago doentinho, mas o quero sadio.

— Não tenho casa própria para morar e não quero morar com meu filho, sei que incomodo. Terei de mudar porque o aluguel subiu muito.

— Você não tem casa. Que tal tirar isto da lista do que não tem e colocar na que quer ter: "Quero ter meu canto"?

— Isso não é difícil — opinou um senhor. — Minha irmã tem uma grande casa e, também por dificuldades financeiras, ela aluga parte dela. A casa é bem dividida, você pode alugar um quarto com banheiro. O quarto é grande e você pode fazer dele sala e cozinha. Uma sala é coletiva, assim como a cozinha, o quintal e o jardim, mas o quarto é somente seu. O aluguel é barato, e água e luz estão inclusas.

Combinaram de ela ir ver; um mês depois ela foi morar lá e deu certo.

Muitas dificuldades eram resolvidas assim, um ajudando o outro.

No outro sábado, quando a coordenadora me pediu para escrever o que eu queria ter, coloquei: "meu esposo Tadeu". Ela aproximou-se de mim e insistiu:

— Hilda, não tem mais nada que quer?

Neguei com a cabeça.

— Durante sua vida não quis mais nada? Tem certeza? Pense!

Pensei e escrevi: "Quis ter filhos".

— Você não os quer mais?

Tive vontade de rir. Como poderia querê-los? Meu marido me abandonara.

— Hilda, vamos focar nesse item: filhos. Todos nós sabemos que podemos ter filhos biológicos e do coração. Trabalho algumas horas por semana numa casa abrigo onde estão crianças e adolescentes que, por muitos motivos, não podem ficar com a família. Com dezesseis anos eles têm de sair do abrigo. No momento estou muito preocupada com dois garotos, que são gêmeos, estão com quinze anos, logo terão de sair e eles não têm para onde ir, estamos procurando alguém para ficar com eles, orientá-los até que consigam viver sozinhos e se sustentarem. Você não quer ir lá comigo? Irei quando sair daqui.

"Não tenho nada para fazer", pensei. "Ficarei em casa sozinha. Se me sinto melhor, consolada, devo ir. Talvez eles escrevam na lista deles que querem ter um lugar para ficar."

Fui com ela, a casa abrigo era grande, muito limpa, arrumada, estava naquele momento com vinte e três crianças e oito adolescentes. Ao ver aquelas crianças, senti um aperto no coração e resolvi que, ao chegar em casa, escreveria na lista do que tinha: "tive um lar na infância e pais que me amaram e cuidaram de mim".

Ao ver os dois garotos, emocionei-me e pedi para a psicóloga:

— Quero levá-los para minha casa para que passem a noite e o domingo comigo.

— Vou pedir para a diretora e ver se é possível eles irem com você agora e voltarem amanhã.

Voltei para a casa com os dois. Distraí-me arrumando onde iriam dormir. Minha casa tinha três quartos e dois banheiros, os instalei e fiz o jantar. Foi muito bom conversar com eles. Senti que eles temiam sair do abrigo e não ter para onde ir. O domingo foi de muitas atividades e à tarde decidi que eles ficariam comigo. Com a ajuda da psicóloga, na quinta-feira, eles foram para minha casa. Como foi bom para mim organizar tudo para recebê-los. Os dois garotos eram muito educados e percebi que estavam preocupados em me agradar e ficar comigo. Eles tinham poucas roupas. Meus irmãos e sobrinhos os receberam bem, me ajudaram, compraram roupas para eles, e eu os amei.

Continuei indo aos sábados às reuniões e lá todos notaram minha mudança para melhor, comentaram e eu escrevi na lista do que tinha: "responsabilidade com dois adolescentes e os estou amando".

A escola que eles frequentavam era longe de minha casa, mas perto do abrigo. Eu os transferi para uma escola perto de casa, que era muito boa, eles estavam no segundo ano do ensino médio. Bastou eles irem uma semana para percebermos que eles não iriam conseguir acompanhar a classe. Conversamos com eles e com os professores e optamos que voltassem ao primeiro ano do ensino médio. Uma das minhas sobrinhas passou a ir à minha casa todas as noites para dar aulas de reforço para eles, e eu também passei a ajudá-los nas tarefas escolares.

Fazia vinte e dois dias que estavam comigo quando os escutei conversando. Estava no quintal, entrei e, ao ouvi-los, parei para escutar. Os dois falavam da saudade das irmãs que haviam ficado no abrigo, que queriam vê-las, mas temiam me pedir para levá--los para visitá-las. Eu não sabia disso. Entrei no quarto, os dois pararam de falar.

— Escutei vocês dois conversando, foi sem querer — me desculpei. — Vocês têm duas irmãs? Mais novas? Contem para mim.

— Dona Hilda — falou um deles —, minha mãe nos teve, nosso pai morreu assassinado; ele trabalhava num pequeno mercado, dias antes ele impedira que dois moços, usuários de drogas, assaltassem o local; aí eles voltaram armados e atiraram nele, papai faleceu na hora, éramos pequenos. Mamãe tentou nos criar, acabou arrumando outro companheiro e teve duas meninas, o pai delas sumiu. Temos somente parentes distantes, tanto de cidade como de parentesco. Mamãe então resolveu nos criar sozinha. Ela ficou doente, teve câncer, ela foi para o hospital e nós quatro para o abrigo, ela faleceu, e nós ficamos lá. Estávamos com treze anos, sabíamos que tínhamos de sair com dezesseis anos. Somos muito gratos à senhora por ter nos acolhido, esperamos não lhe dar nenhuma preocupação. Nossas irmãs, uma tem nove anos e a outra, sete; eram pequenas quando foram para o abrigo, não sei como não foram adotadas. Preocupamo-nos muito com elas.

Os dois choraram e eu os abracei.

— Vamos nos trocar e ir para o abrigo. Hoje é sábado e vocês poderão revê-las.

Fomos, eles ficaram alegres, eu as conheci e as amei. Pedi para levá-las para passar o domingo conosco, deixaram; com elas em casa, senti que as queria. Levei-as de volta no domingo à noite e, na segunda-feira, pedi ajuda para a psicóloga; fomos ao juiz e pedi para elas ficarem comigo, também roguei à diretora do abrigo. Doze dias depois obtive a guarda das duas. Que alegria! Os dois meninos ficaram num quarto, e as duas, no outro.

Minha família cooperou, eles se preocupavam muito comigo e, ao me verem animada, me ajudaram, compraram roupas para eles, auxiliaram nas tarefas escolares e até os levaram para passear.

Assim como ocorrera com os meninos, com a garota mais velha também optamos por voltar um ano na escola; com a mais nova, não foi necessário.

Se fiz bem a eles, as crianças me fizeram muito mais. Dizia a eles que agora eles tinham um lar e que iriam ficar sempre comigo.

Tadeu pediu o divórcio, afirmou que queria casar com a moça com que estava morando. Concordei, e meu irmão cuidou de tudo. Ele não me daria nada, mas não conseguiu ficar com o que recebera de herança. Eu o vi por minutos quando assinamos o divórcio, nem nos cumprimentamos. Senti, mas não muito, já estávamos separados e eu tinha muito o que fazer.

As meninas passaram a me chamar de "mãe", um dos garotos também. O outro não e logo notamos que era homossexual. Indaguei a ele:

— Por que não me chama de "mãe"?

— Penso que é para não envergonhá-la.

— O quê?! Não entendi! — indignei-me.
— Por eu ser assim...
Abracei-o e chorei.
— Meu filho! Eu o amo! Nunca sentirei vergonha de você. Está obrigado a me chamar de "mãe".
Ele sorriu e chorou.

Minha vida se tornou movimentada, continuei a costurar e a ir às reuniões no sábado. Acrescentei, com letras grandes, o que tinha: filhos.

Não sabendo se eles eram ou não batizados, o padre fez o batizado dos quatro; eu fui a madrinha, e meu irmão, o padrinho deles, meu irmão que sempre me ajudou. Fizemos um almoço na casa deste meu irmão, e eles ganharam muitos presentes.

Eles não davam trabalho, eram obedientes e me ajudavam nas tarefas domésticas.

Eu olhava, lia sempre a lista do que tinha, esqueci do que não tinha e, numa reunião, resolvi rasgá-la. De fato, envolvida com as crianças, me esqueci do Tadeu. Com sinceridade, não o queria mais.

Os dois meninos terminaram o ensino médio, meu irmão os matriculou em cursos profissionalizantes. Um deles optou por ser torneiro mecânico, como meu irmão; o que era homossexual, técnico de contabilidade.

As meninas quiseram ter animais, uma optou por um cachorro e a outra por um gato.

Agradecida, eu lia a minha lista, tinha tantas coisas! Às vezes não entendia como antes eu não prestava atenção no que eu tinha e focava no que não tinha. A paixão que sentia por Tadeu passou. Como o consolo da lista me fez bem!

Numa quarta-feira à tarde, me arrumei para ir ao dentista quando a campainha tocou e uma das meninas foi atender; o cachorrinho latiu, ele sempre fazia um escândalo quando isto ocorria. Minha filha me chamou:

— Mamãe! Um senhor quer falar com você. Ele se chama Tadeu.

"Tadeu? Será?"

Olhei-me no espelho, me ajeitando, e fui ao portão; abri e vi Tadeu.

— Oi! — falamos juntos.

— Quero falar com você, Hilda — pediu ele.

— Entre! Sentemos aqui! — apontei o banco do jardim e pedi para minha filha: — Leve o Totó para dentro. Vou conversar com esse senhor.

Ela o fez e eu me virei para Tadeu. O interessante foi que nada senti. Observei-o, ele estava mais gordo; me olhou e comentou:

— Você está bem, bonita!

Fiquei o olhando, o indaguei com o olhar o que ele fora fazer ali.

"Com certeza ele quer algo ou deve ter esquecido alguma coisa de que agora sentiu falta."

Como ele não falava, eu o indaguei:

— O que você quer, Tadeu?

— Voltar para você!

Segurei o riso. Como não falei nada, ele continuou:

— Separei-me. Estou sozinho. Diabético. Tive de extrair dois dedos do pé. Preciso de você!

— Eu não preciso de você! Tadeu, eu estou muito bem. Sinto lhe dizer que você não faz mais parte de minha vida. Minha casa agora está diferente, alegre, tenho quatro filhos. Quatro! Cachorro, gato, uma casa animada. Você, com certeza, não se adaptaria aqui, e penso que nem nós a você.

— Você me amou tanto! — exclamou admirado.

— Disse certo, amei, no passado; no presente me amo e amo meus filhos. Se veio aqui por este motivo a resposta é não. Não o aceito! Tenho um compromisso. Desculpe-me!

— Você não quer nem pensar? Eu mudei.

— Não quero pensar. A resposta é não! — respondi com firmeza.

Levantei e me dirigi ao portão. Tadeu se levantou, estava surpreso, parecia não acreditar no que ouvira. Ele veio a minha casa com a certeza de que seria muito bem recebido. Quando ele andou foi que percebi que usava uma bengala. Ao passar pelo portão eu o fechei e falei:

— Filha, você está pronta? Vamos, senão chegaremos atrasadas.

Concluí que ele, doente, lembrou de mim, da minha dedicação. Fiquei muito contente porque me senti curada daquela paixão doentia. Amor é outra coisa, a partir do momento em que você ama alguém mais que você, não é amor. Temos que amar o outro como nós, não mais do que nós. Depois, como coloquei na lista do que tinha: "responsabilidade com quatro pessoas" e depois, na frente, acrescentei "filhos". Isto era importante para mim. Não tinha mágoa dele e, com sinceridade, queria que estivesse bem. Se fizesse a ele a caridade de cuidar, o conhecendo, não daria certo. Penso que ele não aceitaria não ser mimado como antes e ter em casa outras pessoas. De jeito nenhum eu prejudicaria as crianças, eu me responsabilizara por elas. Agora eu os amava, assim como também a forma de vida que tinha. Tadeu não era mais importante para minha vida. Dias depois, meu outro irmão foi me ver e contou que Tadeu fora procurá-lo para que pedisse para eu aceitá-lo de volta.

— Não o quero! — afirmei. — Tadeu talvez queira a vida que eu lhe oferecia antes. Isso passou! O importante para mim são os meus filhos!

— Ainda bem, Hilda! — meu irmão suspirou aliviado. — Ninguém da família concordava com a forma como vivia com Tadeu. Agora todos nós estamos contentes com você e seus filhos, nossos sobrinhos e primos. Vou falar com ele.

Tadeu ainda insistiu, indo em casa mais duas vezes, depois desistiu.

Tive pretendentes, mas não me interessei, gostava muito de minha vida e receei mudanças, optei por não me envolver com ninguém afetivamente.

Meus filhos arrumaram bons empregos; o que fez curso de torneiro mecânico estava bem financeiramente, arrumou uma boa moça, namorou e casou. As meninas formaram-se professoras, foram lecionar, namoraram e casaram. Ficamos meu filho e eu, e o amei demais. Com a ajuda do meu irmão, passei o apartamento para o nome dele e a casa que morava para os outros três.

Continuei costurando, agora menos, tinha faxineira e passeava muito.

Um vizinho nosso desencarnou, ficou doente por doze dias e partiu. No domingo, nos reunimos para o almoço, contei a eles o que acontecera com o vizinho e falei:

— Sou muito grata a Deus por ter vocês na minha vida, vocês me fizeram feliz. Se eu morrer, que vocês pensem em mim feliz. Devemos sempre pensar naqueles que partiram para o Além com carinho, não lamentar ou nos entristecer. A saudade existe; quem ama, na ausência, sente saudade, mas esta não deve nos machucar. Devemos recordar os bons momentos. Vocês não esqueçam: não me perderão, a morte leva somente a nos ausentarmos fisicamente, mas não nos ausentamos no amor. Eu os amo, sou amada, e isto é maravilhoso. Então, meus queridos, quando eu me for, partir para o outro lado, continuem me amando e desejando, eu para vocês e vocês para mim, que fiquemos bem.

Escutaram calados. A morte não é um assunto agradável, mas necessário, porque todos os que estão encarnados desencarnarão. Com preparo, tudo fica mais fácil.

Não faltava às reuniões dos sábados, das quais me tornei coordenadora. Os frequentadores se diversificavam e o rodízio era grande. Vinham e, resolvidas as suas dificuldades, a maioria parava de ir. Os problemas eram muitos, uma grande parte era a desencarnação de entes queridos, doenças, dificuldades financeiras e, como eu, separação de parceiros, amores não correspondidos. Às vezes, por decepções amorosas, ficavam até doentes fisicamente. Minha atenção era dada a todos, mas, aos que sofriam por amor, eu prestava mais atenção; às vezes ia visitá-los em seus lares e os lembrava: "Passa! Tudo passa! O amor não alimentado enfraquece até que morre". Insistia na lista do que tinham. Ajudei muitas pessoas.

Preocupei-me uma vez com uma moça que, abandonada, pensava em se suicidar ou matá-lo.

— Se ele não a quer — adverti —, não se importará se você morrer. Como não acabamos com a morte, será você a sofrer. Se você o matar, irá ser presa e, por muitos anos, sofrerá na prisão. Ele continuará a não ser seu e, se ele não gosta de você, com esta atitude, passará a odiá-la. Você deve se amar, querer bem a si mesma, pense em outras coisas, como os itens que colocou na lista que tem.

Essa moça demorou para se curar, mas acabou por se libertar desta obsessão, paixão, e por dois anos ficou no grupo; nos últimos meses, me ajudava nas reuniões. Começou a namorar outro moço e ficou contente, mas prometeu nunca mais amar de forma equivocada.

— Dona Hilda, a senhora tinha razão — agradecia sempre. — Estou muito bem. Não sei nem por que sofri daquele jeito! Ainda bem que não fiz nenhuma besteira. Sou muito grata à senhora e à famosa lista!

Um moço desesperado pelo rompimento de um namoro nos procurou para receber um consolo. Também pensava em morrer, o fiz entender que eram os seus pais que sofreriam com aquela atitude errônea dele. E eles mereciam? Quando entendeu que, se fizesse algo errado, seriam seus pais a sofrer, prestou atenção na lista que tinha e que, no primeiro item, colocara: pais que amo e que me amam. A paixão doentia passou, ele se tornou tranquilo, parou de ir às reuniões, e fiquei sabendo que arrumou outra namorada e que estava bem com ela.

Foram muitos os casos que resolvemos e, a cada auxílio, eu ficava muito contente. Isto foi uma coisa que fiz encarnada e que me fez ser uma pessoa alegre. De fato, somos ajudados quando ajudamos.

Estava com setenta e dois anos quando tive uma trombose, o coágulo foi para o pulmão e desencarnei. Por incrível que pareça, graças a Deus, não estranhei e fiquei grata ao socorro que recebi, às orações e me esforcei para me adaptar. Como queria, meus filhos e netos agiram como pedi. Sentiram minha ausência física, mas pensavam em mim feliz, porque eles achavam que eu merecia. Isto foi muito bom: somos, nós, os desencarnados, impulsionados pelos pensamentos dos encarnados queridos.

Amo viver no Plano Espiritual. Sempre que escuto alguém se queixar, por mais que tenha motivos, eu aconselho a fazer a lista. Como ela me consolou, tem ajudado muitas pessoas a se consolarem.

Hilda

Perguntas de Antônio Carlos

— Hilda, você está há quanto tempo no Plano Espiritual?
— Quatro anos.
— Você sabe de Tadeu?
— A vida dele não é fácil; ele tem duas irmãs, antes não se importava com elas, agora são as duas que têm cuidado dele, mas não como ele quer. Está encarnado, mora sozinho, anda com dificuldade e enxerga pouco. Ele ainda lamenta ter me abandonado, pensa que eu iria cuidar muito bem dele. A escolha foi dele.
— O que você fez no Plano Espiritual?
— Estudei, tenho feito cursos, gosto de assistir palestras, faço parte de um grupo de oração. Oramos para pessoas, líderes de países, pelos políticos e líderes religiosos. Vou visitar meus filhos, meus netos estão adultos, todos estão bem; meu filho está sozinho, mora no apartamento, faz muitas caridades e faz parte de duas equipes de trabalho voluntário. Ele vai ao abrigo e dá aulas de reforço aos internos, ajuda muito lá.
— Tem planos para o futuro?
— Não! De fato não tenho. O presente está tão bom!
— Pensa em reencarnar?
— Por enquanto não! Espero ficar por muito tempo no Plano Espiritual.
— Você falou de estudo. Onde trabalha?
— Nas enfermarias da colônia.
— Gosta?
— Sim, muito, consolar é comigo mesma! Amo consolar pessoas.

— Agradeço você por ter nos contado seu consolo. Realmente é uma boa ideia fazer esta lista.

— Eu que agradeço!

Explicações de Antônio Carlos

Concordo com Hilda quando ela disse que o que tinha por Tadeu era uma paixão doentia. Não é certo, sadio, amar alguém mais do que a si mesmo. Para toda doença, com tratamento, há chance de cura. Quem procura acha. A doença da paixão é perfeitamente curável. É ter paciência e procurar por ajuda. O tempo faz passar a paixão. Concordo também que o amor não correspondido é dolorido, se sofre muito por este sentimento, e infelizmente vemos muitos atos equivocados ocorrerem por paixões doentias: crimes, pessoas que preferem morrer ou matar do que se curar ou ter paciência de sofrer até passar; e passa.

Hilda quis que o filho não sofresse preconceito, não queria que ele fosse homossexual, mas, com mais compreensão, colocou na frente: "eu o amo"! O amor verdadeiro, o querer o bem do outro faz diferença, e fez na vida dele. Aceitar o que não podemos mudar é prudente, mas muito melhor é amar. O amor ilumina nossa vida. Ame!

Amar a dor, isto faz diferença. Se é dor física, ela, com a irradiação da energia do amor, se suaviza; se é moral ou outra, isto também ocorre, a energia do amor irradia suavizando, iluminando e consolando. É uma experiência fabulosa! Dá resultado!

Lista! Que consolo interessante! Quando Hilda me contou, eu já havia ouvido, mas não me interessei; após, fiz a minha e me surpreendi. Como ficou grande a lista do que eu tenho!

Não coloquei nada na que eu queira e nenhum item escrevi na do que não tenho. Fiquei muito agradecido. Você que agora lê este texto, o convido a fazer a lista, seja sincero, e peço-lhe para começar com: "estou lendo e entendendo". Mesmo escrevendo itens na parte do que não tem, dê valor ao que tem. Com certeza se surpreenderá!

Levamos o livro espírita cada vez mais longe!

Av. Porto Ferreira, 1031 | Parque Iracema
CEP 15809-020 | Catanduva-SP

www.**petit**.com.br
www.**boanova**.net

petit@petit.com.br
boanova@boanova.net

17 3531.4444

17 99777.7413

Siga-nos em nossas redes sociais.

@boanovaed

boanovaeditora

CURTA, COMENTE, COMPARTILHE E SALVE.
utilize #boanovaeditora

Acesse nossa loja

Fale pelo whatsapp